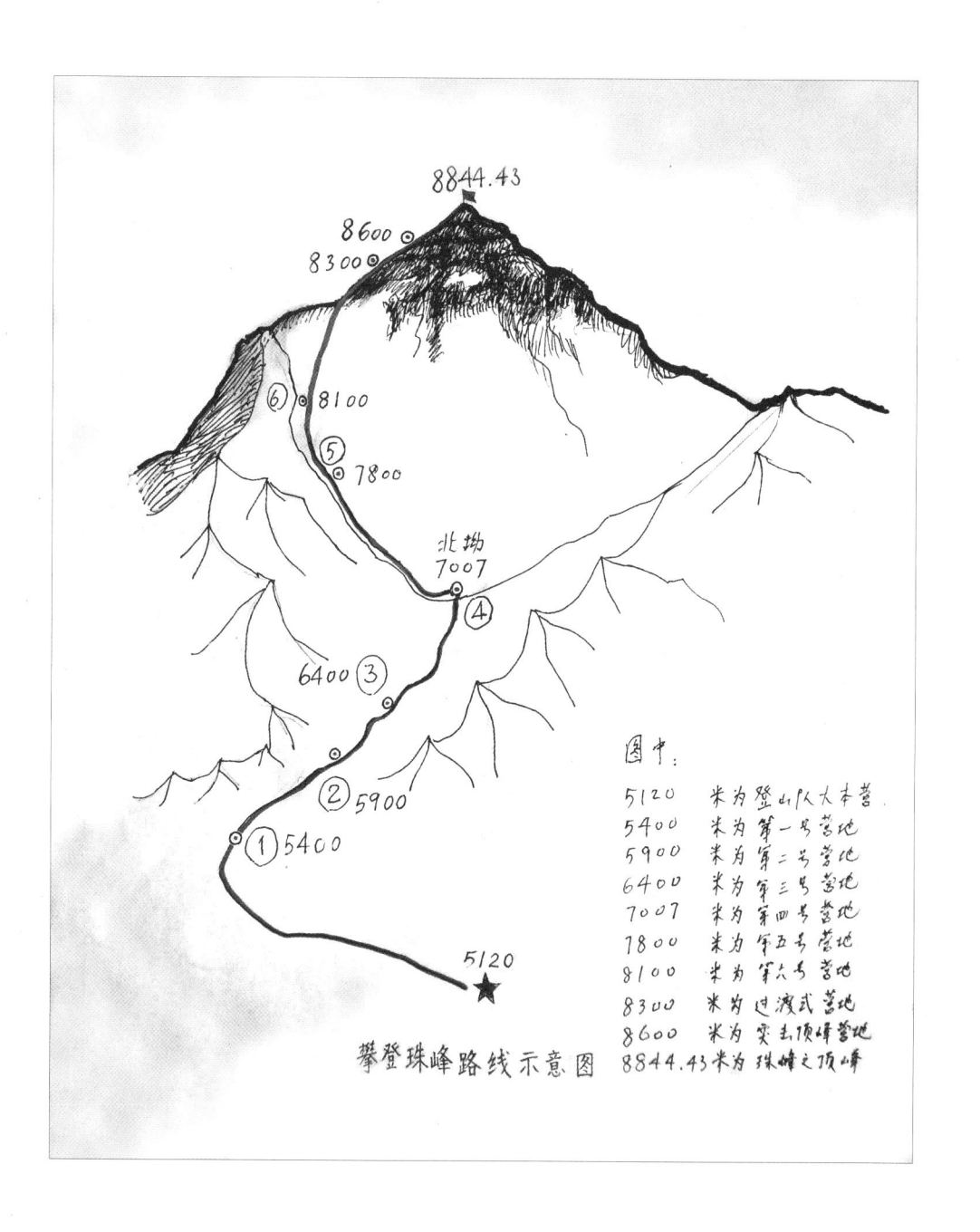

1960年5月，中国勇士作为人类的代表，首次从珠峰北坡攀上珠穆朗玛峰峰顶，此为攀登珠峰路线示意图。

中国登山探险队领导成员。左起：史占春、许竞、王凤桐。

架设气象观测仪器

1960年5月25日，中国登山队成功地从北坡登上世界第一高峰——珠穆朗玛峰，完成了人类第一次从北坡登顶珠峰的壮举，为中国赢得了荣誉。图为登山英雄、领队王富洲。

登顶珠峰的三位英雄之一，人民解放军战士贡布（藏族）。

登顶珠峰的三位英雄之一，林业工人屈银华。

珠峰北麓附近的雪山

为了祖国的荣誉，不畏艰险、不怕牺牲，甘为"人梯"的登山英雄刘连满。

为攀登珠峰而不幸牺牲的中国登山队员、原北京大学教师登山队气象工作者邵子庆。

1960年2月下旬，作为中国登山队的随队摄影记者陈宗烈（即新华社西藏分社、西藏日报社记者）离开报社（拉萨）奔赴珠峰。

一批驻藏解放军,年轻的藏族战士,成为中国登山队的新队员。

年轻队员曾曙生备妥行囊，开赴征途。

大本营建成，五星红旗在珠峰北麓高高升起。

队员们结组出发，作第一次适应性行军。

队员们攀越冰雪陡坡

运送物资的运输队员们。在高海拔缺氧的情况下，负重行进的困难，是平原上的人们无法想象的。

炊事员们在露天砌灶，生火做饭，保障全体人员的健康。

首次作适应性行军

登山队员们在绒布冰川中行进

攀登珠峰的行军途中，穿行于起伏不平的冰凌间。

穿越冰塔林

登山途中，在不同海拔高度的地方，气象工作者利用休息时间测量记录有关气象资料。

珠峰北麓海拔 6300 米处的冰塔林

登山队员们冒着极度严寒，行走在海拔6200米的东绒布冰川峡谷间。

登山队员进入冰瀑区

登山勇士们在海拔 6300 米处攀登雪坡

穿越冰川的登山健儿

向珠峰峰顶冲刺

站在世界之巅

中国两次登顶珠峰纪实　　(1955–1975)

刘俍 著

四川文艺出版社

图书在版编目（CIP）数据

站在世界之巅：中国两次登顶珠峰纪实：1955—1975 / 刘俍著. -- 成都：四川文艺出版社，2021.10

ISBN 978-7-5411-6077-6

Ⅰ.①站… Ⅱ.①刘… Ⅲ.①纪实文学—中国—当代 Ⅳ.①I25

中国版本图书馆CIP数据核字（2021）第172296号

ZHANZAI SHIJIEZHIDIAN：ZHONGGUO LIANGCI DENGDING ZHUFENG JISHI
站在世界之巅：中国两次登顶珠峰纪实 1955—1975

刘　俍　著

出 品 人	张庆宁
策　　划	燕啸波　谢信步
责任编辑	张亮亮　燕啸波
封面设计	叶　茂
内文设计	史小燕
摄　　影	陈宗烈
封面题字	周　平
责任校对	蓝　海
责任印制	崔　娜

出版发行	四川文艺出版社（成都市槐树街2号）
网　　址	www.scwys.com
电　　话	028-86259287（发行部）　028-86259303（编辑部）
传　　真	028-86259306

邮购地址	成都市槐树街2号四川文艺出版社邮购部　610031
排　　版	四川胜翔数码印务设计有限公司
印　　刷	成都紫星印务有限公司
成品尺寸	165mm×235mm　　开　本　16开
印　　张	16.25　　　　　　　　字　数　240千
版　　次	2021年10月第一版　　印　次　2021年10月第一次印刷
书　　号	ISBN 978-7-5411-6077-6
定　　价	58.00元

版权所有・侵权必究。如有质量问题，请与出版社联系更换。028-86259301

目录

| 第一章 |

中国现代登山运动的初创 1955年3月—1957年6月

毛泽东："中国人就是要勇攀高峰！" 　　　　　　　　003
中国第一支登山运动队 　　　　　　　　　　　　　　006
仿照苏联模式，建立登山运动体制 　　　　　　　　　008
第一次独立组队攀登 　　　　　　　　　　　　　　　009
中国登山运动的第一批牺牲者 　　　　　　　　　　　021

| 第二章 |

从联合到独立：攀登前的准备工作 1957年9月—1959年12月

中苏联合组队，锁定世界最高峰 　　　　　　　　　　027
莫斯科—北京峰 　　　　　　　　　　　　　　　　　034

"国家体委参观团"——攀登珠峰的侦察与准备　　　　　037

唐拉昂曲峰——从逃亡奴隶到登山队员　　　　　　　041

风云突变，西藏反动分子发动叛乱　　　　　　　　　044

再登慕士塔格峰，创造女子登山世界纪录　　　　　　047

苏联背信弃义，中国决定独自攀登　　　　　　　　　057

| 第三章 |

世界之巅 1960年1月—1960年5月

6吨登山装备，从欧洲运到绒布寺　　　　　　　　　063

解放军大校任前线总指挥　　　　　　　　　　　　　065

全国人民作后盾，建立登山大本营　　　　　　　　　068

登山路线的选择　　　　　　　　　　　　　　　　　073

"你们中国人都没上去过，怎么能说是你们的？"　　077

三次适应性行军，建立高山营地　　　　　　　　　　080

突破北大门，海拔7000米建营地　　　　　　　　　085

8500，第一台阶，以尿充饥　　　　　　　　　　　092

不可逾越的死亡地段　　　　　　　　　　　　　　　097

天公不作美？　　　　　　　　　　　　　　　　　　100

决战前夜　　　　　　　　　　　　　　　　　　　　104

时间就是氧气　　　　　　　　　　　　　　　　　　107

世界上海拔最高的党小组扩大会　　　　　　　　　　113

在世界之巅展开五星红旗	115
将氧气瓶留给队友	119
在海拔8700米抽一支烟	121
登顶之后，九死一生的下撤	124
贺龙："解放了的中国人民无高不可攀"	128
祝贺，质疑？复杂的国际反响	129

| 第四章 |

珠峰之后的新目标：希夏邦马峰 1960年6月—1964年5月

增添后备力量，埋下新辉煌伏笔	137
7595，再次打破世界女子登山纪录	139
乐极生悲，中国女子登山队遭遇重挫	144
中苏分裂下，却要合作登山？	150
希夏邦马：圣者的殿堂，冷酷的山神	154
多行业联合组队，班禅亲自壮行，向希峰进发	158
从海拔5300米到7700米，六大营地为登顶保驾	162
大本营险遇狼群包围	165
营地被雪掩埋	166
1964年5月2日10点20分	168
最后一座8000米"喜马拉雅黄金时代"的完美句号	173

| 第五章 |

第二次登顶珠峰 1965年4月—1975年5月

雪人、喇嘛、绒布寺——再次侦察珠穆朗玛峰	177
印度、英国、美国——珠峰上的群雄逐鹿	181
鲜为人知——宏伟计划的前奏	186
中国登山事业陷入历史最低谷	189
周总理指示：再次攀登珠峰	192
千挑万选，重组新队，精锐尽出	196
登山队、测绘队、科考队集结绒布寺	202
修路：从海拔6500米到8100米	204
12个小时走500米路程	208
大本营旗杆倾倒：不祥之兆？	211
海拔8200米的入党仪式	214
突击队长邬宗岳失踪	216
26岁，双腿截肢，因为把睡袋让给队友	219
田部井淳子登顶，中国人与一项世界纪录失之交臂	222
"爬也要爬上珠峰，死也要死在山上。"	224
在海拔7500米，潘多与丈夫偶遇	226
架起名垂珠峰登山史的"中国梯"	231
突击顶峰前夜的党支部扩大会议	232
珠峰上最大的难关——第二台阶！	234
1975年5月27日14时30分	237

世界首次珠峰高程的精确测绘	238
8848 的诞生	241
世界上海拔最高的坟茔	242
惊回首，离天三尺三	243
附录：部分登山英雄的简历	247
主要参考文献	252

\ 第一章 \

中国现代登山运动的初创

1955 年 3 月—1957 年 6 月

毛泽东："中国人就是要勇攀高峰！"

登山运动在国外亦称阿尔卑斯运动，这个名称来源于横贯法国、意大利、瑞士和奥地利等国的阿尔卑斯山。直到今天，欧洲的登山俱乐部，名称大多还是阿尔卑斯俱乐部。

法国一位名叫德·索修尔的著名科学家为探索高山植物资源，渴望能有人帮他克服当时看来是不可逾越的险阻——登上阿尔卑斯山顶峰。于是，1760年5月在阿尔卑斯山脚下的莎莫尼村贴出一则告示："凡能登上或提供登上勃朗峰之巅线路者，将以重金奖赏。"告示贴出，一直未获响应，直到26年后的1786年6月，一位名叫巴卡罗的山村医生揭下了告示，他经过两个多月的准备，并与当地山区水晶石采掘工人巴尔玛一起，于8月6日首次登上海拔4810米的阿尔卑斯山主峰勃朗峰，于是人们就把1786年作为阿尔卑斯运动——登山运动的诞生年。

此后，登山运动发展很快，直到1865年7月，英国登山运动员文培尔等人，登上了阿尔卑斯山脉中当时认为无法登顶的玛达布隆峰。至此，以阿尔卑斯山为中心的登山运动达到了它的高潮，这就是世界登山史上的"阿尔卑斯黄金时代"。

此后，欧洲的登山运动员，又把注意力逐步转移到了俄国的高加索山区，美洲、非洲、澳大利亚和新西兰的一些山峰。随着登山运动的逐步兴盛，攀登技术的提高和登山装备的改善，攀登难度和高度也进一步增加。第二次世界大战后，登山爱好者把目光转向高峰云集的喜马拉雅山脉。1950年6月3日，法国运动员莫·埃尔佐和勒·拉施纳尔付出了惨重代价（一人冻掉了双脚，一人冻掉了一只手），在人类登山史上首次成功地登上了位于尼泊尔境内海拔8091米的安纳布尔纳峰。以此为开端，至1964年5月2日，中国登山队征服世界上最后一座未被人类登顶的海拔8000米以上的高峰——海拔8012米的希夏邦马峰，这14年时间被登山界称为是"喜马拉雅黄金时代"，是世界登山史上与"阿尔卑斯黄金时代"齐名的另一个登山运动的高潮时代。两个黄金时代，也派生出了登山方式的两大流派：阿尔卑斯方式与喜马拉雅方式。

中国本是登山条件最好的国家。世界上共有14座海拔8000米以上的山峰，中国拥有其中的9座的一半主权或全部主权。但在1949年以前，中国大地满目疮痍、百业凋零，根本就无法开展现代的登山运动。中华人民共和国的成立，恰恰与喜马拉雅黄金时代的开端同步。由此开始，中国的现代登山运动，也奏响喜马拉雅黄金时代中一曲无比辉煌的英雄壮歌。

中华人民共和国成立之后，以毛泽东为首的国家领导人，将全民体育运动的开展提升到前所未有的高度，任命贺龙这样的重要军事将领担任全国体育运动的领导人。一开始，是从基本的运动项目抓起，同时集中力量发展一些群众性强、能够容易扩大开展起来的运动项目。登山运动受到地理、物资、装备等方面的制约，并没有列入急切发展的计划。但是，贺龙等国家体委领导并没有忽视这项运动，而是一直想着在适当时机将这项运动发展起来。

中国登山运动的开端，与苏联有着密不可分的关系。

1950年代，以苏联为首的社会主义阵营各国，与西方各国在体育的各个项目上展开全面较量，登山项目也是其中之一。而苏联和东欧各国境内，缺少7000米以上的高峰。因此，苏联自然就把目光投向拥有多座高山雪峰的中国。

早在1955年3月，中华全国总工会副主席刘宁一访苏期间，全苏工会中央理事会即向刘宁一提出请求，派苏联登山队到中国攀登位于新疆的慕士塔格峰（海拔7546米）和公格尔峰（海拔7719米）。当时中华人民共和国才成立6年，百废待兴，多项竞技体育尚处于萌芽状态，登山运动方面更是一片空白。为了帮助我国开展登山运动，也为苏联日后来华登山铺路，苏联一方面邀请中方人员去苏参加培训，一方面也准备派人来华，对中国登山运动员进行培训。

1955年4月，苏联全苏工会中央理事会下属的阿尔卑斯协会（相当于登山运动协会），致函中华全国总工会，告知苏联方面组织了帕米尔登山队，准备攀登苏联境内的团结峰和十月峰，询问中国可否派运动员参加。按照苏联当时的体育机制，大型登山运动由全苏体委负责，群众性的登山运动由各级工会组织负责。所以，最先向中国提出合作登山的，是苏联的全苏工会。接到苏方邀请后，全总将这一情况向国家体委做了汇报，贺龙马上十分坚决地表示：中国要派运动员参加！国家体委与全总协商后，决定由全总出面，在全总系统中选出了史占春、许竞、师秀、周正、杨德源、刘连满等12人，组成临时登山队，前往苏联学习受训并参加苏联队的攀登活动。

由于是中苏两国的总工会首先开始登山运动的合作，中华全国总工会就先于国家体委，成为中国最早开展登山运动的单位。

最早赴苏联受训的12名队员，基本都是全国总工会从工会系统中选拔出来的干部，如史占春当时是全总宣传处的干部，周正是全总国际部的俄语翻译。当时，无论是贺龙，还是国家体委和全国总工会，派出临时登山队去苏联参加登山运动的目的，主要是让他们参与登山和学习苏联的登山技术，并没有对运动员提出指标要求。但是，中国运动员在苏联学习期间，艰苦训练、顽强拼搏，在身体条件、经验技术和装备都与苏联运动员有差距的情况下，取得了飞速的进步。他们在苏联，第一次接触到了现代登山运动，第一次学习了高海拔的冰雪攀登技术，第一次了解到了什么是"阿尔卑斯方式"……

在苏联培训的第一批队员中，许竞、师秀、周正、杨德源4名中国队员，由许竞担任组长，与苏联登山运动员联合组成帕米尔登山队，于1956年8月14日和15日，同苏联运动员一起，成功地登上了海拔6673米的团结峰和海拔6780米的十月峰，创造了中国人的第一个登山纪录。

贺龙将中国运动员第一次登山就创造了登上海拔6000米以上成绩的消息，向毛泽东主席做了汇报。毛泽东十分高兴地说："中国人就是要勇攀高峰。"

接着，毛泽东还联系中国当时遇到的困难说，现在我们国家其他工作也是在攀登高峰。要像我们的登山运动员那样，不怕艰险。

贺龙向一些老帅们介绍了毛主席的这些话，老帅们都十分高兴。勇攀高峰，一时间就成了老帅们经常向部下讲的一个词。

中国第一支登山运动队

1956年二三月间，苏方派两名登山教练来华，全国总工会借此在北京西郊八大处举办了第一期登山运动员训练班。参加训练班的55名学员是由总工会系统从全国各地的厂矿职工和大专院校的在校学生中严格挑选的。经过四十多天的训练，从中挑选出35人，组成以史占春为队长的中华全国总工会登山队，再次前往苏联受训。这是中国的第一支登山运动队，当时在业务上受国家体委领导，在建制上属于中华全国总工会。

这是中国最早的登山队，现在很少有人知道，中国的第一支登山队，是以总工会的名义成立的。这支队伍中的不少人，后来都成为中国登山界威名赫赫的人物。

身为队员兼队医的翁庆章，原是鞍钢总医院的青年医生。他回忆说，当时登山队来招队员时，自己还天真地以为，登山就是"游山玩水"，于是就报了名。不料想从此彻底改变了自己的人生轨迹。

中国人的登山运动，从北京西郊八大处迈出了第一步！

同年4月25日，在苏联专家库金诺夫和兹维兹特金的指导下，全总登山队由史占春带队，32人历时4天，往返170公里，集体登上了中国海拔3767米的秦岭山脉主峰太白山，创造了中国登山队的第一个纪录，由此奏响了中国登山运动的序曲。

5月16日，国家体委和全国总工会在北京联合举办庆祝集会，祝贺全总登山队首创中国人的登山纪录。国务院副总理、国家体委主任贺龙向队员们颁发了首登太白山纪念章；国家体委副主任蔡树藩在讲话中指出："攀登太白山的胜利，开创了我国现代登山运动项目的历史。"

登上太白山顶峰，创造中国第一项登山纪录的有：史占春（队长）、王凤祥、王宗大、王鉴非、门积武、许竞、师秀、刘连满、刘大义、乔君库、李振环、杨德源、杨绍宗、杨德友、陈荣昌、初谟孔、国德存、周经纬、郑培俭、张祥、张祜、张俊岩、胡本铭、段邦富、梁乃钧、翁庆章、温田茂、彭仲穆、蒋正文、魏民、罗志升、彭淑力等32人。

在当时的中国，许多最基础的登山装备如便携式氧气瓶、联络用的步话机以及承重两百公斤的专业登山绳等都还没有能力生产。

担任过中国登山队总务长和后勤部长的罗志升，回忆当年攀登太白山时，中国登山队装备的简陋："我们组织到苏联去学习，苏联带回来的跟我们自己做的有一定差别，1955年的时候我们自己做登山鞋，开始用部队的皮鞋改成登山鞋，登山钉子是用手工打到鞋底上的，质量比较差，当时也只能这样，我们也不能到国外去买。用比较厚的鞋，用一寸钉子钉上去，跟现在的不一样……"

曾任中国登山队副队长的张俊岩，对当时自制的登山鞋也有深刻印象："弄几个钉，钉到翻毛鞋底，就穿这个鞋登的太白山。太白山倒没有冰，就是山头有点儿雪，其他都是泥巴路。登完以后，到山下一看，鞋底都成光板了，钉子也都掉了。"

中国登山队，就是用这种最简陋的装备，开始踏上了创造奇迹之路！

仿照苏联模式，建立登山运动体制

当时的苏联登山队员，是货真价实的业余运动员，他们都有各自的本职工作。如当时苏联最著名的登山家别列斯基，是列宁格勒的基洛夫机器制造厂车工车间的工长，原是苏军步兵排长，参加过攻克柏林的战役；苏联登山队队长库兹明，是苏联水电部的总工程师，1960年代苏联援助埃及建造世界著名的阿斯旺水坝时，他担任了工程的总工程师。其他苏联队员中，还有大学讲师、中专教师、修表工人等多个职业的人。

当时中国全总登山队的体制，也仿照苏联模式，所有队员们都另有自己的工作单位，有登山任务时才临时集中到登山队来。当时全国各界对登山队都非常支持，哪个单位有人能参加登山队，都是本单位很值得骄傲的事情，这一体制一直延续到1960年代中期。

中苏两国合作开展登山运动之后，1956年一年之内，两国联合登山队就连续进行了三次攀登活动。

1956年6月，中苏两国运动员在苏联北卡兹别可山的登山营训练后，共同攀登高加索山脉海拔5633米的欧洲最高峰厄尔布鲁山，于6月28日登顶。

5月间，全总登山队的部分队员，与苏联登山运动员组成中苏联合登山探险队，攀登位于中国新疆海拔7546米的慕士塔格峰。

攀登慕士塔格峰的中苏联合登山探险队由45人组成，中国运动员12人，苏联运动员17人，工作人员16人。

为支持这次登山活动，新疆方面5月30号成立了喀什支援中苏联合登山队委员会，第一批物资就筹集了1.2万斤粮食，还有马料、大批的牛羊鸡鱼等肉类罐头，以及新疆特有的杏干、酸梅、葡萄干等果脯和著名的四川榨菜。后调集了63峰骆驼组成运输队，将物资运送到慕士塔格峰下的哈拉库里湖边。原本计划用14天的时间运送，由于路途艰险，又遇山洪暴发，不仅部分物资被冲走，还损失8峰骆驼，最后运输队艰难跋涉18天，才完成了运输任务。

中苏联合登山探险队在突击主峰前，组织了3次适应性行军，从海拔4450米至海拔7200米建立了5个营地。攀登过程中，两国运动员混合编组，轮流开路。

攀登途中，中国队员国德存刚到达营地，就发现少了一名苏联队员，当得知这名队员因高山反应而掉队时，国德存不顾疲劳立即返回，往返共计两个多小时，终于将这名队员接回营地。中国运动员的忘我精神，受到了苏方队员的好评。

7月31日，中苏联合登山探险队成功登上慕士塔格峰峰顶，最先登顶的中国队员国德存，在峰顶与苏联队员一起，展开中苏两国国旗。

登顶慕士塔格峰的成员中，有中方队员10人，他们是：史占春（中方队长）、许竞、师秀、胡本铭、刘连满、国德存、刘大义、翁庆章、彭淑力、陈德禹。

8月15日，中苏联合登山探险队成功登上海拔7530米的公格尔九别峰。登顶队员中有中方队员两人，他们是彭仲穆和陈荣昌。

中苏联合攀登慕士塔格峰后，刘连满等4名队员返京，在空军研究所做了高压氧仓的无氧试验，试验海拔高度最高达到了9020米。试验结果表明，中国登山运动员的训练方法是正确的，取得了预期的成功。

第一次独立组队攀登

1957年5月，中国登山队组织攀登位于四川康定的大雪山山脉主峰、海拔7556米、有"蜀山之王"称谓的贡嘎山。

熟悉中国登山史的人都知道，中国登山队的独立组队攀登，取得海拔7500米以上雪山的攀登经验，都是从攀登贡嘎山开始的。可以说，攀登贡嘎山，是年轻的中国登山队在创造奇迹之路上迈出的第一步。

贡嘎山，给中国登山队留下了许许多多的"第一次"：第一次独立组队进行的攀登，第一次独立登上海拔7500米以上的高度，第一次创造了超过当时社会主义阵营各国的登山纪录，第一次对高山地理、高原冰川进行了科学考察，第一次基本使用全部国产装备……中国登山队还在贡嘎山经历了第一次高山雷电、第一次暴风雪、第一次雪崩、第一次滑坠……更重要的是，在贡嘎山，中国登山队遭遇了第一次山难。

今天的人们，对当年中国登山队选择攀登贡嘎山都很不理解，为什么年轻的中国登山队，第一次独立组队攀登，就选择了一座"比珠峰还难攀登"的山？

在登山技术和装备都已经非常发达的今天，贡嘎山仍然是全球登山界最著名的"杀人峰"之一。贡嘎山虽然不到8000米，却是中国地势起伏最大的山体之一。据说，以贡嘎山峰顶为中心，在半径10公里之内，平均高差达到4000米，这在世界上也是罕见的。其攀登者死亡率远高于世界最高峰珠穆朗玛峰和以"野蛮巨峰"著称的世界第二高峰K2峰，仅次于至今无人登顶的梅里雪山主峰卡瓦格博山。

其实在中华人民共和国成立还不足10年的那个时代，人们对中国所有海拔5000米以上高山的了解，几乎都等于是零。旧中国基本没有对这些高山做过任何的科学考察，一些外国人留下的少数资料，也都是零散的。所以，当时中国登山队无论选择哪一座山，都等于是在没有详细地理、气象资料的情况下，做前无古人的艰难探险。

"那时候我们都憋着一口气呢。"登顶贡嘎山时只有26岁的主力队员之一刘连满，晚年回顾当年攀登贡嘎山时的心态，"1956年登慕士塔格峰的时候，咱们国家的登山运动才刚刚开始，我们也都是从各个工厂选拔抽调来的，主要是身体好。我们的经验还不足,就和苏联联合攀登。登上去了,但是外电说咱们是靠着苏联人登的,甚至有的说'中国人是苏联队员拉上去的'。外国人不承认。后来,我们就自己登。都是自己的人,自己的装备。"

世上总有那么一些人,对中国人取得的任何成就,都要抱着敌视的心态,无端地加以质疑和否定,这样的人当年有,现在也有。登顶贡嘎山的另一主力队员刘大义,当时更年轻,只有20岁。他回忆说:"那时候就是为国争光,也是一个政治任务。一声号令就往上冲,不管危险不危险!"

当然,中国登山队攀登贡嘎山的实质意义,还远远不只是一个简单的为国争光。从一开始,中国登山队就从来不是单纯的登山组织,而是结合登山运动,在进行全面的多学科的科考。有关这些高山的地质、水文、气象、冰川、测绘、生物等方面的大量宝贵资料,相当部分都是中国登山队一点一滴为国家积累起来的。在中国登山队最早的这些队员中,就有着当时有关专业的在校学生,他们作为登山队员的同时,也是专业的科学工作者。比如1955年参加过攀登太白山的崔之久,当时就是北大地理系的研究生;1956年参加过攀登慕士塔格峰的丁行友,当时是北京农业大学气象学系助教;参加贡嘎山攀登的队员王凤桐,是北京大学生物系的在校学生。

我们今天看到的种种有关中国各个高山的详细数据,大多是这些登山家和科学家们,用他们的辛勤汗水乃至生命换来的。

当年中国登山队选择贡嘎山作为独立组队的首登之山,理由其实非常简单:贡嘎山在四川西部,离内地较近,交通相对方便;贡嘎山1932年曾有过一次外国人的登顶,不是毫无记录的处女峰;贡嘎山雪线较高,坡度较大,所以积雪就相对比较少,雪崩的机会也就相对少;贡嘎山海拔7556米,只比中国登山队已经攀登过的慕士塔格峰高10米,登慕士塔格峰的经验是7500米高度不带氧气瓶也可以。有氧登山,对那时的中国登山队来说,还是一件比较奢侈的事情。当时没有人知道,后来会被登山界称为"山难大全"的贡嘎山,攀登难度到底有多大。

1957年5月，中华全国总工会登山队一行29人（其中9人攀登过慕士塔格峰，7人在苏联学习过登山技术，7人初次参加登山，6人是科学工作者，7人是工作人员），在队长史占春、副队长许竞的带领下，开始了贡嘎山的登山及考察之旅。队伍中年纪最大的师秀31岁，最小的刘大义年仅20岁。这次攀登使用的设备器材，虽然比较简陋，但全部是中国自己制造的。还有一个比较特殊的情况：当时中华人民共和国成立不久，偏远地区还有匪患，所以登山队去攀登地处偏僻的高峰时，队员都配有武器。

登山队由北京到成都，从成都经雅安、泸定，途经红军长征走过的泸定铁索桥，再翻越二郎山和折多山口，于5月5日到达海拔2600米的高原城市康定，由此离开公路往南进入山区。登山队组织了八十多匹牦牛和马驮运物资，骑马走了三天，于5月11日至5月14日，全部到达贡嘎山西麓海拔3740米的贡嘎寺。寺里的喇嘛们非常欢迎登山队的到来，热情地腾出许多房间给登山队居住，登山队员也按藏族的风俗习惯，与喇嘛们互献了哈达，参拜了佛像。

在大本营休整了三天之后，登山队于5月17日早上6点，开始了第一次适应性行军。副队长许竞领着侦察组的师秀、刘连满、刘大义、王凤祥、王振华5个队员走在前面，队长史占春率领第二梯队随后跟进。队伍先是沿着一条长约6公里的冰川行进，逐步接近山体，边侦察探路边搭建沿途营地。沿着崎岖的冰川冰碛跋涉了4个小时，队伍抵达了位于海拔4300米处山脚下的一所小房子，并在此建立了一号营地。

夜幕时分，队伍行进到了海拔4700米的高度，建立了二号营地。当晚，山上突然来了雷暴和暴风雪。第二天队员一出帐篷，就被眼前的景象震惊了：前面出现了一条布满了松散碎石的岩石斜坡，地形在一夜之间完全改变了！

侦察组用了一整天的时间，才登上了这一段风化得很厉害的岩石山丘，企图由此到达雪线以上的山脊。但攀登到了岩石斜坡的尽头却发现这段斜坡没有和雪线地区相连接，前面有悬崖隔断了去路。此时天色渐晚，侦察组已没有时间下撤到二号营地，就地扎营也全无可能，只得在附近找到一块两平方米见方的岩石平台，6个人紧紧挤坐在一起，帐篷无法搭下，只好将它顶在头上。夜间，山里下起了鹅毛大雪，他们全身的衣服都被打湿了，只能背靠背地坐着，双脚悬空地熬过这寒冷的一夜。他们甚至不敢睡着，因为一不小心，就会掉下悬崖。第二天，他们克服体力上的疲惫，坚持返回到了二号营地。

在二号营地的史占春等人，根据侦察组报告的情况，决定沿着另一条路前进侦察。经过艰难攀登，登上一段坡度大约70°冰雪斜坡之后，当晚他们抵达了海拔约5400米处，建立了三号营地。第二天大伙醒来时，只见帐篷已被浓雾围绕，尽管有太阳，但无法辨明方向，而前方却是一段似刀脊般的冰坡，那是一段有70°左右的陡坡。

新的艰苦攀登再次开始。开路的人每走一步，都要用冰镐刨出一个台阶来，还必须用冰镐探路，因为可能遇到浮雪，浮雪表面上看很平整，下面却藏着冰窟窿和冰裂缝……

又经过一天的努力，史占春、刘连满等人终于顺利越过了这段刀脊般的冰雪陡坡，在海拔6187米的地方建立了四号营地，在此，他们重新规划了冲顶路线，并对沿途进行拍照、绘图、记录。

这时，贡嘎山多变的天气再次发威：一场连续二十多小时的暴风雪骤然来袭，温度降至-20℃。积雪加上风吹来的堆雪，几乎将帐篷都覆盖了，部分队员只得放弃帐篷躲进附近一个大冰裂缝中以避风雪。当时队员王振华在帐篷里未及时出来，随后积雪压下来将帐篷的出口完全堵住了，里面的氧气越来越少，他急中生智，用刀将帐篷顶割破，外面的队员才将他像拔萝卜似的拖了出来。

另一组8名队员则几乎全被大雪掩埋在帐篷中。刘连满那天晚上睡觉正好没脱衣服，连高山鞋都没脱。当大雪把帐篷压住以后，他第一个钻了出来，接着彭仲穆也钻出来。暴风雪中，他们两人一起拿雪铲拼命挖，从早上6点挖到晚上6点，挖的速度还没有雪往上埋的速度快。最后把雪挖开的时候，被埋住的队员连衣服也没穿好，都几乎冻僵了。王凤桐冻得丧失了意识，要求别人给他一个睡袋，说自己不走了，就在那儿待着了！经过大家的反复安抚劝说，他才逐渐清醒了过来。

暴风雪终于停了，所有队员整队结组一起下撤。刚走了没多远，王凤桐突然滑坠，连带把前面几个人都一起撞倒了。滑坠停下来的时候，刘连满是因背包卡在一条冰裂缝上，才没有掉进深不见底的冰洞里。

刘连满当时还没有想到，这才是他在这次攀登贡嘎山的过程中，遇到的第一次滑坠。

两次侦察行军，虽然遭遇了各种险情，但还是基本达成了原定目标。登山队从两次侦察行军中找到了一条较好的从山脚至山脊的路线，对途中的危险裂缝地区、冰瀑地区、雪槽、雪桥也做了细致了解，并用望远镜观察了从海拔6000米至主峰的路线，用带有望远镜头的照相机拍下了照片。

就在侦察组结束第二次侦察行军，返回贡嘎寺大本营的途中，留在一号营地担负支援任务的其他队员，遭遇了中国登山运动史上的第一次雪崩。

5月28日，二号营地的13名队员，分成3个结组，向海拔5100米攀登。近中午时分，队伍正在通过前进路线上一个呈60°的雪崩槽，这是到达海拔5400米三号营地的必经之路。这时走在中间的那个结组是5个人，组长初谟孔走在前面，后面依次是冰川工作者崔之久、气象工作者丁行友、新华社记者张赫嵩和登山队员杨德友。

崔之久一抬头，突然看到上方的雪壁正在倾斜，一股白烟冒起，他只来得及喊出"雪崩"二字，就听一声轰响，一个中型雪崩就发生了。冒着白烟的气浪为前导，随之千百吨的大量冰雪倾泻下来，13名队员根本来不及躲避，就被急剧下泻的冰雪巨浪卷起，每个人都像空中飞人一样，被夹裹在冰雪中在冰坡上一两米的空中上下飞舞，瞬间下滑了两百多米——向上攀登时足足走了3个小时，而被雪崩打回原地只不过十几秒钟！

当雪崩在一个缓坡上停住时，13名队员们全部都被埋在冰雪下面或落入冰裂缝之中。几个被埋得较浅的队员用力挣扎先钻了出来，他们顾不上理会自身的伤痛，赶紧用双手拼命挖掘冰雪，营救队友。

新华社摄影记者张赫嵩被埋在冰雪下，他脖子上挂的相机带子很长，有一段皮带露出在冰面上，队友们据此把他救了出来。他脱离危险后，也马上接着去抢救其他队员，同时还不忘用照相机把这些险情记录下来。被埋在雪中的崔之久，感觉到停止了翻滚，他手脚并用钻出雪堆，只见不远处刚刚脱险的记者张赫嵩不失时机地举起相机，抢拍到他爬出死亡险境的镜头。这时，崔之久才发现自己正置身于一个冰洞口外。隐约听到哪里传来呼救声，他赶紧向后一拉丁行友端的结组绳，只拉出一段已经崩断了的绳头；再向前一拉用上力了：组长初漠孔应该是被埋在雪下了。崔之久拼命用双手去刨，可是速度太慢，于是改用冰镐，忙乱中差一点出错，就差一点刨到初漠孔的脸上——一张因缺氧呈酱紫色的脸。

初漠孔获救了，但崔之久身后的丁行友，却因结组绳崩断，被埋在不远处约1.8米深的雪下。队员们用了将近30分钟的时间，才把他挖了出来，这时他的脉搏已经停止跳动。大家全力抢救，轮流进行人工呼吸，但经过3小时的抢救，最终还是没能挽回他的生命。

丁行友是中国登山队牺牲的第一位队员，年仅23岁。

遇到了险情，牺牲了队友，队员们经历了巨大的悲痛。但是，他们向顶峰冲击的脚步，并没有就此停下。

6月4日，经过休整之后，登山队的17名队员离开贡嘎寺大本营，正式开始向贡嘎山主峰突击。

按预定计划，登山队要在7—10天内登上峰顶。在海拔5400米的冰瀑区，摄影记者张赫嵩和中央新闻电影制片厂的摄影师所在的结组，4名队员又一次发生了滑坠，滚下了一百多米才被一个冰坡挡住。4人虽没有受伤，但背包却摔丢了，全部装备损失，两名摄影师随身携带的两部当时最好的进口摄影机也全都摔坏了。没有御寒装备和随身的技术器材，4人只好折回大本营，其余13人继续前进。

6月8日，队伍继续向海拔6100米的四号营地前进。随着高度的增加，大气压力降低，氧气愈发稀薄，每个队员都背着25公斤左右的背包，带着不可缺少的帐篷、餐具气炉、煤油燃料和各种罐头食品等，行进中还要进行许多复杂的冰雪作业，因此队伍行进的速度很慢。队员中陆续有人因体力衰竭、严重高山反应等原因，不得不停止前进。还有若干队员，则需要留下来照顾这些伤病员或者帮助他们下撤。最后，准备向顶峰突击的队员只剩下了6个人：队长史占春，队员师秀、刘连满、彭仲穆、国德存、刘大义。根据出发之前气象部门的预报，6月10日之后，贡嘎山地区的雨季就要来临，突击队员们必须争分夺秒，向顶峰发起最后的冲刺。

6月8日当天，6名突击队员抵达了海拔6250米、后来被称为"骆驼背"的地方，由于天色已晚，他们就地建立了五号营地。

突击队员们开始翻越"骆驼背"。这是一座陡峭的冰坡，垂直距离约为100米。当他们攀上"骆驼背"之后才发现，这座冰坡最窄处只有一米左右，并没有与对面的山脊相接，另一面还是近乎垂直的峭壁。这时，他们既无更多体力也无足够时间，再退回去重新找路已不可能，只有下到深达100米的悬崖底部，由此再向上攀登，才能踏上对面通往顶峰的山脊。于是，大家把仅有的两根空余结组绳联结起来，刘连满在史占春的指挥下，第一个援绳下降。两根结组绳总长80米，但还差了20米的距离，这段距离，刘连满只能凭着手上的冰镐和脚下的冰爪在冰壁上寻找支点，一点点往下挪。快下到悬崖底部时，刘连满脚下一滑，险些掉进深达数百米的冰裂谷，又是多亏了他的背包卡在了峭壁的石缝上，才没掉下去。刘连满下降成功后，其他人沿着他开辟的路线依次下降，终于越过了这座危险的"骆驼背"，前后耗费了3个多小时。

翻越了"骆驼背"之后，还要经过一段狭窄地带，在左面雪檐连接的断崖与右面的峭壁之间挤出一条狭长的路线。前进时必须尽量将重心向右靠，躲开雪檐。刘连满一脚踩了下去，雪檐塌陷，他一只腿已经悬空，幸亏他迅速将身体拧向相反的方向，才得以避免坠崖。

通过了令人心骇神异的雪檐地带，又进入坚硬的冰雪坡地段。冰雪坡的硬度太大，很难站稳，只能一镐一镐地在雪坡上凿出台阶前进。在一天之内，连续凿出上千个台阶后，队员们终于到达了海拔6600米，建立了六号营地。这时，由于雪崩造成后援队伍上不来，他们的食品已经消耗殆尽，只剩下20块水果糖、少量花生米和一点人参。但六号营地距离顶峰还有两天的路程。但是，他们没有一个人表现出要下撤的情绪。

6月10日，突击队在海拔6700米处建立了最后的七号突击营地，只比前一天上升了100米的高度，因为再往上实在很难找到搭帐篷的地方。

6月11日，气象预报中的雨季果然来临，一连两天，暴风雪将6名突击队员死死困在帐篷里无法行动。暴风雪还伴随着强烈的高山雷暴，接连不断的雷电，把在帐篷中的人打得头发都竖起来了。6个人不得不忍着寒冷与饥饿，把冰镐之类导电的东西搁得远一些，焦急地等待着天气的好转。

12日夜间，暴风雪突然停了，夜空中现出了满天星斗，难得的好天气来了！

13日凌晨3时，突击队6人彻底轻装，只携带了国旗、高度计、最高最低温度计、宇宙线测量器、照相机和摄影机等，在月光下启程出发，开始了最后登顶的冲刺。

通往主峰一段路全是冰坡，冰面滑得发亮，也冻得很硬，大部分路程都要靠挖刨冰阶才能上行。队员们忍受着缺氧、寒冷、饥饿以及连日行军导致的极度疲劳，互相鼓励互相保护，谨慎地一步步前进，用了整整10个小时，登上最后890多米的高度。

6月13日下午1点30分，史占春、刘连满、刘大义、师秀、彭仲穆、国德存6名冲顶队员，经过艰辛奋战，终于胜利登上了贡嘎山的顶峰！

登顶之后，6名突击队员们用了大约45分钟时间，在峰顶插上国旗，记录好登顶的数据与细节，拍下照片，用冰斧切出了一块锥形花岗岩作为纪念。大约2时15分，6个人分成两个结组开始下撤，史占春、刘连满和刘大义三人结为一组走在前面，国德存、师秀、彭仲穆三人结为另一组走在后面。

登顶，无疑是一次攀登中最辉煌的时刻，但这一刻却还不是一次攀登的完美句号。因为最后完成一次攀登，还有着一个更为艰险的阶段：下撤。

俗话说：上山容易下山难。这句俗话在高山雪峰的攀登中，也一样适用。统计表明，攀登雪峰时最危险的滑坠现象，70%都发生在下撤途中；下撤途中的死亡，也占据了攀登雪峰总死亡数的51%左右。这是因为下撤时，登山者往往已经耗尽了体力和给养，长时间处于高山缺氧的环境，结合体力衰竭、饥饿等原因，会更加重登山者的高山反应，造成观察力、判断力下降，甚至出现幻觉。这一切，都会令登山者的下撤过程，比上攀过程有更多的风险。

6人开始下撤后，大约下午4点左右，天气骤然变坏，暴风雪夹杂着一个接一个的闪电霹雳接踵而来，能见度一下子就降到只有十多米，怪异的高山雷电，打得每个人好像身上都通了电，碰一碰身上的衣服，都好像要冒火一般。这时正好走到海拔7000米最陡的一段冰坡上，开路的刘连满不敢再走了，怕在很低的能见度下，有可能会不慎掉下前面的悬崖。史占春正和开路的刘连满商量，是不是先等一会儿，先往回撤再找找路……刘连满刚一转身，身后的刘大义就突然产生了滑坠！

史占春和刘连满一见刘大义滑坠，急忙把冰镐往冰雪坡上压，做出制动保护的动作，但是冰雪坡冻得太硬，他们的冰镐没能插进冰雪中，制动作没起作用，两人反而被刘大义带着一起滑了下去！

在滑坠的过程中，他们谁也控制不了自己的身体，只能随着重力加速度的不断增加，在冰坡上飞起来，落下，再飞起来，再落下……

三个人滑坠了近两百米，一直到悬崖边上，那里恰好有一块突出的石头，刘连满先从右边滑落，史占春和刘大义随后从左边滑落，石头就把结组绳挂住了，史占春手疾眼快把石头死死抱住，刘大义也趁势把冰镐死死插进冰中，这才制止了三人的滑坠。这时，刘连满的半个身子已经掉下了悬崖！

刘连满喘了好一阵，才慢慢爬上来。他的左肩摔得几乎脱臼，冰镐也丢了。这时候能见度好了一点，三人往下一看，悬崖的相对落差几乎能有两千米。大家都说赶快离开这地方，太危险了！

三人刚刚离开悬崖边，后面国德存、师秀、彭仲穆的结组已经走到了他们开始滑坠的附近，远远地冲他们喊道："怎么样啊？"史占春他们也大声喊道："你们要小心！"

可是话音未落，师秀、彭仲穆和国德存也发生了滑坠！刘大义的第一个反应，就是想去把他们拦一下。但是，联结他与另外两人的结组绳只有十米左右，他刚往前跑了几米就被绳子拉住了，没能够到他们。一瞬间，国德存、师秀、彭仲穆三人，就坠下了落差两千多米的悬崖……

刘大义多年后回忆那一瞬间："我当时没多想，假如真的把他们拦住了，也可能我们6个人一块下去了……"

1958年史占春撰写的《我们登上了世界闻名的高峰》一书里，对这一悲痛时刻有着记述："悬崖相对高度有两千公尺。我们就这样束手无策地看着他们一声没有响地坠下了断崖，这种情形几乎使我们晕倒……为了把更大的责任担负起来，我们用极大的毅力忍受着内心的沉痛。"

史占春他们三人，过了好一会儿才从强烈的震惊和悲痛中缓解过来。刘连满的冰镐没了，在这么陡的冰雪坡上，没有冰镐根本无法行走。刘连满不愿拖累队友，让史占春和刘大义先走。史占春考虑之后说，等到了六号营地拿了装备，再上来接他。没想到他们转身走了没多远，刘连满就追上了他们——原来他的冰镐找到了。也就是同一时间，在山下的登山队员们，也见识了贡嘎山高山雷暴的可怕威力。突击队登顶后，大本营已经用望远镜观察到了队员下撤。队医翁庆章和队员王振华奉命到海拔4700米的二号营地去迎接。当晚8时许，翁庆章他们正在规定时间用71型军用步话机和设在贡嘎寺的大本营电台联系，报告当天观察突击队的攀登情况。这时，带着阵阵电闪雷鸣的暴风雪，自远而近奔袭而来。

突然间，一个威力十足的霹雳就打在帐篷顶上方不远处，巨大的炸响声，震得岩石冰雪混合的地面都颤动不已，强大的雷电，引得帐篷内外所有的金属器件，包括冰镐、冰爪都哗哗作响，闪电强烈的道道白光，金蛇狂舞一般在帐篷周围窜绕。翁庆章和王振华被惊呆了，几秒钟后赶紧关闭了步话机，又急忙把帐篷外的天线摘下，藏在鸭绒睡袋里，接着雷声又响了一阵，两人即使用力闭上了眼睛，仍然感受到那强有力的闪光。事后他们才知道，十多公里外正与他们在通话的贡嘎寺里的电台值班员吓坏了，当时他听到山区一阵连续的响雷后，联络信号即告中断，十分担心翁庆章他们遭到了雷击。直到暴风雪和高山雷暴过去，二号营地才与大本营恢复了联络。

连续不断的暴风雪，将刘连满、刘大义和史占春阻滞在了风雪交加的贡嘎山顶，无法继续下山。他们只好就地挖了个雪洞，三人忍饥耐寒地坐了一夜。第二天天气有所好转，他们继续下山，到了海拔6600米的六号营地，那里有当初留下来的帐篷。在六号营地的那一夜，饥寒交加、疲惫不堪的三个人，只喝了一点烧热的雪水，长时间地沉默着，难以入眠，脑子里全是牺牲队友的样子。次日天亮，他们把牺牲的战友们的遗物整理装包，继续下撤。

6月15日，三人又到了那个险峻的骆驼背，下到了悬崖的底部，他们已经没有体力再去攀爬高差达100米的冰墙了，于是在史占春的指挥下，刘连满走在前面，往右边绕道，冒险通过一个碎冰区域，寻找新的下山道路。这片区域，到处都是纵横交错、深达几百米的冰裂缝，稍有失足，就会掉进无底的冰裂缝中去。经过艰难的跋涉，他们终于通过了那片冰裂缝区域，于当晚回到了6250米的五号营地。这时，暴风雪又来了，整夜的狂风几乎要把三个人连帐篷一起刮走。

最后一天，三个人加快了下撤的速度，连续越过了海拔6187米的四号营地和海拔5400米的三号营地，下撤到了接近海拔5000米的地方，已经可以看到从海拔4700米二号营地前来接应的队友们了。就听见队友在下边喊，让三人不要下山，说下面有雪崩。但是他们仅仅停留了片刻略作观察，就不顾危险地继续下撤。刘大义后来解释他们为何没按照队友所说的停止前进："那哪行？不让下去就饿死了，已经四五天没吃着东西了。"

大约在海拔5000米左右，三个人又经历了最后一次滑坠。在一个陡坡上史占春滑倒摔了下来，撞倒了刘大义。走在前面的刘连满一回头，刘大义脚上的冰爪就刮到刘连满的脸上，刘连满的额头和眼角上立即被刮开了两道伤口，额头上的伤口有六七厘米长，他顿时满脸鲜血昏了过去。史占春和刘大义立即对刘连满进行救护，就地给他做了包扎，幸好伤口不太深，刘连满很快就醒了过来。

攀登贡嘎山的全过程中，登山队的突击队员们前后经历过四次滑坠，刘连满一人就经历了其中的三次。史占春、刘连满和刘大义三人，终于在6月16日安全回到贡嘎寺大本营。

一回到大本营，队医立即给刘连满做了伤口的清创与缝合，由于当时队里没有破伤风针剂，就马上安排刘连满和其他两名冻伤的队员先行出发前往康定的医院。其他队员经过适当的休整后，于7月2日在蒙蒙细雨中启程离开了贡嘎寺，结束了中国登山队第一次独立组队的攀登活动。许多年之后，刘连满回顾攀登贡嘎山，说了一句言简意赅的话："1957年能够登顶，与其说是一次胜利，倒不如说是一个奇迹。"

中国登山运动的第一批牺牲者

1957年6月13日，中央人民广播电台播出新华社记者发自登山大本营的报道：中华全国总工会组织的国家登山队今天共6人登上我国四川境内的贡嘎山。国德存等三名队员尚未回到大本营。

第二天，中央人民广播电台继续报道：国德存等三名队员仍未回到大本营，在继续寻找中。

中华全国总工会致电牺牲队员的原单位：6月13日13时30分，在队长史占春率领下，有6名队员登上贡嘎山顶峰。18时分两组（每组三人，以安全绳相连结）下山，在下到6800米处突遇暴风雨和雷电，国德存等三名队员从冰坡上滑倒掉入两千多米的悬崖下，不幸牺牲。

噩耗传到各个单位，牺牲队员原单位的同事们悲痛万分。满洲里铁路公安局机关召开大会，会场沉寂了几分钟，有一位同志边哭边说："还有什么可讨论的，为国牺牲就是革命烈士！"

为了追悼国德存同志，满洲里总工会和公安分处发起，邀请各有关单位负责人组成治丧委员会。1957年7月8日下午，在满洲里铁路体育场举行了国德存同志追悼会暨国德存纪念碑揭幕仪式。满洲里市及铁路各单位领导干部和各界群众以及国德存同志的家属亲友两千余人参加大会。市委书记苏林代表国家体委授予国德存"登山英雄"光荣称号。

攀登贡嘎山之后，崔之久写出了中国第一篇研究现代冰川的论文《贡嘎山现代冰川初步考察》，而文章的副标题更加令人动容——纪念为征服贡嘎山而牺牲的战友。

中国登山队第一次独立组队攀登，就克服了种种艰难险阻，成功地一举登顶了海拔7556米的"蜀山之王"贡嘎山。登上这样的高峰，除了必要的物质条件外，也需要有复杂的组织工作和一定的科学知识做支撑。中国登山队通过自己的努力，使用基本是中国制造的装备，不仅创造了我国登山运动的新纪录，而且超过了当时苏联和东欧国家的最好成绩。攀登贡嘎山的胜利，不仅反映了中国人的精神和力量，也显示了我国文化、科学和经济新的发展水平，在国内外都引起了强烈的反响，当时的社会主义阵营各友好国家纷纷来电来函祝贺。

中国登山队在取得胜利的同时，也付出了重大的代价。师秀、国德存、彭仲穆、丁行友4名队员不幸牺牲。

师秀，原中华全国总工会干部，是中国最早赴苏联培训的12名登山队员之一，也是中国最早参加实际登山的4名队员之一，他参加并登顶苏联团结峰和十月峰、中国登山队攀登太白山、中苏联合攀登慕士塔格峰，牺牲时31岁，是登山队当时年龄最大的队员。

国德存，1947年参加东北民主联军，在西满护路军骑兵连任战士、班长，加入登山队之前曾任满洲里铁路公安分处、满洲里换装所管理处保卫股副股长，参与过侦破白俄罗斯巴拿马了夫（巴拿马了夫是美国青岛海外视察队特工人员，1955年派遣东北）重大间谍案件。1956年参加中国登山队并登顶太白山、慕士塔格峰，牺牲时28岁。

彭仲穆，林业工人，参加并登顶了太白山和公格尔九别峰，获得过"五一"劳动勋章和"国家运动健将"称号。牺牲时26岁。

丁行友，1956年从北大物理系气象专业毕业的大学生，曾经担任过北大气象专业学生会主席，曾任北京农业大学气象学系助教，参加并登顶慕士塔格峰。牺牲时23岁。

攀登贡嘎山牺牲了4名队员，某些人就对中国的登山运动有所质疑，他们认为登山运动费钱费力，而且有很高的风险，不是具有实际意义的体育运动，甚至主张撤销登山队。但是，国家体委主任贺龙元帅坚持认为：登山运动不仅是一项有意义的体育运动，而且，对经济建设和国防建设、科学考察都有重要意义。对于某些人非难和质疑，贺龙一言九鼎："登山队不但不能取消，还要加强！"他还特别指示国家体委，对于贡嘎山山难的处理原则是："一要表彰登山队，二要纪念烈士。"

登山队回到北京后，贺龙副总理等领导人接见了登山队全体人员，还专门接见了牺牲烈士的家属。他握着丁行友父亲的手说："可惜我的娃儿年龄还小，还不能像你那样把他贡献给国家。"

丁行友的父亲是位煤矿工程师，他从贺龙的话中感受到了贺龙的博大胸怀和政治家气度，感动得热泪盈眶。总结会上，贺龙语重心长地对登山队员们说："你们取得了优异的成绩，值得祝贺。要奋斗就会有牺牲，要好好总结经验。先开庆功会，再开追悼会，我都参加！"

贡嘎山，是中国登山队的悲壮之路，更是中国登山队的胜利之路和奇迹之路！

\ 第二章 \

从联合到独立：攀登前的准备工作

1957 年 9 月—1959 年 12 月

中苏联合组队，锁定世界最高峰

从1955年到1957年，苏联登山界曾三次向中国方面提出两国联合攀登珠穆朗玛峰的建议，中国方面因不具备人员装备技术等各方面的条件，一直采取了婉拒态度。

1957年9月，苏联部长会议体育运动委员会登山运动协会主席团委员、功勋运动员阿巴拉科夫、库兹明和运动健将菲里莫诺夫等12名苏联登山界知名人士，联合签名致信苏联共产党中央委员会及中国共产党中央委员会，请求批准组织中苏联合探险队，以便在1959年3—6月间从北坡登上珠穆朗玛峰。

这封信于1957年10月发往北京。11月8日，中共中央办公厅收到苏方来信。之所以收信单位是中共中央办公厅，可见这封信是经苏共中央同意后，由苏联的高层部门发出的。收到来信后，中央办公厅主任杨尚昆和中联部副部长赵毅敏，将此信批转致国家体委蔡树藩副主任："苏体委登山部主席团函中之事请体委考虑，看是否可行，以便复信。"

国家体委和总工会认真商议讨论后上报中央，认为我方尚不具备进行这一规模的登山条件，对苏方建议拟婉拒。但在上报文件的最后也表示："如果中央全面考虑，答应苏方要求，上述困难并非完全不可克服，请中央通知各有关部门，对此事必须大力支持协助并开始准备。"

12月28日，赵毅敏将体委意见转至外交部长陈毅。29日陈毅作出批示："一、同意体委意见，婉辞谢绝，请尚昆简报中央书记处批准作复；二、如需国际活动指委会拟复，可令办理。"

此后，中央书记处书记彭真，也作了相同内容的批示。到1958年2月初，经中央有关部门研究及请示之后，仍决定以婉拒回复，就等中央办公厅请中央审发了。

但到了2月底，事情出现了转机。因国家体委主任贺龙对此事一直持积极态度并影响了国家体委的态度，而且苏联驻华使馆一秘以苏联体委和对外友协代表身份，向中国国家体委副主任黄中正式催问过这件事，从而再次推动了苏方建议的进展。

3月间，苏联阿尔卑斯协会（即苏联登山协会）再次致函中共中央和苏共中央，请求组织中苏联合探险队，争取在1959年3—6月间从北坡攀登珠穆朗玛峰。物资主要由苏联方面提供，攀登珠峰也以苏联运动员为主，中国运动员跟随苏联运动员攀登。

接到苏联方面的再次提议后，贺龙首先针对苏联的提议，确定了一项原则：攀登中国境内的珠穆朗玛峰，中国运动员要起到主要作用，不能跟着苏联运动员。然后贺龙以国家体委的名义，正式向中共中央提交了报告。报告中的主要内容是中国要成立登山协会，国家要发展这项运动。对于苏联方面请求联合攀登珠穆朗玛峰，贺龙在报告中主张同意进行联合攀登，并且有组织有步骤地准备好由中国人为主攀登珠穆朗玛峰。

4月5日，周恩来总理代表中央批复同意了这份报告。对苏联联合攀登的提议，周总理表示"可以考虑"。同日，书记处总书记邓小平作出了批示："此事同总理、陈毅同志商量，大家同意：我国同苏联等兄弟国家合作爬上世界第一高峰是有意义的，此事可由体委与苏方非正式商谈，或由中苏两国爬，或由社会主义各国一齐爬，商量后再提出方案来。"

至此，这件事情在原则上定了下来。

接到周总理的批示后，贺龙立即召集地质部、卫生部、气象局、中国科学院地理研究所、军队体育部门负责人开座谈会，研究攀登珠峰问题。在这次会议上，贺龙提出，尽快成立登山协会，扩大登山队伍，进行科学考察和技术准备，以保证明年攀登珠峰成功。会议决定，由中国自己独立成立一个登山协作组织，实行体育、地质考察、气象研究、高山卫生研究、地理研究相结合，预先做攀登珠峰时全面考察的技术准备工作，在第二年中苏联合攀登珠峰时，要以中国人为主进行全面考察。当时苏联对珠峰还在使用西方"埃佛勒斯峰"的名称，中国方面在回函中则使用珠穆朗玛峰的名称，苏联方面此后也就一直使用珠穆朗玛峰的名称。

由于贺龙预先已经做了充分准备，当中央批复同意报告后的第三天，即4月8日，中国登山协会成立大会就在北京召开了。贺龙出席大会并讲话。他在大会上说："中国这么大，高山这么多，山多宝多，解放的中国人民要踏上祖国的每一座高山，要给每座山峰作出结论，这是光荣的职责。"

登山协会成立后，栗树彬任主席，漆克昌、陈外欧、张文佑任副主席，史占春任秘书长。将原属于中华全国总工会的登山队即全国的登山运动统一管理，下设科学研究委员会和技术指导委员会，由张文友、许竞分别担任主任。颁布了《中华人民共和国登山运动协会会章》，制定了五年规划和运动员等级标准。

1958年4月，中方正式函复苏方，同意双方共同组队攀登珠峰，并邀请苏方派人于7月来京，商定登山的具体计划及进程。

此后，有关攀登珠峰的各项准备工作全面展开。

1958年5月3日，全总登山队与地质勘探部门的找矿勘探相结合，由许竞带队，11名队员登上海拔5100米的镜铁山主峰——道龙上瑞，登顶队员是：许竞（队长）、刘大义、刘连满、彭淑力、张俊岩、区品端、任福堂、李继荣、沈杰、杨永辉、杨裕德。

1958年5月16日，国家体委正式设立登山运动处，史占春任处长。

1958年7月中下旬，苏联体委第一副主席波斯特尼柯夫等人来到北京。7月21—26日，中苏双方代表在北京新侨饭店召开会议，中方代表是国家体委副主任黄中等人。会议上，双方在充分合作和谅解的气氛中进行，达成了如下共识：

在组织领导方面，双方人数各15名队员，由中方人员担任队长，苏方人员任副队长；在北京建立指挥部，双方派代表参加，主要负责人由中方出。

为了做好准备工作，1958年由中苏共同组成侦察组对珠峰进行实地考察，由苏联著名登山家别列斯基任侦察组领导。

航测与空投由苏方承担，但须由我国政府正式向苏联政府提出；航测的底片归中国，照片可充分提供给苏方；航测的苏联飞机不从苏境内机场起飞，而从中国机场起飞。

此次攀登由中苏合登，而不是由社会主义多国参加。

由中国西藏的党政军机构成立相关的支援组织。

关于攀登珠峰的具体行动计划，初定1958年侦察，1959年试登，1960年登顶，预计三年完成。高山装备、高山食品由苏方负责，约需300万卢布。中方负责全部人员、物资的运输，且补充部分装备，需200万至300万元人民币，若修公路（日喀则至珠峰山下）还要远高于此数。

会谈中，中方经过大力争取，确定了一项基本原则：以中国登山运动员为主攀登珠峰，苏联运动员在其中起重要作用。在后勤保障方面，由苏联提供主要物资。

国家体委将上述会谈和达成共识的内容于8月1日向中央写了专题报告。8月8日，中苏登山会谈的中方代表、国家体委副主任黄中和登山处处长史占春来到北戴河，向贺龙详细汇报了中苏会谈的情况及中方的人员调配、物资准备、科考立题等事项的进展。稍后，贺龙带黄中向周恩来、邓小平和陈毅等领导人作了口头汇报。

周恩来、邓小平、贺龙、陈毅等听取汇报后，商议决定了下一步的谈判原则：一定要由中国人为主攀登珠峰，但既然是联合攀登，也要发挥苏联方面的作用，为他们的攀登创造条件；在攀登中，要向苏联老运动员学习，在许多技术方面认真听取他们的意见。攀登珠峰成功后，珠峰即命名为友谊峰；保障工作由西藏军区负责；珠峰地区航测任务由中方担任。

会谈结束后，中国方面随即成立了登山指挥部，贺龙亲任总指挥，黄中和中共西藏工作委员会第一书记张经武、第二书记谭冠三任副总指挥。

当时，中国空军飞机的性能还不能完成珠峰地区的航测任务。中苏双方在会谈中也确定，苏联方面为攀登珠峰提供物资保障，苏联方面也应该为攀登珠峰提供飞机。

当年英国登山队攀登珠峰，最高只到达了海拔8500米，更高地方的地形资料，世界上完全是空白。所以，中国登山队就考虑用航测摄影的手段，设法获得海拔8500米以上地形方面的信息。同时考虑到需要有大量的物资运输到海拔6500米甚至海拔7000米以上，如果能借助飞机空投部分装备、物资到北坳西面的几个营地，将大大节省登山队员的体力，有利于提高攀登速度。

当时中国已经可以生产苏式的安–2型小型运输机（中国命名运–5型），但其飞行高度达不到珠峰顶的高度。中苏会谈时，别列斯基说，苏联新生产了一种安–6型小型运输机，能飞到10000米以上，可用于攀登珠峰的航测与空投。

考虑到中国领空的主权，贺龙主张不直接让苏联派飞机，而是由中国向苏联购买飞机，对珠峰进行航测。周恩来总理非常赞成贺龙的意见。但临时提出向苏联购买飞机，走正常的外贸渠道在时间上肯定来不及，只有请高层领导人作为特例办理。于是，由周恩来出面给赫鲁晓夫写信，要求购买两架航测飞机，赫鲁晓夫很快回信，表示同意卖给中国两架安–6型飞机。

中苏两国的联合登山计划正在谈判中，中国登山协会已经开始了扩大和训练登山运动员队伍的工作。为选拔攀登珠峰的运动员，登山协会成立了北京登山营，在香山公园开办了北京登山营第一期训练班，训练班招收了90名学员，其中科学工作者20名、大学生25名、解放军官兵26名、厂矿职工11名及其他人员8名。他们中的许多人，日后都成了中国登山运动的骨干。

登山队正式成立后，原全总登山队的队员们，都转为中国登山队队员，又选拔了一批新队员。也是从这次选拔开始，中国登山队开始有了女运动员。

当时选拔登山运动员的途径主要是三个：一是原全总登山队的队员；二是各个大学地质、气象、勘探等专业的大学生、青年教师等；三是军队中的现役军人。

原全总登山队的队员，主要来自全总系统工矿企业的干部和工人。如许竞、周正、彭淑力等人，原来都是全总的外语翻译。这批中国最早的登山队员中，党员很多，他们接受登山训练的时间最早。国家登山队成立后，全总登山队的队员们都转为国家登山队队员。香山训练班开办，全总又从本系统中招收了部分新队员参加培训。如后来登顶珠峰的屈银华，原是四川林业局的工人，就是这次进入香山训练班的。

各个大学中的地质、勘探、气象等专业因大专业特性的要求，对学生有野外勘探和攀登的训练，当时北京大学和北京地质学院等院校，还成立了自己的登山队，为国家登山队选拔队员提供了有利条件。在1958年香山训练营选拔的队员中，后来著名的登山健将王富洲、邬宗岳、石竞等人，都是来自北京地质学院和成都地质学院的毕业生或在校生；邵子庆来自北京大学地球物理系。北京地质学院在全国各院校中，首先成立了女子登山队。中国最早的女子登山队员袁扬、丛珍、王贵华等人，都来自北京地质学院。女队员姚惠君，来自北京大学地质地理系；第一支女子国家登山队成立时，24名女队员中，有14名是来自北京地质学院的师生。

袁扬，是中国著名地质学家、著名考古学家袁复礼的长女，原准备要继承父业从事地质工作。她回忆说："我大学毕业在北京地质学院进修的时候，听说国家登山队招人，因为考虑到当时西藏在地质勘探和地质考察方面是一片空白，我就想去登山队，顺便考察西藏那边的地质情况，做一些地质研究工作。现在回想起来那时很幼稚，国家几经选拔挑上的登山队员需要接受严格规范的登山训练，不可能再去做地质考察。"

袁扬后来长期担任中国女子登山队的队长，是中国女子登山队的主力队员。

人民解放军有独立的军事体育训练机构和体育队伍，特别是当时可通过解放军的系统选拔到少数藏族队员，这对登山队选拔队员更是十分有利。众所周知，对登山来说，藏族人比汉族人有先天的优势。如汉族人到海拔5000米以上的高度时，一般血氧饱和度会下降10%左右，而藏族人的血氧饱和度在同一海拔高度则基本没有什么变化。但当时的西藏，尚未实行民主改革，登山队大范围选拔藏族队员还不可能，所以通过解放军系统选拔藏族队员就显得十分重要。在香山训练班中，队员穆炳锁原是驻藏部队某部侦察连战士；队员格朗也是驻藏部队某部战士，是中国登山队最早的藏族队员；女队员姜霙，是1950年抗美援朝时入伍的军人，原是八一女篮的队员，也入选了香山训练班。

香山训练班通过全国总工会系统选拔队员时，从四川省林业部门一共选上了三个人，其中一个便是后来登顶珠峰的屈银华。当时他是单位里兼职的工会主席，收到总工会的电报后，就主动要求去登山队。他后来回忆说："那时我在重庆林业局工作，看到电报后我说我要去登山，到北京训练三个月。党委书记说生产任务这么紧你还去？我说三个月嘛，我也没到北京去过，看看天安门就回来了。6月12日，我在前门车站下了车，弄了个三轮车把我拉到天安门去了，然后再到产业工会和香山训练班报到。"

后来登顶珠峰的王富洲，当时是北京地质学院的在校学生，他回忆说："去之前我连什么叫登山都不知道。那时候正在念书，系里的党委副书记跟我谈完话，又在后头说了一句：'王富洲啊，以后你在那儿不能老光脚丫到处跑了啊！'我们那时候班里几十个男生有一半都不穿鞋，光着脚丫到教室里上课，我平常去他的办公室都是光脚丫去的。过去他从来没提这句话，怎么这时候提这个事呢？那时候马上就要毕业分配了，我们那一代毕业的学生都不愿意留在城市，都希望到野外进行实地考察，接受锻炼。他说你要是想知道就去问石竞（与王富洲同时加入中国登山队的同学）。石竞是我们这届学生的党支部书记，他说：'哎，是登山，咱们要去苏联，到苏联不能光脚丫子啊。'"

香山训练班结束后，结业的队员们立即来到甘肃酒泉的祁连山下，进行实战演练。

1958年6月，中国科学院组建中国第一支高山冰雪利用考察队，由地理研究所的冰川专家施雅风带队，与兰州分院一同进行祁连山冰川考察，苏联专家道尔古辛加入考察队。

7月1日，施雅风带队考察，与道尔古辛一起发现了第一条冰川，并将其命名为七一冰川。施雅风后来评价说："这是中国人自己发现并命名的第一条冰川，是中国冰川科学的奠基石。"

1958年8月，中国登山队与地理考察部门协作，由张俊岩带队，攀登这条刚刚发现的七一冰川中海拔5150米的主峰。8月10日、11日，登山队员分为两批，张俊岩、王振华、刘连满、刘大义等46名男队员和周玉瑛、周铨英、袁扬、姚惠君等4名女队员，登上了七一冰川主峰，这是中国登山队第一次有女队员登顶。

莫斯科—北京峰

登顶七一冰川主峰后，按照中苏双方的协议，中国登山队于8月间派出两批共46名中国运动员，到苏联接受培训。培训期间，中苏两国运动员组成联合登山队，攀登苏联境内海拔7134米的列宁峰和与列宁峰相邻的海拔6852米的无名峰。

经过两次适应性行军和物资运输后，两国登山队领导人一起讨论突击顶峰的队员人选。苏方主教练突然提出不同意中国女队员参加攀登列宁峰，理由是中国姑娘们接触登山训练时间太短，两次行军只攀登过海拔5600米的高度，表现不理想，所以她们攀登海拔7134米的列宁峰是不安全的；苏方副主教练则说，苏联开展登山运动有40年历史，到今年7月才有两位姑娘登上列宁峰。而中国姑娘才刚刚开始接受登山训练，这样直接去登海拔7000米高峰无论如何是不行的，可能会出危险。经中方队长力争，坚决要求给中国女队员一个锻炼的机会，苏方队长库兹明最后说："中国的女队员们虽然缺乏登高山的经验，但她们有这种勇于奋斗的精神，这是很可贵的。我们不妨也试试看么！我同意让中国的姑娘们参加登顶，但是我们必须做好急救和抢救的准备！"

最后，当时中国培训队员中的5名女队员袁扬、周玉瑛、周铨英、姜霓、姚惠君，都被批准参加登顶。

会后，库兹明私下对中国队的翻译周正说："有些人对中国有歧视思想，因为他们真的不了解中国。你们不要介意，他们慢慢地会了解中国，也会懂得中国人的自强、自尊精神的！我是了解你们的。"

1958年9月7日，中苏联合登山队一举登顶海拔7134米的列宁峰，中方登顶的队员是王富洲、王凤桐、王家奎、邓嘉善、石竞、陈三、余和、杨永忠、岳彩文、屈银华、张景金、胡沐钦、格朗、阎栋梁、彭淑力、雷耀荣、穆炳锁等17人。

登顶队员中有藏族队员格朗，这是藏族队员第一次登顶。

中国21岁的女队员姚惠君，在登达海拔6700米时，因体力衰竭和高山反应而昏倒，当时由尚未登达海拔6800米的苏方队员和中方队员一起，轮流抬着担架，将她送下山去抢救；苏联48岁的著名登山家别列斯基（攀登过中国的慕士塔格峰和公格尔九别峰），在登达海拔6920米时，也突发高山肺水肿，由8名苏联队员和4名中国队员将他抬下山去。这种为了救护队友放弃自己登顶机会的集体主义精神，多年来一直为中国登山队所保持。

由于姚惠君的昏倒，联合登山队为避免出现新的伤亡事故，命令已经登达海拔6900米处的中国的女队员袁扬、姜霓和周玉瑛停止上攀。她们3人的这次登山的纪录，也就不得不停留在了海拔6900米，但也打破了不到两个月前创造的中国女子全国登山纪录。

中苏联合登山队登顶列宁峰后，由苏方队长库兹明率领6位苏联队员和王凤桐、石竞、彭淑力、穆炳锁4名中国队员，越过列宁峰与另一山峰之间的山坳，9月8日成功登顶海拔6852米的无名峰，后又重新越过山坳，经列宁峰安全下山，回到基地。

返回基地后，库兹明邀请中方队长等人，一起研究如何为这座无名峰命名。按照当时欧洲和苏联的习惯，谁登上一座无名山峰，谁就有权为其命名，当时的苏联登山界尤为看重这个惯例。库兹明等苏方领导提出，这是苏联和中国第一次大型合作登山的成果，提议将这座无名峰命名为"毛泽东峰"。

中方的领导和队员们，对此一点思想准备也没有，当时也无法马上与中国驻苏联大使馆联系。中方领导和队员们，在心理上都不同意苏联方面的命名提议。这座无名峰海拔只有6852米高，而中国不仅有世界最高峰珠穆朗玛峰，海拔8000米以上的高峰更多，用中国人民伟大领袖的名字为这么一座无名峰命名，连中方队员自己都通不过，更何况还没有请示国内呢？因此，中方领导表示此事很严肃，中国登山队没有这个权力做出决定。但苏联登山队领导则很高兴地认为，这是对中国友好的表示。库兹明说："这完全是为了中苏两国人民的友好和两国登山家之间的友好合作，在苏联的帕米尔高原上有斯大林峰、列宁峰，我们应当有一个中国人民伟大领袖的毛泽东峰啊！"

尽管苏方再三游说，中国登山队还是没有同意，此事暂时搁浅了。回到莫斯科后，登山队领导人请示了中国驻苏大使刘晓，刘晓回答说："你们没有同意是对的，这可不是一般的问题，没有请示中央，随便用毛主席的名字命名，这谁也不敢啊！"

苏方队长库兹明见中方坚持不同意这个命名，就想出了另一个名字："莫斯科—北京峰"，中方同意了这个命名。

9月17日，在莫斯科大学召开中苏联合登山队共同登顶列宁峰的庆祝大会，中国驻苏大使刘晓和文化参赞戈宝权出席大会。会上，苏联体委主任罗曼诺夫代表苏联政府宣布："为苏中两国人民的友好，为了苏中两国登山家的继续合作，我们正式为这次苏联和中国登山家共同登上的列宁峰的峰前峰命名为莫斯科—北京峰！"

"国家体委参观团"——攀登珠峰的侦察与准备

当中国队员在苏联攀登列宁峰的同时，国内的登山队员们，也在紧张地进行着训练。1958年9月14日，由许竞、崔之久、栾学富三人组成的侦察组，登上海拔5827米的疏勒山主峰，即祁连山脉的最高峰岗则吾结峰。随后，王凤祥、万迪、文建国、王喜茂、马文璞、申芝清、沈杰（中央新影制片厂的摄影师）、张祥、赵诗信、黄万辉等10名队员，于9月15日也登上了岗则吾结峰。登顶成功后，登山队将岗则吾结峰重新命名为团结峰。

在中国登山队紧张选拔、训练队员的同时，中苏两国联合侦察、攀登世界最高峰珠穆朗玛峰的行动，也在全面展开。

为获得有关珠峰的信息，国家体委要将英国登山队几次攀登珠峰的历史记录整理出来，进行分析研究。为此，特约请北京大学地质地理系侯仁之、林超教授，对英国队登珠峰的资料进行翻译和整理，先后总共编译出达30万字的文字材料。

中华人民共和国成立后，还没有人真正到过珠穆朗玛峰北坡，因此当时中苏双方对珠峰北坡的地形和气象条件，都是一无所知。当中苏双方讨论合作细节的时候，苏方才知道，西藏竟连一条通往珠穆朗玛峰山脚下的道路都没有！

中苏联合攀珠峰达成协议后，中央政府和西藏工委借此契机，也是为了西藏经济建设，下决心修通自日喀则到珠峰脚下的380公里道路。出于支援中苏联合攀登珠穆朗玛峰的计划，同时也考虑到西藏今后经济发展的需求，中央为此特批了几百万元经费。为更好地争取地方支持，贺龙还特意写了条子给他的老部下、西藏军区司令张国华，请其尽力支援。

1958年9月，西藏军区调集了400名藏族民工和600多名军工，在日喀则以西的荒野中，热火朝天地开工了。这条道路历时5个月，于1959年1月底完工。没有这条道路之前，从亚东经日喀则到珠峰的牲畜运输队，单程要走30天左右。通了汽车之后，从拉萨出发，3天就可到达珠峰大本营。

1958年9月下旬开始，中国在苏联培训的登山队员陆续返回国内。9月，参加珠穆朗玛峰侦察组的苏联登山家别列斯基、科维尔科夫和菲利蒙诺夫三人来到中国。10月中旬，以许竞为组长、别列斯基为副组长的侦察组正式组成。侦察组一行二十余人，中方队员是王富洲、石竞、刘连满、陈荣昌、王家奎、赵国光、罗志升，队医翁庆章、翻译彭淑力，还有气象、电台、医务等工作人员以及若干科考队员。当时中苏联合登山的计划对外界严格保密，侦察组进藏的名义是"国家体委参观团"。

因当时的西藏，尚未进行民主改革，经常有匪患发生。国家体委特地从总参借调了一批枪支，所有进藏人员都进行了射击训练，每人配有一支手枪和一支步枪，驻藏部队也派出150人的加强连，包括一个迫击炮排，武装护送侦察组前往珠峰地区。

侦察组一行20余人及5吨登山装备及食品，于10月16—19日从北京乘空军的运输机分批离京，在拉萨集中，再从拉萨乘汽车到达日喀则，然后改为骑马，沿着已有雏形的新修公路行进。15天后到达珠峰北麓海拔5120米的地方，也就是后来的珠峰绒布寺大本营所在地，前后共用了18天时间，这是我国内地人员有史以来首次抵达珠峰北麓。在行进期间，还派出两名科考队员王富葆和王明义，负责运送两箱银圆，找到定日宗本（县长），委托代为组织民工配合部队开辟道路。

当时侦察组的成员都是骑马，而护送他们的解放军战士则全是步行。苏联登山家菲利蒙诺夫对当时护送侦察组的解放军战士印象极为深刻，他在1994年给中国登山队的老朋友写信时，还特别提到了自己当时的感受：在海拔4000米的高度上，侦察组成员是骑着马，步行的解放军战士背着枪和粮食和自己的鞋。因为道路崎岖难行，战士们每过三五天就需要换一双鞋，马的铁掌也要几天一换。他在信中由衷地感叹道："中国军人吃苦耐劳、顽强奋进的精神实在令人钦佩！"

侦察组在珠峰地区进行了10天的实地侦察，分两组沿中绒布冰川和东绒布冰川上行，到达了北坳东西两侧海拔6800米及海拔6500米的高度，用望远镜观察了海拔7007米以上通往珠峰东北山脊的地形，基本考察清楚了进山的路程、沿途营地设置及攀登北坳的路线等，完成了预定任务。离开珠峰前，侦察组决定在海拔5120米的高度设立营地，并搭建气象台，作为日后攀登珠峰的大本营。这个营地逐渐发展成为后来的珠峰大本营。

12月2日，侦察组回到了北京。参加了侦察的王富洲回来跟队友们说，骑马骑了24天，现在一见着马，腿肚子就抽筋。

随侦察组之后到达绒布寺的气象组15人，于1958年11月在珠峰山脚下建立了气象观测站，这个气象站后经扩建，达到了当时省级气象站的规模。对登山来说，现场气象观测极为重要，所以气象组人员一直留在珠峰地区观测。在西藏平叛期间，气象组也没有撤回，一直在绒布寺坚持工作。

留守在珠峰地区的，还有部分科考队员，主要从事测绘工作和冰川研究，参加过攀登贡嘎山的冰川学者崔之久，也随科考队留在了珠峰地区。他们还于1959年3月30日，在东绒布冰川的冰塔林左侧，海拔6300—6400米的地方发现两具英国登山者的遗体。发现时，遗体周身以帐篷包裹，毛衣碎了，面容及黄头发一看就是西方人特征，想必曾为冰雪掩埋，冰川退缩方才暴露。科考队员们做了详细记录后，又用石块将两具遗体重新掩埋。

12月4日，中国国家体委副主任黄中和苏联国家体委副主任安德里安诺夫召开联席汇报会，听取了中苏珠峰联合侦察组的详细汇报。会议进行了两个上午，通过了侦察组提出的计划方案，做出了几项决定：

由登山队员、教练员和官员共30人组成的苏联登山队，计划于1959年3月20日从莫斯科抵达北京，22日抵达拉萨，然后换乘汽车经日喀则到达珠峰绒布寺大本营。

中国方面负责完成修筑从日喀则经拉孜、定日到珠峰大本营全长380公里的公路（当时正在修筑之中）。

依照别列斯基的建议，为了更确切地观察北坳以上的地形，进行航测并可能需要向高山营地空投物资，中国向苏联购买两架安-6型飞机。

中国气象科研人员提前进入珠峰大本营，观测珠峰地区的气象变化规律，特别是4—6月间的气象变化规律。

苏联方面负责向中国方面提供登山队员的服装和各类装备等问题，在7月间两国体委会议上已经做出确切的规定。向中国方面出口两架小型飞机的决定，随后也得到苏联领导人赫鲁晓夫的批准。

1958年12月28日—1959年1月3日，中苏双方在北京再次举行会谈。会议听取了许竞和别列斯基的汇报，评估了侦察组的报告。双方一致认为，侦察组圆满完成了预定的任务，并对报告里提出的多个问题进行了讨论。经反复讨论后，双方对攀登行动的许多细节，逐步达成了一致意见。

双方商定：最后突击主峰的人数为20人，另选12—16名队员作为辅助队；1959年3月苏联队员全部到达北京后，在北京正式建立总指挥部；队伍的名称定为"中苏珠穆朗玛峰登山探险队"；苏方需准备共约20吨的物资，其中的15吨于1959年2月5日—10日运抵北京或天津，另外3.5吨于1959年3月1日运抵北京，其余的由苏方队员自带；1959年4月9日中苏全体队员要抵达大本营，并进行三次适应性行军；正式突击顶峰日期定为1959年5月16—30日……

1958年底，苏联提供的两架安-6型飞机（中方以每架24万元人民币从苏联购买），由4位苏联民航驾驶员驾驶，从伊尔库茨克飞抵北京西郊机场。

飞机到了之后，中国飞行员感觉这型飞机在外观上与当时中国已经可以生产的安-2型（中国命名运-5型）基本没什么差别，只是多了一个空气压缩机（涡轮增压），中国飞行员揶揄地说：其实我们只要买一个压缩机就行了。

1959年1月19日，中方航测队正式接收了飞机并试飞。试飞和技术分析表明，那个涡轮增压的作用非同小可，能令安-2型飞机的发动机在9500米高度上仍可发出850马力的功率，使原来只能在5000米以下飞行的安-2型飞机可以爬升到10000米以上！

安-6型飞机的理论高度为13000米，中方试飞时空载可达10300米，全载重（5250公斤）可达9000米，性能较好，起降要求的跑道距离也短，符合珠峰地区航测的要求。后来中苏联合攀登计划中止，这两架飞机由国家体委拨给位于河南安阳的中国航空俱乐部进行滑翔及高空跳伞训练之用。

当时的中国，大部分现代登山装备器材都还不能生产，许多物资需要由苏方提供。但当时国内各个行业也都尽了最大努力，给予登山队大力协助。国家计委、经委特别调拨了防寒的优质鸭绒、尼龙面料，解放军总后勤部调拨专供高寒地带执勤官兵食用的快熟米，空军则为登山队提供了能在高山低压环境下燃烧的航空煤油……一次登山行动，就是一次全国各行业的大协作。

在侦察组对珠峰展开侦察的时候，从1958年10月开始，登山队各类人员160余人，先后分两批由北京出发进藏，于1958年12月12日抵达拉萨。他们以国家体委参观团的名义分批进藏，参观团团长史占春，副团长是许竞、胡本铭和罗志升。

唐拉昂曲峰——从逃亡奴隶到登山队员

登山队提前进藏的目的，主要是选拔藏族新队员，训练队员在高山恶劣自然条件下的抵抗能力以及冰雪条件下的高山作业技术。

抵达拉萨后,登山队首先从驻藏部队所属各单位和西藏党政机关中,选拔了三十余名藏族男女青年,扩大了登山队的运动员队伍。

1959年以前的西藏,尚未实行民主改革。所以,当时驻藏部队及其附属单位,就成为登山队选拔藏族队员的主要途径。如1960年登顶珠峰的贡布和1961年登顶公格尔九别峰的拉巴才仁,都是班禅警卫营(正式番号是西藏军区日喀则军分区独立营)的战士。

解放军十八军进藏后,于1952年在西藏建立了七一农场。部队农场在西藏民主改革之前,收留了不少逃亡奴隶和他们的子女。中国登山队最早的藏族女子登山队员,绝大部分都是来自部队农场。登山队第一次选拔的8名藏族女队员,有6名是七一农场的农工,如1959年打破世界女子登山纪录的西绕、潘多、齐米、查姆金等人,她们几乎都是逃亡奴隶出身。

贡布在1956年入伍之前,也是逃亡奴隶。

这些逃亡奴隶们,当初都是在黑暗的农奴制下,被西藏的封建领主们逼到了生死边缘。因此,当他们获得新生后,对共产党、解放军、新中国、毛主席都怀有强烈的感恩之情,大部分人很快成为登山队的主力队员。

中国著名的女登山家潘多,回忆当初登山队来选拔队员时,她看到几个姐妹围着一位穿军大衣的人在报名,不知道这人就是登山队副队长许竞,潘多的朋友也建议她去试试。她回忆说:"我不喜欢凑热闹,再说要是没选上多没面子,我就不想去。但朋友劝了我好几次,我禁不住劝就去了。"年轻的潘多,用生硬的汉语对许竞说:"我愿意给解放军当向导,去打土匪!"潘多当时还以为许竞是解放军派来招兵的。身体测试后一个星期,潘多接到了入队通知书。她回忆自己当时的惊喜:"通知书上说,什么也不用带,登山队什么都有。其实我能有多少东西?有的也是破烂儿。"

经过一个月的体能训练以后,全体人员于2月初到达当雄县的念青唐古拉山区,进行了冰雪作业和实地登山训练,组织攀登海拔6330米的念青唐古拉山东北峰。

念青唐古拉山东北峰，也称唐拉昂曲峰，在念青唐古拉山的中央峰东侧，地处念青唐古拉山脉中段，相传是念青唐古拉的"经师"，当地群众也称其为"唐拉堡"。山的南侧有一条"昂曲"河，所以当地群众把这里叫作"唐拉昂曲"。

1959年2月1日、4日、5日三天内，中国登山队的队员们分批登上了念青唐古拉山东北峰，由陈荣昌带队，登顶队员是：陈荣昌、王喜茂、赵国光、石竞、王富洲、马文璞、钟富道、赵诗信、袁扬、姚惠君、胡本铭、多吉、米玛、拉玛、扎西、旺堆、泽旺、旺堆罗布、拉巴才仁、谢伍成、西绕、琼吉、小普布、周玉瑛、唐邦兴、胡沐钦、李继民、岳彩文、陈三、熊自敬、屈银华、刘大义、刘启明、夏富才、赵冲、小夫卜布、邓嘉善、马来令、胡德明、李振雨、张凯元、刘肇昌、穹吉、石觉、加布、贡布、索南多吉、潘多、齐米、查姆金、雷耀荣、郭庆伍、崔忠义、朱杰、赵冲显、张高金、彭错迦博等72人。

屈银华回忆说："对于攀登念青唐古拉山，给我最大的感受就是寒冷。我现在都能体会到那时候的冷，就好像没有穿衣服在雪地里爬山，非常非常寒冷。我们宿营的时候，不得不在地上挖很深的雪洞，然后搭建帐篷。帐篷入口的里外，就相差了5度的气温。"

在拉萨训练期间，生活条件很差。登山队的伙食中，仅有一些大葱、木耳、黄花菜，不少队员还因不适应气候、缺乏蔬菜等原因患上了肝炎等多种疾病，后来回到北京才治愈。

在唐拉昂曲峰脚下，成批的西藏运动员，开始出现在中国登山运动的队伍中。登顶队员中，西绕、潘多、齐米、查姆金等，是中国登山队最早的藏族女队员，登顶唐拉昂曲峰，也是中国登山队第一次有藏族女队员登顶。

当时从苏联受训归来的队员，都成为带队训练的主力。参加过攀登贡嘎山、在苏联培训过的刘大义，这时才不满23岁，却已经是训练工作的主持人了。他安排男队员由屈银华负责带领训练，女队员由刘启明负责带领训练，新入队的藏族队员，是训练的重点。训练的主要内容，就是从苏联学来的各项冰雪技术，天天做冰雪条件下的保护动作和行走动作，直到所有队员彻底养成必要的动作习惯。一个月的强化训练，以攀登念青唐古拉山东北峰为终点。新入队的那批藏族运动员，通过这段时间在念青唐古拉山的冰雪训练，不少人很快成长为登山队的主力队员。

风云突变，西藏反动分子发动叛乱

1959年2月中旬，苏方已将登山装备（包括服装、帐篷、通信设备、氧气瓶、煤气罐及其他攀登装备）24.5吨和苏方的高山食品13吨全部从铁路运抵北京。3月初，中方已将苏方物资运抵拉萨和格尔木。按计划，苏联登山队将于3月22日到达拉萨。

中国登山队一成立，就以攀登珠峰为首要目标。现在，成立时间不足5年、队员平均年龄只有24岁的年轻的中国登山队，眼看就要挑战世界最高峰了！

一切似乎都非常顺利。然而，风云突变！

进入1959年，西藏上层反动分子准备发动叛乱，拉萨的形势日趋紧张。以贡布扎西为首的武装叛匪，经常毁坏桥梁，伏击汽车，影响了山南的交通通行。拉萨的上层反动分子，也在大量制造谣言，煽动和裹挟藏族群众，不断制造事端。

屈银华回忆："10月我们从苏联回到北京，接着分两批进藏，一部分和苏联队员一起先去侦察，一部分走陆路，从敦煌、格尔木进藏，经过里河（那曲）。当时是西藏叛乱前夕，青藏公路上常常有车被抢。我们进藏的车虽然多，但因为有车距，车队很长，仍然可能被袭击。车上架了机枪，我们从格尔木站到拉萨，一直保持警惕。"

登山队队医翁庆章回忆，3月初到达西藏当雄机场时，就感觉有点异样了。1958年他参加中苏侦察组到当雄机场时，西藏军区只派了一个班的武装战士来为他们警卫；可这次的情况大不一样，西藏军区给他们车队提供的警卫力量，竟然是两辆装甲车！

原本登山队在拉萨每天要进行越野长跑等体能训练，还常到附近山区训练运动员对高山恶劣自然条件的适应能力和冰雪作业技能。由于时局趋紧，登山队的体能训练场所药王山被叛乱分子占据，成了叛乱分子的重要据点。登山队的体能训练不得不改在拉萨市内的军区大院内进行，运动员在念青唐古拉山地区的野外训练也匆匆结束。

不久，为应对紧张的局势，西藏工委指示，拉萨市内的干部职工共同成立民兵团。一百多人的登山队纪律严明，且早就经过射击训练，连武器配备都是现成的，队中的不少队员原来就是军人，甚至有一位连长和几位排长。特殊的局势下，登山队临时编为颇具战斗力的民兵连，每天同时进行体能训练和军事训练。

翁庆章回忆说："当时登山队住在布达拉宫附近的军区交际处，后门距离军区大门大约八九十米。进入3月初，山雨欲来风满楼，登山队员们还用了好几天时间，挖了一条通往军区大院的地下交通壕，队员们日夜轮流站岗巡逻，完全是战备状态。"

屈银华回忆："我们在拉萨过了春节。节前节后，一直在训练。布达拉广场周围围满叛匪，我们把枪架着，一边对峙，一边做早操。回去各挖各的工事。"

中央新闻电影制片厂随登山队进藏的摄影师沈杰那时也在拉萨，后来他在《我的足迹》一书中这样写道："拉萨各机关干部白天夜里都在修筑防御工事准备自卫，拉萨街头和公路上已经看不到我们的车辆，拉萨好像是叛匪的天下了。"

3月10日晨，叛乱分子裹挟了两千多人去罗布林卡向达赖喇嘛"请愿"。在罗布林卡门前，叛乱分子们杀害了自治区筹委会官员、爱国人士帕巴拉·索朗嘉措（帕巴拉·格列朗杰活佛之兄），打伤了西藏军区副司令员、藏军司令桑颇·才旺仁增。随后，叛乱头目连续召开所谓"人民代表会议""西藏独立国人民会议"，公开撕毁"十七条协议"，宣布"西藏独立"，全面发动了背叛祖国的武装叛乱。

叛乱初始，中央代理代表、西藏军区政委谭冠三中将，三次致信达赖喇嘛，要求西藏地方政府制止叛乱。达赖喇嘛也三次复信表示，已对地方政府官员等进行了"教育"和"严厉的指责"。但是，3月17日夜，噶伦索康、柳霞、夏苏等叛乱头目挟持达赖逃离拉萨，前往叛乱武装的"根据地"山南。叛乱失败后，又逃往印度。达赖离开拉萨后，叛乱分子调集约七千人的武装，于3月20日凌晨向西藏党政军机关发动全面进攻。

拉萨叛乱的枪声终于响起！

屈银华回忆："我们登山队中有一大部分是部队来的，队里手榴弹，轻重机枪都有，有一个连长，排长士兵也不少，有一定战斗力。19号下半夜换我上岗，我对上一岗的人说：'你先转一圈，我抽根烟就来。'刚点着烟，罗布林卡枪响了，当时是凌晨三点多，我们全起来了。当时队里有个德国人芭芭拉，我们还必须保护她。"

20日上午10时，解放军开始全面反击。激烈的枪炮声中，一颗炮弹落在了登山队所在的交际处大门口，炸伤了一名解放军机枪手，翁庆章和其他几个登山队员赶紧抬着担架去救伤员："抬着担架穿过大约两个篮球场长度的院子，只听得子弹在头顶呼啸而过，别的什么也管不了……"

21日，国家体委副主任黄中前往苏联驻华大使馆，正式通知苏驻华大使契尔沃年科，联合登山行动暂缓进行，并将苏方已运抵拉萨的物资转运兰州保存。

此时的苏联登山队，正在高加索什赫里达登山营进行训练。中苏珠峰侦察组成员菲利蒙诺夫后来在回忆录中写道:"原定1959年3月22日乘图-104专机,苏联登山队一行及物资由莫斯科飞北京。就在动身的前一天,苏体委紧急通知登山运动员开会,会上体委副主任波斯尼可夫说:接到北京电话,今年联合攀登珠峰任务取消,原因未说。到会的苏联登山运动员们听到此消息都惊愕不已,会场一片寂静,简要的宣布后就散会了。此时队员们才三三两两议论起来,有的发牢骚说,我在原单位的假也请好了,全年的工作都做了调整,怎么就说不行就不行了呢?大伙怀着各种猜想离开了会场。两天后苏联报纸上公布了中国西藏发生叛乱的消息,这才明白了,我们理解。"

3月22日,占据布达拉宫的叛乱分子投降。由于解放军驻拉萨的人数有限,登山队民兵连还承担起了搜索布达拉宫和押送俘虏的任务。直到4月初,考虑到联合攀登珠峰的任务还要继续,史占春队长宣布,登山队大部分人员离开拉萨转到新疆训练。

中苏联合攀登珠穆朗玛峰的计划,因西藏反动分子的武装叛乱而搁浅了。

再登慕士塔格峰,创造女子登山世界纪录

中国男女混合登山队的新目标,是新疆境内海拔7546米的慕士塔格峰。

慕士塔格峰,位于新疆帕米尔高原上,当地人称之为"慕士塔格阿塔",在维吾尔语中,"慕士塔格"意为"冰山","阿塔"意为"父亲"。因此,慕士塔格峰也就有了"冰山之父"的别称。

1894年,瑞典探险家斯文·赫定(世界著名探险家,楼兰古城的发现者)到达慕士塔格峰山麓,他的第一次攀登尝试,以失败告终;1900年、1904年,他又进行了两次攀登都未能成功;1947年,他又邀请现代登山理念的创立者英国登山家希普顿和犹尔曼尝试攀登,最终还是失败了。

1956年中苏联合登山队攀登慕士塔格峰，31名中苏队员全部登顶，这是人类第一次登顶慕士塔格峰。有过这次攀登，所以中国登山队比较熟悉这座山峰，正好让年轻的队员们通过攀登这座山峰，去积累宝贵的登山经验。更重要的是，这时中国登山队已经集中了一批女队员，原计划是同苏联登山运动员共同攀登珠穆朗玛峰，同时创造女子登山世界纪录。现在攀登珠峰的计划改变，那么攀登海拔7546米的慕士塔格峰，就可能让中国女队员不仅在高度上而且在数量（登顶人员）上都打破当时的世界女子登山纪录。

1959年6月14日，国家体委登山运动处处长史占春，率领中国男女混合登山队进驻攀登慕士塔格峰的大本营。登山队共有63人，男队员42名，女队员15名，工作人员6名，包括汉、藏、维吾尔、回四个民族。许竞担任登山队队长，王凤桐担任登山队指导员，石竞、阎栋梁、袁扬三人担任副队长，张俊岩担任总务长，另有教练员刘大义、陈荣昌、王振华、张祥、彭淑力、胡本铭等人。

女子登山纪录的第一个创造者是瑞士女登山运动员赫·吉连富，她曾于1934年与男子一同攀登了属于喀喇昆仑山脉的西塞尔—康格里峰，虽未登上主峰，但是到了海拔7300米的高度。1955年法国女登山运动员克·郭刚参加了瑞士喜马拉雅山探险队，登上了尼泊尔境内海拔7456米的加涅斯山峰，打破了赫·吉连富保持了20年之久的登高纪录。

现在，中国登山队的女运动员们，要向这一纪录发起挑战了。

男女混合登山队攀登慕士塔格山还有进行科学考察的目的。1956年中苏联合攀登慕士塔格峰时，曾对该地区的冰川进行了固定观测，作了各种标记，同时进行了气象、地质、生物等方面的科学考察。按惯例，两年后要进行数据复查。因此，这次攀登活动还负有复查当时各种考察结果的任务。

1956年中苏联合登山队攀登慕士塔格峰时，将大本营设在切尔干布拉克急流边，高度为海拔4060米。在此设营的目的，主要是考虑到中巴友谊公路已经开通，汽车可把需要的物资从苏联境内直接运至大本营。而1959年中国男女混合登山队的物资，则主要是用汽车经新疆的喀什库尔干的公路线运输，然后再用畜力转运至大本营。因此，中国登山队重新选择了大本营的营址。

1956年中苏混合登山队在攀登慕士塔格山的过程中，曾以最新的中国和苏联地图为基础，参考空中侦察摄影照片及队员们的观察材料，绘成了一份比以前更准确可靠、标明了冰川地带和冰冻地带的地形图。这份珍贵的资料为中国登山队选择新的登山路线和营地，提供了不小的帮助。

综合考虑便利物资运输和缩短行军时间等因素，登山队把大本营的新营址改为慕士塔格峰西面的杨布拉克和乔杜马克两条冰河之间的深谷尾部，即原中苏混合登山队的第一号高山营地所在处，海拔4450米，比当年的大本营高了近500米。这不仅更有利于队员的高山适应锻炼，而且节省了队员登山搬运物资的体力消耗。

到达大本营后，登山队随即拟定了攀登路线：沿着杨布拉克和乔杜马克两条冰河发源的两条冰川之间的山谷，经过当年斯文·赫定受阻停止攀登地点，穿过冰川上起伏的冰锥和冰崖间的空隙，靠右边的冰坡越过海拔6200米的冰瀑带，直到海拔7546米的最高点。

中央新闻电影制片厂的摄影师沈杰和王瑞华，接受了随同中国男女混合登山队拍摄攀登慕士塔格峰、创造女子登山世界纪录的影片的任务，作为向国庆10周年的献礼。他们也随后赶到了登山大本营。在前往大本营的路上，沈杰单人骑马去拍摄卡拉湖的镜头，准备作为影片的开头。快临近卡拉湖时，骤然间，乌云密布，眼看暴风雨就要来临，他只好快马加鞭返回营地。途中，他遭遇了高山雷电，霹雳一个接一个，"我感觉自己身上都带了电，头发一根根竖了起来，身上的风衣稍微一动就会迸出电火花"。马也一个劲儿地嘶叫，不断扬起后蹄，四野空旷无人，他鸣枪呼救也没有回音。沈杰与雷电搏斗了两个小时后，方才化险为夷，回到了大本营。

6月19日，在大本营已经适应了5天的登山队，开始了第一次行军。经过

5个小时的行进，全队到达海拔5500米高度，建立了一号营地。这时，除了汉族女队员丛珍、王贵华和藏族女队员尺来等人有一些高山反应稍微感到头痛外，其他队员均无不适的感觉。

6月20日，史占春、许竞、刘大义、陈荣昌、王振华、张祥六人组成侦察组，侦察从一号营地到海拔6200米高度预备建立二号营地区域的路线，即第二次行军将要经过的道路。其他队员则在王凤桐、石竞、彭淑力等人指导下，进行高山冰雪作业练习。侦察结束后，全体队员返回大本营。

6月25日，全体队员开始第二次行军，当晚于一号营地宿营。第二天他们继续前进，通过一道坡度为40°的冰坡，经过遍布积雪、到处是冰雪裂缝的冰瀑地区以及一道坡度为60°的大雪坡，终于到达了海拔6200米高度，并在此建立二号营地。因为高山缺氧，不少人都是在吃了安眠药之后才能入睡，也有少数人严重头痛，且有呕吐现象发生。但总体而言，大多数队员高山反应很轻微。两次预备性行军，建立了海拔5500米和海拔6200米两个过渡性营地，并且完成了向主峰作最后突击时所需要的物资储备，以及队员在冰雪作业练习和高山适应性锻炼。

在6月27日的登山队队部会议上，史占春和许竞在对客观情况进行了细致分析之后，提出："全队经过两次行军，已取得了比历次登山都好的高山适应性，并有足够的氧气装备，对克服低压缺氧的困难有可靠的保证。为了避免队员体力消耗过大，储备充沛的体力突击主峰，取消原来计划进行的第三次预备行军，改为直接突击主峰。"这样可以避免队员们的高山适应性提高了，但体力却又降低了的矛盾。但是如果取消第三次行军，那么登顶就要一次登完6200米之上的1346米。队员的高山适应性会如何呢？史占春和许竞举了攀登贡嘎山主峰的例子，认为贡嘎山最后一次行军到达的高度距主峰有1390米，这次也只剩下了1346米，是完全可以安全到达山顶的。鉴于这一问题事关重大，会议决定第二天交由全体登山队员讨论。

全队讨论中，史占春、许竞的意见获得了队员们的一致同意。

7月1日晚，登山队在大本营举行了篝火晚会，登山队队长许竞作了动员报告，他预祝大家从明天开始的攀登主峰行动取得胜利。

7月2日10时左右，参加攀登主峰的47名男女队员在大本营前举行了宣誓典礼。史占春代表国家体委，把一面国旗授给了中国男女混合登山队，号召大家为揭开我国女子登山运动新的一页而努力，并鼓励大家，荣誉属于坚强勇敢的人。登山队副队长兼女队队长袁扬率领全体队员列队庄严宣誓后，全队于10点30分出发。只经过三个多小时的行军，登山队全体队员就从海拔4500米的大本营攀登到海拔5500米的一号营地。

7月3日，行军路线是从海拔5500米的一号营地到海拔6200米的二号营地，这是慕士塔格峰地形最为复杂的冰瀑区，沿途到处是深不可测的冰裂缝，其中还有不少是隐藏在积雪之下。在坡度45°的大雪坡上，雪深过膝，前面开路的运动员双手握住冰镐，插在雪中，才能拔出自己的双腿，继续向前迈进一步。每走半小时，大家就需要靠在雪壁上原地休息十分钟。

一股低气压出乎意料地从里海方向袭来，慕士塔格峰雪线以上顿时大雪纷飞。登山队员们排成长列向二号营地前进，50米外便看不见人影。慕士塔格峰气候特点是下午比上午更坏，为了抢在更大的暴风雪来临之前赶到二号营地，登山队员们加快了行军的速度，休息的次数比上次行军减少了，每次休息的时间也比以前缩短了。

在队员们的顽强努力下，仅用了三个多小时的时间，就走完了一号营地和二号营地之间的路程，比上次行军少用了两个小时。在他们到达二号营地不久，狂风暴雪便席卷了慕士塔格山峰。一夜之间，积雪就快没到了帐篷顶。

7月4日，登山队全体队员被风雪困在二号营地。队员们焦急万分。傍晚，气象小组的邵子庆、胡本铭持续观测之后报告："低压的气流明天就要过去，好天气就要来了。"

晚上，队部作出了决定：第二天继续前进。

7月5日，天气逐渐开始转晴，但风仍然很大，刨开了帐篷积雪的队员们结组前进，必须要顶风斜立，才能站稳而不致被刮倒。女队员、内科医生王义勤体重不到50公斤，体质是登山队中最差的。高山低气压使她冻肿破裂的嘴唇血流不止，但她仍随队前进，一步也没落下。在快到三号营地时，队员刘启明掉进裂缝一度遇险，在张俊岩、屈银华等人的奋力营救下，刘启明才安全脱险。

屈银华回忆当时的情景："当时我正在前面走，忽然听后面有人喊：'老屈，快点过来。'我回头一看，是刘启明滑进了冰窟窿里，我赶紧抓住绳子，让他们另一头松一下，我双腿做马步，用力将他拽了上来。刘启明被救上来后，他的脸肿得就像猪肝一样，都是被绳子给勒的。如果在登山途中出现了队友滑进冰窟窿的情况，千万要一头松一头紧，否则，这名队友会被两头紧紧地勒死。"

三个分队都到达三号营地时，已是晚间7点半了。从海拔6200米的二号营地到海拔6800米的三号营地，虽然只升高了600米，但因坡度小，所以路程特别长。这一天的雪上行军，一直持续了10个小时。

刚到三号营地，摄影师沈杰又一次遇险。当他所在的先遣第一组到达三号营地后，同组的穆炳锁、拉巴才仁正在风雪中搭建帐篷，沈杰放下背包和冰镐，提着摄影机去抢拍后继梯队在风雪中行进的镜头。刚往前走了几步，就突然陷入被积雪掩盖的冰裂缝中，危急中他把摄影机套在右手，左手和叉开的双腿，把自己卡在冰裂缝中没有下坠。这时他一动不能动，也无法呼救，稍有颤动，就会坠入无底深渊。万幸的是在附近的队长史占春发现这一险情，立即招呼几名队员过来，一边喊着"不要动"，一边迅速伏在冰裂缝边缘，用尼龙绳套住沈杰，把他拉了上来。刚一离开冰缝，大家就跟沈杰开玩笑："大电影（沈杰在队中的外号）你真惨，怎么出来拍片连冰镐都不带，还要不要命了！"

不料话音刚落，只听"扑通"一声，原来史占春也掉进附近被积雪掩盖的另一条冰裂缝中，好在他身上系有保护的结组绳，才没有出危险，大家又忙着把史占春拉了上来。刚脱离险境的沈杰，立刻吹掉镜头上的冰雪，抓住这难得的时机，拍到了营救史占春的镜头。

7月6日早晨，队伍继续出发。史占春、许竞、刘大义、陈荣昌、王振华、张祥等6名有经验的老运动员担负开路任务。由于几天来的大风雪，令高山积雪厚达一百多厘米，而且非常松软，开路的队员，往往一只脚要连续踩两三次才能踩出一个供后面队员方便行走的脚窝。在这种地形上攀登，所有人的体力消耗都比平时要大得多，因此在海拔7000米以上高度时，因为缺氧和疲劳，许多队员开始出现严重的高山反应和冻伤。根据队员的情况，队部决定派教练员彭淑力把高山反应特别严重的摄影师王瑞华、队医翁庆章、队医吴永生和女队员哈巴查姆金护送下山。随后，藏族女队员尺来也出现了严重的呕吐，男队员刘启明因体力衰竭无法再坚持行进，于是队部再次决定，由胡本铭护送尺来和刘启明两人回大本营。这时离山顶只有最后几百米了，彭淑力和胡本铭两名老队员为了全队的安全和集体荣誉，放弃了自己登顶的机会，毫不犹豫地服从了组织的决定。

当天下午天黑前，中国登山队的队员们，终于到达了海拔7200米的四号营地，这里是最后的突击营地。距离慕士塔格峰的顶峰只差海拔346米的高度了，全体队员在零下二十多度的严寒中度过了这一夜。

7月7日，这是突击主峰的日子。从这里到顶峰只有346米。凌晨时分，队员们走出帐篷，顶着十级狂风和大雪，开始了突击顶峰的历程。

这一路上由于积雪太深，行进困难，耗费体力太大，加重了队员们的高山反应。队伍的行进速度越来越慢，部分队员陆续因伤病被护送下山，但留下的大队主体队员们，一直坚持着向上攀登。

出发后，摄影师沈杰在途中看到女队员潘多、丛珍与暴风雪搏斗，就拿起摄影机准备拍下这一难得的场景。为看清画面，方便操作，他摘下了墨镜，并脱下肥大的手套。不料仅仅几分钟，他就出现了雪盲症状，突然眼前什么也看不见了，失去手套保护的右手也一下子冻起了大水泡，双脚完全失去了知觉。其他队员们见状，立即快速把沈杰送进了帐篷。双目暂时失明的沈杰躺在帐篷内，坚持着用冻伤僵硬的手，在暗袋中装好最后一卷胶片，摸索着固定好光圈距离，将摄影机交给队长史占春，向史占春详细交代了攀登主峰的摄影要求和摄影机的操作方法，请他到山顶后一定要拍下女队员用冰镐举着五星红旗的镜头以及男女队员的全景，再从峰顶摇一个山下的镜头（史占春拍下的这三个镜头后来都编入了影片《踏雪穿云上冰山》）。

然而离顶峰越近，困难也越大。登山队出发开始突击主峰后，队员们在零下二三十度的严寒中，踏着没膝深的积雪艰难攀登。茫茫大雪使得走在最前面的队员寻找主峰时判断失误，错把右前方的主座岩石当作了顶峰。这令他们多走了一个多小时的冤枉路，绕了一个圈之后，才找到真正通往顶峰的道路。到达海拔7300米的地方时，第十一结组组长崔忠义，因体力衰竭和严重高山反应而昏倒，队部当即命令藏族队员多吉甫护送崔忠义返回海拔7200米营地。多吉甫放弃了自己的登顶机会，毅然护送崔忠义下撤。但崔忠义因严重高山反应，不幸在海拔7200米营地牺牲。

上午11时许，第一批6名队员登上了慕士塔格峰的峰顶！这6名队员是史占春、许竞、陈荣昌、穆柄锁、王振华和藏族队员拉巴才仁。他们冒着严寒焦急地等待着后面的队友。这时所有人最关心的，是这次登山活动的一个主要目的能否达成：女队员是否登顶？因为他们现在站立的高度，世界上还没有一个女子达到过。

后面的结组一个个靠近了顶峰，队员们都戴着墨镜，穿着苏式的灰色登山衣，分不出男女。登山队指导员王凤桐在后来的《登山日记》中，记载了女队员登顶时令人激动的情形："一个结组临近了，一模一样的灰色登山衣，使人辨不出是男是女。史占春远远看见，大声问道：'有没有女同志？'这个结组组长王富洲上气不接下气地回答道：'有！藏族女队员潘多！'不用多说史占春立即欢呼起来，已登上山顶的所有的队员都欢呼起来。之后，女队员丛珍、王贵华、周玉瑛、王义勤，以及藏族女队员西绕、齐米、查姆金等也上了山顶。登山队队长许竞激动地眼含热泪同登上顶峰的队员一一握手。"

登顶的队员中,冰川工作者崔之久,是参加过攀登贡嘎山的队员,在登顶途中为了不漏掉冰川考察的细节,不断摘下墨镜、脱掉手套做记录,因高山反应造成神志模糊,他不慎丢掉了手套,造成了雪盲和右手严重冻伤(下山后右手五个手指截肢)。

在等待后续队员登顶时,下面传来消息:登山队副队长兼女队队长袁扬,在登达海拔7500米时因体力衰竭突然倒下,她不让人扶,挣扎着用冰镐支撑起身体,继续向前移动,走了十几步又再次倒下。随后她又挣扎起来,跪在地上一寸一寸地前进。在顶峰上的史占春和许竞得知后,立即派有伤的崔之久马上下撤传达队长命令,为安全起见,阻止袁扬继续勉强攀登!由走在后面的登山队指导员王凤桐和崔之久一起,护送她返回营地。

袁扬虽然也打破了女子登山世界纪录,但非常遗憾只差46米的高度,没能登上顶峰,王凤桐为了护送袁扬下撤,也放弃了自己的登顶机会。

登山队最后33名队员全部登上顶峰的时间是下午6点20分,最后到达山顶的队员比最早到达的晚了7个小时。队长许竞把有33人签名的集体登上慕士塔格峰的记录的纸条,放入铁盒,由副队长阎栋梁安放在山顶的石堆下面。纸条上写着:"中国男女混合慕士塔格登山队,共33名队员(内包括8名女子运动员),于1959年7月7日北京时间18点20分登上慕士塔格顶峰。全体队员一致志愿,把这次登山活动作为向我国10周年国庆献礼。中国男女混合慕士塔格登山队队长许竞。签名。"

队员们集中到一起,女队员丛珍高高举起了五星红旗,史占春把这一永远值得纪念的时刻摄入了镜头。

登上慕士塔格山顶峰的中国男女运动员有33名,其中女队员8人,男队员25人,藏族队员10人。他们是男队员:史占春、许竞、石竞、阎栋梁、张俊岩、刘大义、陈荣昌、王振华、张祥、王富洲、穆柄锁、屈银华、崔之久、胡沐钦、赵国光、邵子庆、岳保娃、周信德、衡虎林、谢武成、贡布、拉巴才仁、索南多吉、多吉、大米玛。女队员：周玉瑛、王义勤、丛珍、王贵华、西绕、潘多、齐米、查姆金。

中国男女混合登山队胜利登顶有"冰山之父"称谓的慕士塔格峰，创造了当时集体登上海拔7500米以上高山人数最多的世界纪录和当时女子登山的世界纪录，以及当时女子攀登海拔7500米以上高山人数最多的世界纪录。在这次登山活动中，除了登顶的8名女队员打破了女子登山的世界纪录，登山队副队长兼女队队长袁扬，登达了海拔7500米的高度，也打破了女子登山高度的世界纪录。还有两名藏族女子运动员哈巴查姆金和尺来，也分别登达了6800米和7000米的高度，这也是当时世界女子登山运动员很少到达的海拔高度。

随后，登顶队员护送因伤病未能登顶的队员一路安全下撤，除崔忠义因严重高山反应牺牲外，其他伤病队员再没有出现新的伤亡。摄影师沈杰回忆说："下山的时候，我永远忘不了，是屈银华、王富洲冒着生命危险连滚带爬地把我安全护送到了大本营。"

多年后，中国登山协会办公室一位负责人对登山队攀登慕士塔格峰的壮举评价说，中国真正掌握高山攀登技巧，就是从攀登慕士塔格峰开始的。

登山队回到北京后，受到了国家体委主任贺龙元帅的亲切接见。

1959年中国举办第一届全国运动会，闭幕式上，国家体委第一次向四十多名运动员颁发了"中国体育运动荣誉奖章"。这是中国体育运动的最高荣誉奖，授予世界纪录创造者、世界冠军获得者和为体育事业作出重大贡献的运动员、教练员和其他人员。中国登山队登顶慕士塔格峰的女运动员西绕、潘多、王义勤、丛珍、查姆金、齐米、周玉瑛、王贵华和虽未登顶却也创造了世界纪录的袁扬，共九人获得了这一巨大荣誉，是获奖的各个项目中女运动员最多的项目。第一届全运会闭幕式上，中国女子登山队的西绕、王义勤、查姆金、齐米四人，以西藏代表队队员的身份参加了授奖仪式，周恩来总理与贺龙副总理亲手为她们授予了中国体育的最高荣誉。

苏联背信弃义，中国决定独自攀登

西藏叛乱被平定之后，中国方面希望继续进行中苏两国联合攀登珠峰的计划。中方从1959年10月起，多次主动邀请苏方来京商谈，但苏方一反过去积极的态度，以各种理由一再推脱。仅就苏联代表来华一事，双方的沟通、磋商就达13次之多。

最终，苏方两代表人安吉宾诺克（苏体联副司长）和原拟担任苏方登山队队长的库兹明于11月24日抵京，比最初苏方自己提出的日期晚了20天，比我方建议的会晤时间晚了一个月。他们到京后，先赴兰州检查苏方存放的装备，中方派人陪同前往。检查之后，苏方代表认为物资保管良好。

苏方代表返回北京后，12月1日双方开始会谈，中方参与会谈的是史占春、许竞和罗志升。会谈一开始，双方就出现了分歧。中方主张按原计划于1960年攀登珠峰，但苏方则借口准备和训练不足，主张推迟执行原定计划；中方详细说明了按期执行原计划的各种理由和有利条件，特别强调通往珠峰的公路已经修通，气象组在西藏平叛期间坚持工作，已经基本掌握珠峰地区的气象规律，但是苏方仍不同意；中方又提出即便1960年不正式攀登，但双方可联合在珠峰地区活动，用以检验装备和让运动员适应气候，但苏方还是拒绝了中方的建议。

12月5日，安吉宾诺克在去了一趟苏驻华使馆后，在接下来的会谈中就一点余地都不留了，就是坚持1960年苏联登山队不来了。中方则要求按原协议执行，如果苏方不来，则原协议失效，以后何时再要联合攀登，需要另外达成协议。由于双方分歧太大，会谈不得不中止。

苏方虽然一再宣称是因训练和准备时间方面原因不能执行原协议，而中方则已经发现苏方的态度变化是出于国际政治影响。

这一变化，与当时中苏关系变化的大环境有关。这时的中苏关系，已经开始出现种种裂痕。西藏的叛乱，有印度在背后指使的因素。达赖叛逃印度，导致中印两国关系紧张，而苏联对此是偏袒印度的。1959年8月中国和印度之间发生边界冲突以来，苏联虽然开始还表面上保持中立态度，实际上却一直在支持印度政府。在这种形势下，苏联体育部门，显然也不可能对中苏联合攀登珠峰再有积极的态度了。

库兹明在安吉宾诺克前往苏联大使馆时，就在私下对熟识的中方翻译周正说，安吉宾诺克就是来破坏中苏联合攀登珠穆朗玛峰的，这是政治问题，不是技术问题。

更令人气愤的是，前来与我国谈判的苏方代表安吉宾诺克和库兹明回国后，安吉宾诺克遵照上头的指示，竟颠倒黑白，对积极准备参加联合攀登的苏联队员说："中国方面不同意1960年与苏联队员合作攀登珠峰。"绝大部分队员受他欺骗，纷纷指责中国背信弃义，撕毁协议，而知根知底的库兹明却保持沉默，不敢向他们说明真相。

筹划和准备了两年多的中苏联合攀登珠穆朗玛峰计划，就这样因苏联方面背信弃义而被破坏了。

1959年12月20日，贺龙从南方视察工作回到北京的当天，立即把国家体委副主任黄中、登山队队长史占春和登山队副队长兼女队队长袁扬请到他的办公室，专门听取三人汇报攀登珠峰的准备工作情况。三人汇报了中国登山队的实际条件，也讲了苏联找借口推迟联合登山计划给中国方面带来的困难。

听完汇报之后，贺龙问大家："如果苏联不参加，我们自己攀登，有成功的把握吗？"史占春说："其他方面问题不大。最大的困难，是我们缺少登8000米以上高度的装备。按照原来的协议，这由苏方提供。苏联不参加，我们也就不可能指望他们，可是，目前我国还不能生产。"贺龙说："我们可以到国外去买！你们搞一个预算。我给刘主席写报告，请他批外汇。"贺龙最后站起来说："好，就这样吧。他们不干，我们自己干！任何人也休想卡我们的脖子。中国人民就是要争这口气。你们一定要登上去，为国争光。"

贺龙先将国家体委关于中国单独攀登珠峰的报告送给周恩来总理，他又约中央书记处总书记邓小平一起去见周恩来，做了一次很长时间的汇报。贺龙向周恩来总理具体陈述了中国登山队近几年的成绩和攀登珠峰成功的有利条件，最后做出结论：中国登山队在勇气、体能、技术方面，已经具备了攀登珠峰的条件，只要装备物资方面再加改善，由中国人自己从北坡攀登珠峰，完全有把握。贺龙最后说："如果我们自己不抓紧攀登珠峰，让外国人从北坡登上了珠峰，我们将失去创造世界纪录的机会。"邓小平也完全赞同贺龙的意见。周恩来在详细询问了若干具体情况之后，综合考虑了贺龙与邓小平的意见，最后也下了决心，同意了贺龙提出的中国队单独攀登珠穆朗玛峰的计划。

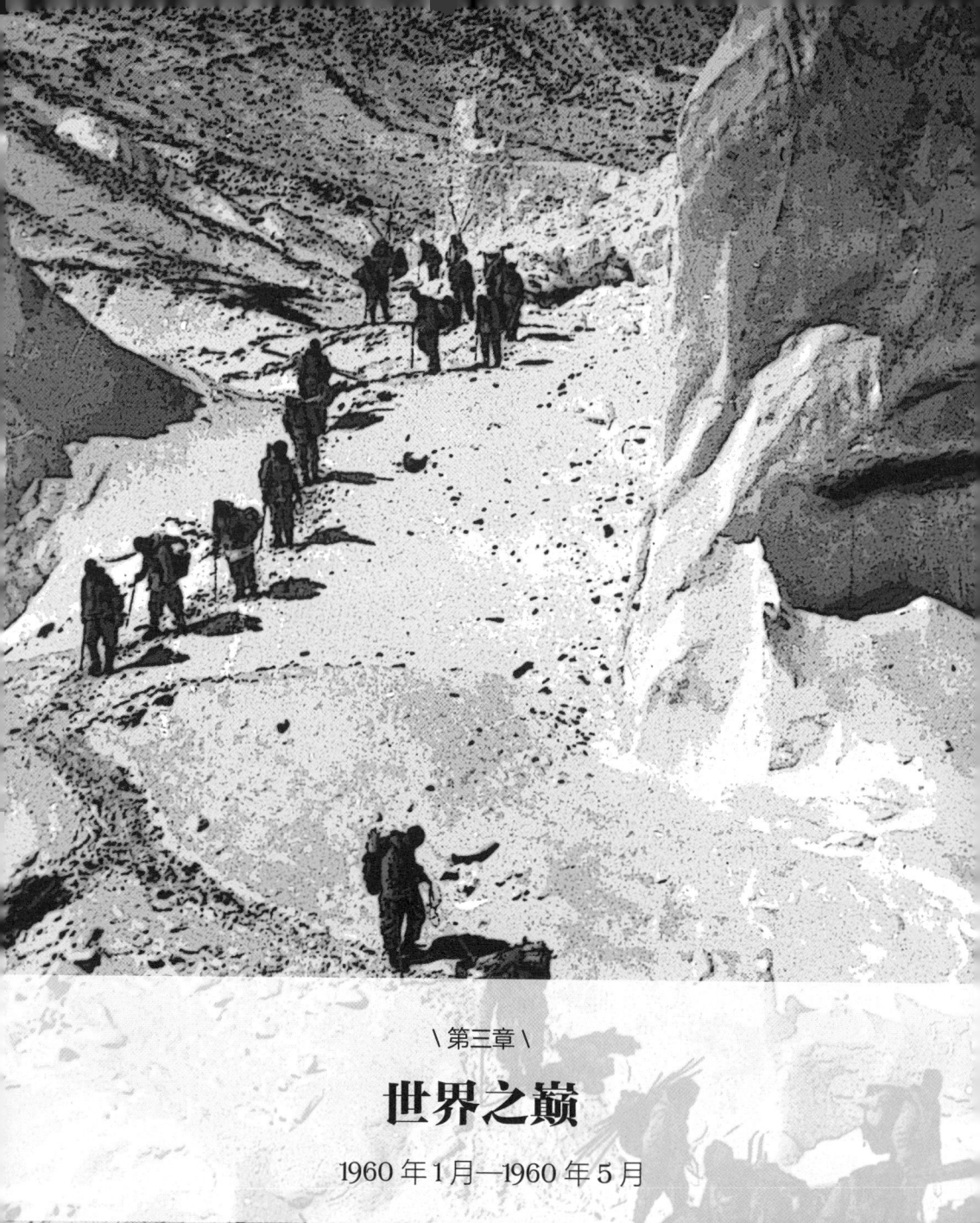

\ 第三章 \

世界之巅

1960年1月—1960年5月

6吨登山装备，从欧洲运到绒布寺

贺龙的计划是非常大胆的，即按原定方案，于1960年攀登珠峰。从时间上来说，珠峰每年适合攀登的时间只有两个月，要在1960年登顶，准备时间只有三个月左右了。

攀登珠峰的第一个问题，就是中国登山队缺乏攀登海拔8000米以上高峰的装备器材。1960年中国正值三年困难时期，中苏联合登山停止，苏联不再提供装备器材，而许多高山装备器材，当时中国还不能生产。贺龙曾设想，是否与尼泊尔合作，联合攀登珠峰。但是，尼泊尔虽然与中国友好，但该国当时的条件，不但不能在物质上支援中国登山队，很可能还需要中国给予支援，所以这个设想很快就被贺龙自己否定了。经过反复权衡，贺龙最后下了决心：中国不依赖任何国家，自己创造物资技术条件，由中国登山队单独攀登珠峰。

为此，贺龙用电话向国家主席刘少奇做了汇报，刘少奇当即表示支持。然后，周恩来、邓小平、贺龙等人反复协商，取得了一致意见，由国家主席刘少奇特批70万美元的外汇，派登山队队长史占春、登山队翻译周正去瑞士等国购买登山所需的装备和器材。

曾担任过中国登山协会秘书长的于良璞说：1960年中国第一次登珠峰，当时政府一次性下拨几十万美元的外汇，登山队到瑞士、法国购买用品花去了近35万美元，而这还只是外汇部分。1960年攀登珠峰的花费差不多相当于1959年第一届全运会的全部投入费用。

1960年1月3日，史占春和周正离开北京，前往欧洲购置登山装备。他们先后去了瑞士、英国、法国、德国、瑞典和列支敦士登6个国家。他们一到苏黎世，就受到了瑞士特工人员的严密跟踪，可见当时世界各国对中国的一举一动都非常地关注。

史占春和周正在中国驻外使馆和国际友人的协助下，从这6个国家中分别购买了便携式氧气瓶、帐篷、睡袋、登山鞋、冰镐、铁锁、冰锥、墨镜、小型煤油炉、尼龙绳、步话机等装备器材，都比当时苏联能提供的要先进。同时，他们还获得了英国、法国、瑞士和意大利等国许多有关登山技术和战术的文字资料。这些装备器材总共重达6吨，为了赶时间，国家体委请中国民航协助，包租了一架专机从北京直飞捷克斯洛伐克首都布拉格，加班加点才在3月20日将这批物资运回了北京。一到北京，西郊机场已准备好三架军用运输机，立即将物资转运拉萨，再换汽车运到绒布寺的登山队大本营，交到已经开始适应性行军的中国登山队手中。

中国登山队1960年攀登珠峰时的总务长罗志升，对这批物资有深刻印象，他后来回忆："买回来之后用他们的装备登珠穆朗玛峰，大部分是我们做的，有一部分利用外国的，比如登山的绳子、铁索、冰锥全用的国外的。鸭绒衣也用国外的，但是大部分用的是我们自己的。当时按苏联的做法不好，好像我们缝棉被一样，保暖性不行，我们登顶的时候用外国的，外国的结果质量也不行，冻伤不少人。"

1月中旬的一天，史占春和周正在瑞士一家登山和化学用品商店选购尼龙绳和冰镐时，商店的老板霍夫施泰德（瑞士1952年、1956年珠峰登山队的队员），突然指着店中正在挑选睡袋的两个顾客问周正："您知道他们么？"周正看到那两个顾客像是南亚人，觉得有些面熟，但想不起是什么人。霍夫施泰德接着又说："您不认识他？他就是丹增啊！另一个是印度登山队的队长甘·辛。"

丹增，就是1953年与新西兰人希拉里一同从南坡登上珠穆朗玛峰的夏尔巴向导丹增·诺尔盖。据霍夫施泰德介绍，印度陆军已经组织了一支登山队，准备在1960年春季攀登珠穆朗玛峰，丹增和甘辛，就是来为这支登山队选购装备的。

史占春和周正感到这个意外的情报非常重要，立即通过大使馆向国内报告。不久，中国驻印使馆也确认了这一消息。可见，中国登山队要与印度登山队在珠穆朗玛峰展开一场意义非同小可的登顶竞赛了！

史占春等人得知消息后，顿感责任更大，任务更加艰巨。回国后，史占春告诉翁庆章，当时就下定了决心，这次非上去不可！

此时，国际上正出现一股反华逆流，国内又处在暂时经济困难时期。从国家领导人到每个登山队的队员都知道，在这个特殊的时间，攀登中国登山队从未登上过的世界最高峰，远远超出了一般的登山意义，而是具有了重大政治意义。

解放军大校任前线总指挥

一次高海拔的攀登行动，除了领导人的决心、队员们勇往直前的斗志和刻苦训练学到的技术，以及必要的装备物资之外，还必须有精心细致的组织工作和指挥工作。

贺龙审阅了登山队拟定的登山方案后，报告了周恩来总理。周恩来总理亲自对方案进行了修改，并亲笔致信各个有关部门，在全国范围内形成了大协作的局面。

中国登山队的攀登行动，从来都不是单纯的，每次都附带着重要的科学考察任务，这次攀登珠峰也不例外。为在攀登珠峰的同时进行多学科的考察工作，在周恩来总理的支持下，贺龙主持国家体委与相关单位通力合作，由国家体委副主任李达和黄中负责，在北京组织了力量雄厚的科学考察队伍，制定了详细的科学考察计划。中国科学院、地质部、中央气象局、北京地质学院、北京大学、解放军总参谋部、总后勤部都抽出了年富力强的干部、科研人员，参加了中国有史以来的第一支珠峰科学考察队。

西藏工委组织了有西藏党、政、军和各族各界人士参加的"支援委员会"，全力为登山队和科考队进行保障。

贺龙对攀登珠峰组织指挥工作的艰巨性有充分的预判。因此，他特别指定派中国人民解放军总参谋部军事训练部副部长韩复东大校，担任登山队的前线总指挥。

韩复东是贺龙的老部下，他1938年加入中国共产党，曾经是陕甘宁边区著名的东北干部篮球队的队长和主力中锋，这支篮球队当年曾与贺龙在八路军一二〇师组织的"战斗"篮球队齐名。抗战时期，韩复东先后任冀中军区司令部股长、晋绥军区侦通科科长等职务。解放战争中，他参加过著名的塔山阻击战，是坚守塔山一线阵地的三个主力团的团长之一。后任第四野战军四十一军一二一师参谋长。参加了平津、衡宝、广西等战役。

1955年，人民解放军训练总监部设立了体育局，贺龙向训练总监部代部长叶剑英特别推荐韩复东出任局长。

当时，韩复东的职务是解放军第一二一师师长兼汕头警备区司令员。他觉得自己年纪已大，不想再搞体育工作了。贺龙对他说："这可不能从兴趣出发呀！我这么大年纪了，党中央、毛主席还叫我当体委主任。我不是从兴趣出发，这是党的事业。让你来又不是让你上场打球，是来当体育局的局长，领导军队的体育工作。你才三十多岁，不但要来，而且一定要搞好。"由此开始，韩复东就一直从事着全军军事体育的领导工作。

1960年2月，贺龙对韩复东说："珠峰一定要登上去，我们不光是为登高，还要进行科学考察。英国搞了几十年，没有从北坡登上去。我们新中国

第三章 \ 世界之巅
\ 1960年1月—1960年5月 \

是共产党领导的国家，要有这个劲头。登山队应该有部队的战斗作风。你是打过仗的人嘛，所以派你去。后方的事有黄中。前方就委托给你。"韩复东当场回答："老总，放心吧。我的位置，要设在距离登山队最近的地方。"

登山队出发之前，贺龙还几次接见登山队的队长、副队长们。贺龙对登山队副队长许竞说："各方面都下了保证，看来，万事俱备，只欠东风了。登顶就是你们的事了。一定要登上去，无论付出多大的代价，也要把珠峰拿下来。"他对史占春说："现在中国各界都在勇攀高峰，而你们是真正的攀登高峰。"史占春向贺龙立下了军令状："我们中国人凭自己的力量一定可以登上世界最高峰。非成功不可！"贺龙说："有这个志气就好！你们要注意'三气一线'，就是天气、氧气、志气和登山路线。这是确保登山成功的主要条件。要么不爬，要爬就要爬上去。我在北京准备开几万人的大会欢迎你们！"

登山队出发后，贺龙就在办公室的墙上挂起了一幅大比例尺的珠峰地形图，上面标示着登山路线和每一个营地的位置。他让秘书守着电话，随时听取登山大本营的报告，并在地图上标明登山队每日到达的位置，便于不断了解登山进展。

1959年攀登慕士塔格峰成功后，中国登山队的主力队员们先在北戴河进行了一段时间的疗养，从12月开始，就先后在成都、重庆两地进行耐力和攀岩的训练。攀岩训练就是针对珠峰上的第二台阶，因为在英国登山队的记载中，第二台阶是难以逾越的障碍。中国登山队的攀岩训练，当时也找不到能模拟第二台阶的场所，大家想了很多办法，甚至还去攀爬大屋檐的老式房屋。在训练中，队员们在岩壁上一天之内要攀爬几十遍，直到最后每个队员都非常熟练，几分钟就能攀上岩壁。

1960年初，中国登山队首先派出以罗志升、张俊岩为正副团长的先遣组来到拉萨。要求驻藏部队选送一批年轻的战士，组成攀登珠峰的高山运输队。

西藏军区很快就从驻藏部队和日喀则的农牧民中，分别选拔五十多名战士和100余名民工,组成运输队,在拉萨西藏军区第一招待所进行集中训练,为运送高山物资做准备。

全国人民作后盾,建立登山大本营

先遣组于3月3日抵达珠穆朗玛峰山下的绒布寺。这是一片覆盖着积雪的平坦谷地,谷地的东西两侧都是中绒布冰川的高大侧碛,南北两侧则是古冰碛小丘。现代冰川的舌部就停留在营地南面约一公里的地方。按照1958年中苏联合侦察组的选择及行动计划方案,先遣组的队员们将大本营建立在南边的山丘之北,以便减弱经常顺着谷地刮来的地形风的袭扰。建营的同时,他们还完成了建立气象台、电台等设施的工作。

16名气象工作者提前一年多已深入珠峰山区进行建台工作。他们先后建立了海拔5000米的绒布寺气象台,海拔5120米的珠穆朗玛峰气象台,海拔5500米的气象哨,海拔6400米的气象服务台。

随同先遣组来到珠峰绒布寺大本营的,还有在拉萨经过集训的那五十多名战士和一百多名民工组成的高山运输队。他们接受了为期一个多月的身体素质训练和基本登山常识教育,并初步掌握了高山生活知识。例如,如何操作汽油炉、绑冰爪等。此外,还在野外进行了行军露营、搭帐篷、烧水做饭等训练。

先遣组和运输队员们经过三天的努力,大本营的"帐篷城"很快建成了。运输行动没有开始之前,大本营很是热闹。白天,队员们在沙滩中踢球,跳舞。天一黑,"全城"一片灯火,歌声不断。这些运输队员们虽然经过短期集训,但都没有任何的登山经验,许多年轻人看着远处巍峨的珠穆朗玛峰,竟有人说:"登这么个山还需要这么兴师动众么?给几个馒头我就可以登上去!"

在建立大本营的同时，先遣队员们又分别在海拔5400米的东绒布冰川舌部、海拔5900米冰塔林立的中部，以及海拔6400米的北坳脚下，建立起了第一号、第二号、第三号三个高山营地。他们还把几千公斤的高山装备、食品、燃料从大本营运到各个高山营地。这样，就大大减轻了以后向更高的营地进军时物资运输的困难。

几天后，运输队的第一次行军开始了，任务是将食品、汽油和建营用的高山帐篷运到一、二、三号营地，每人负重50公斤左右。队伍离开大本营时已是大雪纷飞，有时甚至连路都看不清，幸好有熟悉路径的教练员带路。每当休息时，大家都争取找个斜坡或者大石头，把背包放在上面歇息。因为背包太重，如果放在平地上，没有别人帮忙的话，仅靠自己的力气是站不起来的。

队伍到达海拔5400米的时候，雪停了，天也黑了。一天没吃没喝的战士和民工们第一次尝到了"累"的滋味儿。搭起帐篷后，领队的教练员让大家烧水吃高山食粮，但许多人已经躺在帐篷外边睡着了。

第二天一早，经过一夜的恢复，这些年轻人又是一副生龙活虎的样子。出了帐篷，就开始进行行军前的各项准备工作。到这时，谁也不敢再轻视这座神秘的世界最高峰了。出发时雪下得不大，但路上积雪太深，又走在滚石坡中，大家深一脚浅一脚地在石坡上艰难地爬着。毛手套打湿了，换一双鸭绒手套或线手套继续爬，谁也没有力气说话了。

过了滚石区，到达海拔5800米的时候，看到了绚丽多姿的冰塔林，大家的劲头又来了，休息时都围住教练员问个不停：这是什么东西？怎么形成的？能爬上去吗？它还会长高吗？我们经过这里时它们会倒下来吗？

队伍再往前走，就是海拔5800米至海拔5900米的东绒布冰川终碛，道路起伏不平，人行走起来，越走越感到路特别长。在这个海拔高度上，开始有人跟不上队伍了。有人甚至不听教练的话而偷偷地吃冰块。行军的速度越来越慢，一百米的海拔高度，距离不过一公里，队伍竟然走了整整四个小时。

到了海拔5900米高度搭帐篷时，就基本听不到说话声了，更听不到笑声和歌声。到夜里，冰川因温度变化而爆裂的清脆声音让这些新手们胆寒。几十顶小帐篷里不时发出呻吟声和呕吐声，这是严重的高山反应。尽管教练员事前给大家讲过高山反应是怎么回事，让大家心理上不要惧怕。可当大家真的有高山反应时，还是忍不住发出痛苦的呻吟声。有的人甚至用绳子把头捆扎起来，试图减轻剧烈的头痛。

天亮了，难熬的一夜终于过去了，大家开始生火、烧水、吃高山食粮。尽管不少人呕吐吃不下，甚至喝水也吐，但为了一天的行军，大家还是强忍着吃下食物。尽管如此，队伍中没有一个人说"我不行了"。教练员鼓励大家，登山者就要有这种精神，这个时候正是磨炼意志的最佳时机。

第三天，也是这次行军最艰苦的一天。任务是上到海拔6400米的三号营地，把物资存放好后，返回海拔5900米二号营地。早晨出发时晴空万里，太阳晒得大家脸皮发烫，穿一件毛衣身上都被晒得痛，穿多了又出汗。这一天，大家负重轻了许多，每人只背了准备放在三号营地（海拔6400米）的高山帐篷、主绳等技术装备。但随着高度的增加，高山反应的程度也在增加。不少人走起路来步履不稳摇摇晃晃，走不了几步就挂着冰镐大口喘气。不时有人摔倒，爬起来走几步又摔倒，但却没有一人向后转的。"就是爬也要爬到6400米，一定要完成这次行军任务！"所有战士都有一个为部队争光的念头。

当行军到海拔6100米的冰川侧碛时，天气变了，狂风大作，吹得人都站不稳脚跟。大家侧着身体，顶着风一步步向上挪。天黑前，终于到达了预定地点。大家一齐动手，把东西用帐篷包好，再用石块和冰块压上，插上识别标记，就赶紧往下撤。

这时，藏族战士土登洋培一点也走不动了。有经验的教练员让大家把背包取下来做成垫子，把土登洋培绑在上面抬到冰川上，然后用绳子拖着走。这个办法虽然减轻了负担，但部队行进速度更慢了。

天已经黑了，风刮得很大，刮起的雪使人睁不开眼睛，看不清前边人的脚印。回族战士马保仓又迷了路，他沿着冰川一直走，走进冰塔林出不来了。最后，还是教练员们采用登山专门技术，才从光滑如镜的冰塔林里将他拉了出来。这时，已经是半夜过后了。回到海拔5900米的营地，队员们对高山反应的适应期过了，症状都有所减轻，夜里呻吟呕吐声少了，说笑声多了。尽管所有人都非常疲劳，但总算完成了任务，每个人心里都很高兴。

第四天，大家一鼓作气回到了大本营。尽管因为第一次穿着3.5公斤重的登山鞋上山，有人把脚磨破了，陕西籍战士胡明虎在6400米存放物资时还把双手都冻伤了，但大家脸上都露出了笑容。毕竟是每个人的人生第一次，到达了海拔6400米的高度，还完成了第一次运输任务。登山队的领导表扬、奖励了部分表现好的新队员，虽然是一点小小的纪念品，但对于这些来自部队的战士和农牧区的藏族民工来说，却有着不小的激励作用。

第二次运输物资，任务也是到海拔6400米的三号营地。大家有了第一次的经验，加上天气好，这次任务完成得比较顺利。这次运输物资以后，登山队从军工和民工队伍里挑选了60多名新手，由教练员带着去立新峰北坡，进行了四天的冰雪作业训练。在冰川陡坡上摸爬滚打，训练冰坡上行走，掌握互相保护和自我保护技术。这期间，体育报记者陈雷生由于第一次参加登山活动，不会使用奥地利汽油炉烧饭，结果造成失火，烧毁了一顶高山帐篷，还将自己的脸蛋轻微烧伤，回到拉萨后，成了两个红脸蛋，大家后来就一直叫他"熊猫"。

这次冰雪训练是为运输队登上珠峰北大门——北坳做准备。队里规定，没有经过专门技术训练的人不能上北坳。上北坳的人，必须经过严格的挑选。身体好、高山适应能力好，又经过冰雪技术训练，这是三个主要条件。

1960年2月，中国珠穆朗玛峰登山队正式成立，前线总指挥韩复东，队长兼党委书记史占春，副队长许竞，副书记王凤桐。队员们来自全国各地，有工人、农民、解放军、教师、机关干部以及科技工作者，藏族队员占三分之一。队中还包括中国科学院、地质部和解放军总参谋部等单位组成的科学考察团。队员共有214人,平均年龄24岁。运动员约八九十人,其他队员是气象、电台、医务、新闻媒体、后勤等幕后保障工作人员。其中的十几名气象、水文和电台工作人员,已经在珠峰脚下的绒布寺坚持工作一年多了。一些文章中提到,登山队中还有11名女队员,准备到珠峰地区与男队员们一起进行高原训练,其中有袁扬、丛珍、姜霙、潘多等著名女子登山运动员。

1960年3月3日,登山队离开重庆前往拉萨,重庆市委书记为登山队送行时说:"你们去爬山,不只是你们几个人,全国人民都是你们的后盾。"

这句话令登山队员们非常感动,几十年后他们都还记得这句寓意深刻的话。

中国登山队到达拉萨后,西藏工委书记张经武、西藏军区司令员张国华、西藏军区政委谭冠三和全国人大常委会副委员长班禅活佛,接见了登山队的全体人员。

1960年3月19日,史占春率领中国登山队抵达珠峰大本营,西藏军区特派了一个全副武装的加强排,作为登山队的警卫部队。从日喀则到珠峰山下,两年前的侦察组20余人艰难跋涉了15天,这一次,沿着新修的公路,人数多了10倍的登山队,乘车只用了10天。

1958年修通的公路,汽车已经可以开到珠峰脚下的绒布寺大本营。西藏当地的牦牛运输,原本只能到达海拔5000多米的高度,藏族民工们想方设法打破常规,将牦牛运输高度提高到海拔6400米,把物资直接送到北坳冰壁下的前进营地。

为了保证登山队的饮食,国家派了飞机从成都将新鲜食物——包括黄瓜、西红柿、芹菜、广柑等直接运到拉萨,再从拉萨用汽车运到珠峰大本营,就是到了海拔八千多米,还能让运动员吃上脱水蔬菜、压缩饼干,以及各种罐头和烙饼等主食。

队医翁庆章回忆,当时登山队的医疗队共有8名医护人员,医疗队甚至把医务站设到了海拔6400米的前进营地:"简直可以称为一座小型野战医院了,一般的登山队医生只有一到两名。我们连小型的手术都能做。我们有手提的X光机,还有研究用的血氧饱和仪,这些都是从瑞士进口的。"

当时登山队使用的步话机,是西欧军队淘汰下来的,有八九公斤重。当时以美国为首的西方国家,对中国实施经济封锁,连这种已经淘汰的产品,都禁止向中国出口。还是中国驻当地的大使馆反复做了大量的工作,才最终买到手。

但是,中国登山队要挑战的是人类还难以预料的危险和困难。以当时中国的条件,物资保障终归也还是有限的。

登山路线的选择

珠峰北坡的登山路线,自1921年英国著名登山家马洛里开辟以来,在1960年之前,从未有人由此登上顶峰,最高只到达海拔8600多米的第二台阶处。马洛里本人,也于1924年在这条路线上遇难。因此,这条攀登珠峰的路线,当时被西方登山界称为不可逾越的死亡地段(主要指海拔8650米的第二台阶一带)。

对于珠峰北坡的气象资料和地形资料,中国登山队尽管当时发扬社会大协作的优势,调动有关院校地质地理专业和气象专业的专家教授们,在短时间内翻译了尽可能多的国外资料,但当时即便是在全世界范围内,对珠峰北坡的考察和记录都还处于初步阶段,现有资料对登山队登顶提供的帮助很有限。

在气象方面,珠峰每年的攀登窗口期很短,只在四、五月间有适合攀登的气候。进入六月间,印度洋的季风到来,珠峰地区多云多雪,就无法登山了。

在地形方面,北坡的攀登路线,直到今天都还基本是遵循马洛里开辟的那条路线。在1960年时,这条路线的资料,只有英国人七次探险攀登失败的记录,其中只有一次到达海拔8600米的第二台阶下(马洛里和欧文在此失踪），还没有详细文字记录。对于第二台阶的具体情况和更高海拔地段的情况，资料完全是空白，因为从没有人上去过。

登山的路线，虽然各个山峰的地形千差万别，但登山路线的选择，无论是大山小山，哪怕是北京的景山和颐和园的万寿山，基本都遵循同一个规律：先从山沟和谷地进入，逐步接近山的主体，走到沟底最接近山体的地方，开始从山坡向上攀登，通常都是走之字形路线上坡，直至攀上山脊，也就是山坳（翻山主要是走这个地方）。从山坳开始，沿山脊上行，因为山脊通常是通往顶峰最为便捷、坡度最小（与山脊两侧的陡坡相比较而言）的路径，所以要沿着山脊向顶峰突击，直至登顶。

从北坡攀登珠峰的路线，也就是上述基本登山路线的放大。首先从绒布寺海拔5200米的大本营出发，沿着东绒布冰川向珠峰山体前进，一直上升到海拔6400米的地方。冰川就是冰峰积雪千百万年来不断的冰崩和雪崩，下泻到山沟谷地形成的。从距离上看，这段冰川（等同于一般的山谷）的行进路线是全程中最长的（22公里左右），在高原负重徒步行军的条件下，需要走两天的时间。途中在海拔5400米和海拔5800米的地方，登山队各设有一个过渡营地。

走到冰川接近山体的一定位置，就开始向一侧攀登北坳冰壁（冰川下泻形成的冰瀑区），这就相当于在一般的山坡上走之字形路线向上攀登。开始攀登北坳冰壁的起始点，就是被称为"第二大本营"的海拔6400米前进营地。

从冰壁攀登上了山脊，这个山脊就是珠峰著名的北坳。北坳是珠峰主峰和珠峰北峰之间的一个马鞍形山脊。攀登冰壁登上北坳这一步，被称为打开珠穆朗玛峰的北大门。——大门若打不开，这山就不用登了。

攀登冰壁登上北坳，也是攀登珠峰北坡路线中的三大险关之第一关。首先是在冰川消融的地方，可能会遇到冰塔林区域，人走在其中可能会迷路；攀爬冰壁更为艰难，其中要越过无数的冰裂缝；爬冰壁要打冰锥挂绳子，这些地方一个操作不当就会产生滑坠。所以登山时，一般都是三人或四人为一

第三章 \ 世界之巅
\ 1960年1月—1960年5月 \

个结组，挂结组绳（人与人之间用绳子连起来）。一人过冰裂缝或攀爬冰壁时，另一人或两人要在适当位置拉着结组绳做保护。另外在北坳的冰雪区域，还有一个更大的危险，在冰川上随时可能会遇到雪崩！一旦大量冰雪裹挟着大小碎石的雪崩瞬间倾泻下来，人绝对跑不过雪崩的下泻速度，侥幸找到个岩石小峭壁去躲躲，能生还就算得上是奇迹了。

北坳顶上，就是突击顶峰的一号突击营地，当时的记录是海拔7007米，后来实测为海拔7050米。到了山脊上，雪崩的危险就小多了。但是，这条山脊还不是通向顶峰的山脊，在整体攀登路线上，北坳顶上的这条山脊，其实还相当于是在走之字形路线上坡的途中。从北坳沿着一条坡度很大的山脊继续上行，攀登到海拔7600米的高度，才到了珠峰主峰的东北山脊上，这里就是二号突击营地，而这条东北山脊，才是通往峰顶的主山脊。

在一号突击营地和二号突击营地之间，海拔7500米的地方，被称为大风口，这里是北坡攀登珠峰的第二道险关。由于地形造成的狭管效应，这里的风特别大，经常能达到九级甚至十级，能把站立的人吹走。一旦遇上大风，登山者就只能趴在地上，不能进也不能退，必须等着风力减弱才行。想想看吧，在海拔7500多米的地方，零下三四十度的低温中趴在冰雪里，一等就是一两个小时甚至更长时间，会有多大的危险？在攀登珠峰的过程中，队员们相当多的冻伤，都是在这里趴在冰雪上等待时造成的。

过了大风口，就上到海拔7790米左右的二号突击营地，这里已经位于通往峰顶的东北山脊上。然而，要走完这条山脊到达峰顶，还有着重重险阻。

从二号突击营地到海拔8300米的三号突击营地之间，是一段比较狭窄的山脊，如果保护不当，这里也有滑坠的危险。三号突击营地在海拔8300米左右，位置在珠峰北坡靠近第一台阶下面。二号突击营地和三号突击营地，都建在斜坡上面，尤其是三号突击营地，地面有30°到45°的倾斜。因为在那个海拔高度上，平整地面要耗费极大的体力，所以营地只能建在斜坡上。

从三号突击营地出发到珠峰的顶峰，要经过三个台阶（就是山脊上的峭壁）和一段峭壁狭路。因海拔太高，要在一天之内完成上下，否则天黑时没能回到三号突击营地，那就万分危险了。现在攀登珠峰，由于对道路的熟悉程度和攀登技术的提高，登顶所需的时间大为缩短，通常都是从三号突击营地直接出发突击顶峰。但在当年，海拔8500米以上是什么地形完全无人知晓，谁也没有把握决定该从哪个海拔高度开始最后的突击。所以中国登山队当年在第一台阶下的海拔8500米处，还建立了一个特殊的四号突击营地。

从绒布寺大本营出发，经海拔5400米的一号过渡营地直至海拔8500米的四号特殊突击营地，登山队在这条路径的沿途，还会根据具体情况，设立不同的临时营地。

珠峰北坡海拔8500米以上的三个台阶，就是三个峭壁，都是平均坡度在50°到70°左右的峭壁，需要攀岩才能上去。在海拔8500米以上攀岩，难度是普通人难以想象的。第一台阶和第三台阶，高度都在三四米左右，两人以上结组做好保护，对专业登山运动员来说，即便是在海拔8500米以上的地段，通过也并不困难。但第二台阶就不同了，这里是攀登珠峰的第三道险关，被早期西方登山者称为不可逾越的死亡地段。

第一台阶位于海拔8500米左右，是一个三米左右的岩台，通过的难度不大。

第二台阶位于海拔8650—8700米的地方，由三段峭壁组成，基本接近90°，总体高差接近20米，下面两个小峭壁大约各有5米多高，最上边最大的峭壁有8米多高。更困难的是，这个8米多高的峭壁几乎没有大的凸起，没有任何着手点。峭壁上的几道裂缝，相互间的距离都在1.5米以上，无法进行攀登。后来著名的中国梯，就是架在这个峭壁上。到目前为止，从北坡攀登珠峰的人，都必须要利用中国梯，否则几乎无可能越过第二台阶。（只有为了验证马洛里能否翻越第二台阶，21世纪才有人做过一次尝试，虽然成功但偶然性太大。）

第三台阶位于海拔8720米左右，和第一台阶一样，比较容易上去。上了第三台阶，还有一段坡度不大但极为狭窄的横切地段，在峭壁上有一条只能容一人通过的狭路，上面是峭壁脚下是悬崖，与南坡的"希拉里台阶"类似，暴露感极强。这段被称为"8800米横切"的路比较长，第三台阶在峰顶的东侧，要经过这段横切绕到峰顶的西侧，才能最后登上峰顶。由于前面有第二台阶那样的险关，所以一般登山者走到这一段时，在心理上都不会觉得这里有多危险了。

海拔6400米以上的地方，运输就得完全依赖人力。当时登山队的大部分队员，主要是担负物资运输的运输队队员。现在尼泊尔的商业登山，这些繁重工作都是雇用当地的夏尔巴人来干。可20世纪60年代的中国登山队，一切高海拔地域的运输，全是队员们自己干。

担任过登山队运输队长的张俊岩回忆说："当时运输队的队员每人要负重40—50公斤。运动员自己背着个人用品、宿营工具和食品，其余都是运输队来背的，氧气瓶、梯子、食品等等。"

登山队员成天亮回忆说："我们负重到什么程度呢？如果把自己的背包放在平地上，没有别人帮忙根本背不起来。"

由于海拔太高，登山队大部分队员在运输、修路和适应性行军过程中就已经耗尽了体力。而这些耗尽体力的登山队员，在低海拔地区，都是普通人眼中非常强壮的超人呢！可到了5000米以上的高海拔，90%以上的队员实际上都不能参与突击顶峰，每次运输或者行军下来，就有很多人因冻伤、体力衰竭、高山反应等原因被淘汰。一百多人的登山队，最后能进入突击顶峰队伍的，往往只有十来个人甚至更少，可想而知高海拔运动的艰难。

"你们中国人都没上去过，怎么能说是你们的？"

气象的困难，地形的困难，时间的困难，物资的困难，装备的、运输的困难……不仅是这些自然的困难，中国登山队还要面对自身的困难——他们太年轻了！

中国登山运动是从1955年才开始，到1960年攀登珠峰时，资格最老的运动员，如史占春、许竞等人，从事登山运动、接受登山训练也才不过区区5年时间。多数主力队员们，则是1958年左右才开始接触登山运动的。无论是接受正规训练的时间还是实际攀登经验的积累，都还很有限。

登山不同于其他运动。其他运动项目，运动员出成绩的黄金年龄，一般是在30岁以下；而对登山运动员来说，30岁才是黄金年龄的开始。30岁以下的年龄，固然体力会较好，但经验和意志力就差多了，而经验和意志力对登山运动员来说，比体力更为重要。

而当时中国登山队的队员们，30岁以下的队员占绝大多数，而且没有一个人是从青少年时期就接受过登山训练的，甚至接受过一般体育训练的人都不多。更由于当时全国解放才不过十年，有不少队员（特别是藏族队员）的童年时期，是在饥寒交迫中度过的。如果按国外登山运动员的体质标准，中国队员的多数人肯定是不达标的。

要战胜这些困难，登上世界最高峰，中国登山队就必须依靠国家和全社会的力量，发挥团结协作的最大优势，加之全体队员们坚韧不拔、一往无前的奋斗精神和舍己为人、无私无畏的集体主义作风，去克服一切未知的艰难险阻。

现在有些不了解历史的人，不知是出于何种心态，指责中国登山队当年攀登珠峰，只不过是借助"举国体制"，失去了登山运动的所谓"真谛"。这些无知的人，对登山运动的发展和演变，可说是一无所知！

现代登山方式主要是两种，早期的主要是"阿尔卑斯方式"，即登山者自身携带必需的物资装备，中途基本不依靠外界的补给，连续行进直至登顶然后下撤，若是不能登顶就中途折返不需要反复地上升下降来适应高度与补给物资；而攀登海拔6000米以上的山峰，则大多采用"喜马拉雅方式"，即发挥团队协作的作用，使用大量的人员反复上升下降，完成沿途的营地建设和物资运输，保证主力队员逐步适应和逐步推进，直至登顶。

在20世纪50年代，世界上还没有现在流行的个人商业登山模式，大型的喜马拉雅式登山活动，都是以国家或者团体名义的登山队或探险队方式进行。尼泊尔在20世纪50年代初刚开放珠峰南坡登山，就是要求攀登者以国家队的名义提出申请。当时若干西欧国家就竞相以各自的国家队名义提出申请，一番竞争之下，最先获得从尼泊尔境内攀登珠峰许可的是瑞士队；1953年第一次从珠峰南坡登顶的新西兰人希拉里，其实是当时英国登山队的成员（新西兰是英联邦国家），这支登山队由10名队员组成，队长名叫亨特。

中国登山队开始攀登珠穆朗玛峰期间，正值中国、尼泊尔举行边界谈判，对于珠峰的归属，双方一直存在争议。就在中国登山队进驻珠峰大本营的三月间，尼泊尔总理柯伊拉腊访问中国，在与周恩来总理的三次谈判中，尼泊尔方面提出了珠峰南北坡分属两国的意向。周总理则在谈判中明确表示：珠穆朗玛峰，它在我们境内是有根据的，说这个峰属于尼泊尔是没有根据的，但是这个峰在全世界是有名的，它不仅涉及中国的民族感情，我们也应该照顾到尼泊尔的民族感情。

毛泽东主席在接见柯伊拉腊时表示："全给你们，我们感情上过不去；全给我们，你们感情上过不去。……我们要得到你们的友谊，你们也要得到我们的友谊，这是问题的中心。有了这个中心，任何问题都可以解决。"

新中国领导人的这些表示，有力地反驳了当时有的国家宣扬的"中国对尼泊尔有领土要求"的谣言。中尼边界协定根据上述原则，于1960年3月21日（中国登山队即将开始珠峰第一次适应性行军的时间之前）在北京签订。

据说在谈判中，尼泊尔方面对珠峰归属问题说过这样的话："你们中国人都没上去过，怎么能说是你们的？"虽然目前这则传言查无实据，但在当时，却对中国登山队员们起到非常大的激励作用。从北坡登上珠峰，对他们来说陡然间成了一项崇高的国家使命！

当时任登山队党委副书记的王凤桐，多年后接受电视采访时，对电视主持人说出了一句字字千钧的话：

　　主持人：当时听说六零年那会儿好像有一个命令是一定要登到顶上去，是这样的吗？
　　王凤桐：那不是命令，那是所有队员的心情！

　　年轻的中国登山队，肩负着全国人民的期望，开始向世界最高峰挺进了！

三次适应性行军，建立高山营地

　　自1960年3月19日进驻珠峰大本营后，中国登山队用不到一周的时间进行了高原适应和必要的训练。史占春队长和登山队员们一起，制定了登顶珠穆朗玛峰的计划。根据国内外高峰探险的经验，决定在正式突击峰顶前，先进行三次适应性行军，一方面让队员们逐渐适应高山环境；另一方面，在沿途不同海拔高度建立起若干高山营地；同时将必要的物资和装备运上去，以备正式攀登时使用。

　　但是在训练中，女队员们的训练情况不理想，相继出现了伤病，其中姜霙的左膝关节严重受伤，没能及时治疗，连带右膝关节也出现伤情。根据这些情况，登山队队部最后决定，不安排女队员参加攀登行动。

　　3月23日晚，气象组向中国登山队队部报告：最近一次好天气过程，将从3月25日开始。根据这个预报，登山队队部于3月24日召开讨论会，部署决定：3月25日开始进行第一次适应性行军，计划高度到达海拔6400米，使队员取得对这个高度的适应能力，同时继续完成向海拔6400米营地运输物资的任务。另外，派遣一个侦察组侦察北坳路线，然后向队部提出第二次行军通过北坳的技术措施。因为从海拔6400米登上北坳，有大约一天的路程，为了在最好的天气侦察北坳，侦察组将先于大队出发。

3月24日上午，王凤桐、刘连满、刘大义、彭淑力、王振华5名优秀队员组成的北坳侦察组，在登山队副队长许竞带领下先行进发。

3月25日，中国登山队征服珠峰的第一次适应性行军开始了。如同气象组的预报一样，当天珠峰迎来了第一个适合攀登的好天气。当天中午12点，珠峰大本营升起了五星红旗，全体登山队员在大本营营地广场上整装待发。在队长史占春和代表全体出发队员的藏族队员拉巴才仁讲话之后，队长史占春对登山队员们发布了向世界第一高峰挺进的命令。

登山队沿着1958年侦察组和先遣组探寻出来的道路，绕过中绒布冰川的正面，插进东侧低洼的沟谷，向上攀行。下午6时左右，登山队到达了海拔5400米的一号营地，当晚全队在此宿营。从海拔5120米的大本营到此地，海拔仅升高280米，但漫长的路程却需要登山队员们艰难跋涉6个小时。

一号高山营地位于东绒布冰川末端不远处，旁边有一条东绒布冰川融化形成的小河。当年英国登山队攀登珠峰时，第一个高山营地也设在此处，留有乱石堆成的围墙。在营地附近，还有几个用乱石堆叠成围墙的废弃营址。里面堆放着一些已经锈烂的氧气瓶、罐头盒等，上面有清晰的英文字母。围墙外，散乱地丢弃着许多废旧电池和电线头，这显然都是当年从北坡攀登珠穆朗玛峰失败的某支英国登山队的遗留物。3月26日，中国登山队继续向海拔5800米的二号营地进发。这条路线向东穿过冰封的东绒布河，逐渐向东绒布冰川接近。在翻过一段险峻的山岩之后，开始进入东绒布冰川的冰舌地带。珠穆朗玛山区的冰川由于消融和补给的运动比较强烈，因此这里发育着其他地区冰川未有或少见的冰塔林，有的地方竟密如森林。在这样的地形中行进，很容易迷路。在冰川拐弯的山嘴，有几座巨型冰塔挡住了前进的道路。在冰塔的上方，有几条曲折的裂缝，看似可以穿行。但队员们仔细观察后，发现这里正酝酿着一场巨大的冰崩！队伍不得不暂时停下来，寻找一条更安全的路线。很快，队伍中有人在冰塔下的一块"蘑菇石"上，发现了一个很特别的标记。大家围上去仔细一看，原来在石头裂缝里有一张纸条，纸上用红笔写着："危险！冰崩地区。攀右侧山嘴绕行，切勿停留！速去！速去！"

这是走在大队前面带领侦察组的副队长许竞留下的。根据纸条的指向看去，在右侧一座十几米高的雪坡上，侦察组已经修出了一条小路，冰镐在冰雪上刨出的一级级整齐台阶清晰可见。沿着这条小路行进不久，登山队员们就到达了海拔5800米的二号营地。

先遣组在建立二号营地时，就派了两名工作人员纪克诚和张玉清在此留守，他们自从随先遣组建营，已经在此坚持了二十多天，一直没有离开过这个营地。当长时间没见到过其他队友的两人，从步话机里得知大队即将来到的消息后，心情极为喜悦。为了欢迎大队，两人商量了很久，决定为大队人员包一顿饺子！

在海拔5800米的高度，为几十个人准备一顿饺子，要付出的工作量和消耗的体力，是在低海拔地区的人无法想象的。而当晚宿营二号营地的几十个登山队员们，吃的就是纪克诚和张玉清两人包出来的饺子！

3月27日上午10点，队伍从二号营地出发，向海拔6400米的三号前进营地前进。登上若干倾斜的碎石坡后，队伍便开始进入高山荒漠带的尽头，进入永久积雪带的冰峡谷。穿过冰峡谷，就是东绒布冰川的主体，巨大的粒雪原。从这里，就可以看到珠峰附近海拔8470米的世界第五高峰——玛卡鲁峰的山巅。进入冰川主体，就是一片漫漫的冰雪台地，冰面陡滑，有无数冰裂缝纵横交错。登山队员们到此就需要进行冰雪作业了，鞋底要绑上冰爪，数人组成结组，每人用冰镐探路，才能继续向上攀登。

27日下午，天气突然变坏，狂风卷起粒雪漫天飞舞，温度骤然下降到零下二十多度。队员们顶风冒雪继续前进，到达了北坳冰川北侧脚下。在这里，珠穆朗玛峰第一次这么近地出现在大家眼前，大家要仰头才看得见它那高高的山顶。最后翻过一个碎石坡后，参加第一次适应性行军的登山队员们，终于在27日傍晚，安全抵达海拔6400米的三号前进营地。

第三章 \ 世界之巅
\ 1960年1月—1960年5月\

海拔6400米的三号前进营地，不仅集中储备了不少高山物资，还建有电台、气象台和医务站等设施，是沟通突击队伍和大本营的中转站，被称之为"第二大本营"。在海拔6400米营地休息一夜后，队长史占春带领陈荣昌、屈银华、罗桑和新华社记者郭超人组成的支援组，留在三号前进营地，专门设立了一个配备远距离望远镜和信号装置的瞭望哨，对前一天出发的北坳侦察组进行不间断的跟踪观察，随时准备出动支援侦察组。登山队大队按计划于3月29日顺利结束第一次行军，大部分队员开始返回大本营。

许竞带领的侦察组，比大队提前一天到达三号前进营地。3月27日早晨，登山大队从二号营地向三号营地进发时，北坳侦察组已经从三号前进营地出发，前往北坳探路。侦察组出发后，队员王振华于当天下午，在冰川边缘的一个凹坑里发现了一具尸体。当时所做资料记载是："死者头朝南，脚朝北，面部朝西，侧身卧于雪地上，双腿屈曲，两手抱膝。同时看出死者的肋条很宽，大腿骨很长，关节粗大，虽然侧身屈卧，但仍可看出此人躯体高大。这具尸体只剩一副骨架了，臀部以下，小腿和脚用一顶高山帐篷包得严严实实的，因此看不到他的脚。那顶帐篷已经腐烂了，但还可以看出它分为两层，内层白色，外层微黄，边上有绳子和金属圆环。死者的身旁有一根金属的帐篷杆。死者用的皮质吊带上也只剩下裤腰上的几个皮头了。身上的衣服穿得不多，里面的上衣是淡淡的草绿色粗卡其布衬衫，外面套有一件深色的、但已经变了色的细毛线衣，下身穿一条细毛线裤，所有这些布料和毛线衣裤都已坏了，只残留着衣领、袖口、腰身等部分，稍一碰它，就会粉碎。"

仔细观察时，还发现死者手腕上残存着少部分暗褐色的已经干枯了的肌肉。从死者的姿态、他身上包着的帐篷以及尸体和遗物上分析判断，大家都认为这是二十多年前一个不幸遇难的英国登山家，他当时可能是处在饥寒交迫、疲惫不堪的境遇中，因无力到达或无法找到宿营地和同伴而丧命的。侦察组的队员们用冰镐刨开冰雪，埋葬了这具早已干枯的遗体。

后来这一发现公布时，在英国登山界引起轰动。美联社伦敦1960年3月

30日电，以"共产党中国的埃佛勒斯峰探险队可能已经发现36年前在这个世界最高峰上失踪的两名传说中的英国冒险家之一的尸体，这真是奇迹般的发现"为题，报道说："在阿尔卑斯山俱乐部总部里，这件事成为人们谈话的中心。马洛里和欧文原因不明的失踪是他们多年来争论不休的问题，虽然这些登山者已经成为传说中的人物了。英国登山当局星期一晚上说，这个穿着英国登山服装的尸体，很可能是格·勒·马洛里或阿·克·欧文。曾经多次组织到埃佛勒斯峰探险的皇家地理学会会长克尔温说：'很显然，中国人可能终于给我们提供了所发生的事情的部分答案。我认为不能排除这样的可能性，即这具尸体不是马洛里就是欧文的。'克尔温说，'只有有机会研究那具尸体的衣服和牙齿，才能最后辨出是谁。既然中国人说，他们的登山队员已经当场把尸体埋起来，要辨认大概是不可能的。'这位会长说，'但是就已经知道的事实来看，它们是有助于弄清这个秘密的。'"

但是中国登山运动员的看法则有很大不同。多年后，《环渤杂志》1982年第7期发表的史占春、许竞、王凤桐署名的《马欧之谜——对珠峰攀登史上一个"悬案"的看法》一文认为："至于在6400米附近所见之外国人遗体，其本身显然与马、欧无关。即使马、欧失事于滚坠，从地形上看也绝无滚到东绒布冰川的可能。"文章认为："从过去的记载来看，6400米的遗体很可能就是1934年单人来北坡攀登并死于6400米的英国陆军大尉威尔逊。"文章还披露了这样一些事实："奇怪的是，1965年中国登山队去珠峰训练时，遗体虽然还在，位置却有所移动，其附近还多出了外国产的鸭绒衣、短式睡袋和没有用过的彩色柯达胶卷。更为奇怪的是，1966年我们再去珠峰训练时，上述遗体又不见了。"

埋葬了英国登山家的遗体之后，北坳侦察组继续前进，分为两个小组在北坳下活动，用望远镜对北坳全貌进行了仔细观察。根据观察结果和反复研究，可供选择的路线共有四条，其中包括英国队过去选取的大"之"字形路线。英国队的这条路线坡度较小，但不仅线路较长，且有发生雪崩的危险。

经过讨论，大家一致同意选择位于英国队路线南面的第三条路线，这条路线与1958年中苏联合侦察组提出的路线大致相同。优点是避开了冰裂及冰崩、雪崩区，缺点是坡度大，易发生滑坠的危险。

突破北大门，海拔7000米建营地

27日傍晚，侦察组到达了海拔6600米的北坳脚下，建立了临时营地宿营。

珠穆朗玛峰北边有座顶端尖突、白雪皑皑的山峰，这就是珠穆朗玛的姐妹峰——海拔7543米的章子峰。在两峰之间是一道奇陡的冰雪山脊，山脊连结的低凹处，就是北坳（海拔7028米）。从北坳东边底部到顶部的高差是400米，这是一座400米高的冰雪墙，平均坡度50°，有的地段为70°，经常发生冰雪崩。这里号称是珠穆朗玛峰北坡的大门，要登顶珠峰，首先就要攀上北坳。著名运动员屈银华说："大门若是打不开，这山也就不用登了。"

这段冰壁上有许多条纵横裂缝。1922年英国登山队雇用的7名夏尔巴搬运工，就是在这里遭到雪崩遇难的。这堵冰墙靠珠峰一侧，可以说是绝壁，上端刃脊上还有雪檐。而靠北峰一侧则不时有雪崩发生，因而冰壁的中间一带才是最佳的攀登路线。

现在，中国登山队的年轻队员们，要攀登这座冰雪墙了。

28日，侦察组开始攀登北坳的冰壁，试图开辟一条能往返经过数百人次的安全路线。自1958年中苏联合侦察组来过之后，北坳的冰川地形又发生了很大的变化。现在没有向导，没有精确的地图，侦察组的任务相当艰巨。

从海拔6600米至海拔6700米处是一段陡坡，攀登时需要采用"之"字形路线上升。侦察组先由许竞走在第一个结组的前面开路，在他艰难地登上一个雪坡后，前面又出现了一个大冰坡，刘连满上来接替许竞开路。在这个冰坡上，刘连满使用"三拍法"的攀登技术——他先用双手前后握住冰镐，反复用力将冰镐插在冰中，然后双手握住冰镐稳定全身重量（第一拍）；稳住全身后，再先向上抬起右腿，用脚下的四个冰爪齿抓在冰面上（第二拍）；接着左腿也做同样的动作，当两脚蹬住后，才将全身向上移动（第三拍）。随后他拔起冰镐，继续重复这三个动作。每次移动，大约只能上升30厘米。每当他爬上一段距离后，就用冰镐刨出一个台阶，用铁锤在冰层上打下一个冰锥，把铁锁卡在冰锥的铁锁上，再将保护自己的主绳套在铁锁里……

这时天气突然变得恶劣了，刮起了秒速三十米的高空风。寒冷的天气和高山缺氧，令刘连满的冰雪攀登作业体力消耗极大。他每向上一步，都要伏在冰镐上大口喘息一会儿，吐出的白气就瞬间凝结为冰霜。当他爬完20米的冰坡，打下最后一根冰锥并固定住主绳时，几乎就要累得瘫倒在冰面上了。

侦察组的其他队员，抓着刘连满固定的主绳爬上冰坡之后，再分别由王振华、许竞、王凤桐等人轮流上前开路。在海拔6700米至6800米的一段距离内，冰坡上的明暗裂缝非常多，通过十分困难。经过七八个小时，6名队员好不容易才上升到海拔6860米的地方。这里是一道近乎垂直、高达二十多米的冰崖。据1958年侦察组的记载，攀上这道冰崖唯一的通路，是冰崖上一条纵向的冰裂缝。侦察组很快找到了那条宽约1米、坡度在70°以上的冰裂缝，大家观察研究之后，半开玩笑地命名这条冰裂缝为"珠穆朗玛冰胡同"。

刘大义第一个上前攀登这条"冰胡同"，王凤桐负责保护。由于冰雪不太坚实，冰锥无法打牢，王凤桐便用冰镐先在两侧凿出了几个窝状的台阶。然后，刘大义蹬在两侧冰壁的台阶上，叉开两腿，整个身体摆成一个"大"字，利用这几点支撑着全身的重量，利用攀登大型岩石裂缝的办法，一点点地向上挪动。等他登上这几个台阶后，再用冰镐在两侧刨出新的台阶来。刘大义这天患了感冒，体力虚弱，当时谁都不知道在攀登"冰胡同"时他连续三次从中途跌落下来，但他就是一声不吭，继续进行第四次攀登。

当刘大义第四次攀上"冰胡同"上部的时候，在下面的许竞发现，"冰胡同"的上部，冰的透明度较大，估计冰层较硬，建议刘大义打冰锥试试。刘大义一试果然打牢了。于是他便打一个冰锥跨上一步，很快就登到"冰胡同"的顶部，固定好了一架软梯。

接着，彭淑力利用这架软梯爬了上去，他与刘大义一起，对"冰胡同"以上的地形进行了侦察。两人发现：从"冰胡同"往上，是一个坡度约为30°的雪坡，积雪很浅，这段雪坡可供大队作临时宿营地；雪坡的尽头，是另一道很高的冰雪陡坡，高约50米。陡坡的海拔高度约为6950米。他们估计，从这个陡坡上去，便是北坳顶部。刘大义、彭淑力从"冰胡同"上下来，把观察的情况向许竞做了汇报。这时，天已经快黑了，所有人已经十多个小时没吃饭没喝水，体力都已接近衰竭。于是，许竞下令侦察组全体队员立即下撤。

由于天气恶劣，地形险峻，史占春十分关注侦察组的动向与安全，派出支援组前来接应。下撤的侦察组与支援组在北坳下相遇，两组人员当晚于海拔6600米的临时营地宿营。这时天气变得更加恶劣，狂风大作。屈银华回忆，当他前去接应侦察组时，在海拔6600米临时营地宿营，帐篷里压着两个沉重的大背包，他还坐在里面，狂风都能把帐篷吹走！

3月31日，史占春致电国家体委和西藏支援委员会，告知侦察组已全部安全地返回了大本营。因天气关系，此次侦察组到达的高度为海拔6950米，未按原计划达到北坳顶部，但他们已为大队攀登北坳开辟和整修出了一条路线，"完成了侦察任务"。

登山队休整一周，4月6日开始第二次适应性行军，史占春率领77名队员从大本营出发，计划攀上北坳建立营地，同时向上方营地运输物资和装备。

登山队走到海拔6100米的时候遇到了暴风雪，后面的队伍陆续上来，而前面的队伍已经因为缺氧走不动了，全队在暴风雪中缓慢行进。

经过艰苦的行军，队伍终于在4月11日到达北坳脚下。当天中午11时，北坳上刮起了强烈的大风，史占春、张俊岩、王富洲、屈银华、陈荣昌等人组成的修路组冒着大风攀上北坳冰壁，通过了"冰胡同"，从这里再登上约50米的冰陡坡，然后就能斜插到北坳顶端了。

沿途，他们对攀登道路进行了整修。经过整修后的道路，使得后面的大队节约了大量的行军时间，这是第二次行军的最大成果。

当晚，修路组在海拔6950米处的雪坡上宿营，在此搭起帐篷建立了临时营地。这里平整的坡面还比较大，右边是珠峰北峰上冰雪下泻形成的冰川，看上去很好走，但当年英国登山队在这里遇到过雪崩，所以登山队准备向左边两百米的地方绕过去攀登北坳顶部。

12日早晨，修路组开始攀登北坳顶部，由张俊岩、陈荣昌和王富洲做保护，体力较好的屈银华率先向上攀登。屈银华采用三拍法，很快就攀上了冰雪陡坡，成为中国登山队第一个登上北坳的队员。

随后，登山队大队人员陆续通过修路组整修的道路攀上北坳，在海拔7050米的北坳顶上，建立了四号营地，将物资存放在雪坑里，再插上标记。另外，还按计划搭起了一顶英国的绿色高山帐篷做实验，看它能否经得起强风的考验。因为"冰胡同"里的雪很松散，软梯就悬空了。加之裂缝（所谓的胡同）又窄，攀登这架软梯很不容易，从下午5点一直到夜里12点，人还没上完，最后两组只好在裂缝下边的海拔6950米处设立了过渡营地。刘连满在这里将最后的二十多名队员拉了上去，可见他当时的体力是多么充沛。

医生吴永生因冰爪卡在软梯上，时间长了，手也没劲儿了，最后头朝下倒吊了半个多小时，才被上方的刘连满、刘大义等人拉了上去。

率先登上北坳的部分队员，继续上攀到海拔7300米处建立了营地，并运输上来不少物资。这时起了暴风雪，第二次适应性行军到此结束，全体队员再次返回大本营。

参加此次行军的77名运动员中，有40人都到达了海拔7007米的北坳顶端，这在当时已是空前的世界纪录。

但是，在第二次行军中，来自兰州大学从事水文研究的青年队员汪矶，

第三章 \ 世界之巅
\ 1960年1月—1960年5月 \

在登上海拔7007米的北坳后,产生了严重的高山反应,头痛欲裂,站都站不稳了,几个藏族队员赶紧架着他下撤。撤下近400米后他们看到下面的一道冰缝里有一具英国人的尸体,从服装上看是好多年前的。当时,汪矶还清醒,还看了看那具尸体。但到了海拔6400米的三号前进营地后,他一躺下就不行了。这个高度原是不需要准备氧气的,几个护送汪矶下来的年轻队员,好不容易找到了一瓶氧气,一边输氧,一边给他做人工呼吸。但经三个小时抢救后,已是半夜,汪矶终因脑血管破裂,抢救无效,牺牲在海拔6400米的三号前进营地。

翁庆章回忆:"兰州大学有一个学水文的学生叫汪矶,在6400米的高度猝死。我们一个叫陈式文的医生给他做了解剖,标本拿回协和医院后,证实是颅内出血,就是因为缺氧导致的。"

汪矶是中国登山队第一位牺牲在珠峰上的队员。队友们检查他的遗体时,发现他腰上还缠着一面准备带到珠峰峰顶的五星红旗。

缺氧,是当时中国登山队还无法克服的一个大难题。

运输队长张俊岩回忆:"在海拔7500米以上,运动员才能间断用氧,到海拔8500米突击队冲顶才能持续用氧。到海拔8100米的时候,我把每个氧气瓶的阀门都检查一遍。那时氧气瓶还有几十个,但因为背在身上来回摩擦,有的氧气瓶已经跑了气了。"

翁庆章从珠峰回来后,对中外登山队攀登珠峰的用氧量进行过比较:"与1953年英国从南坡登上珠峰相比,我们在海拔8500—8800米时的用氧量仅占其三分之一,每小时只有60升的吸入量。英国当时是连续用氧,可我们连续供氧供不起。"

此后,由于天气不利于海拔8000米以上的活动,登山队全体人员在大本营休整了11天。

4月15日,前线总指挥韩复东在大本营登山队队部听取了登山队的汇报,并向队员们通报情况。当时据外电报道,在珠峰南坡也有几支外国登山队在攀登，所以中国登山队的攀登就带有了明显的竞争意义。会议上，韩复东向队员们传达了贺龙的要求，他说："贺老总非常关心大家，让我给大家捎三句话：第一，争取按预定计划完成任务，把五星红旗插上珠穆朗玛峰；第二，注意安全，决不打盲动仗，但在充分准备的基础上，也可以打几分冒险仗；第三，如果在顶峰与外国登山队相遇，就应当采取正确的态度。"

按照预定计划，4月25日到5月11日间，登山队将进行第三次适应性行军。这次行军的目标，要穿越海拔7500米处有北坡登顶第二难关之称的"大风口"，到达海拔8000米以上的地区，并在海拔8500米的地方建立最后的突击营地，为突击主峰做好必要准备。这次行军也是最后一次适应性行军，有55名队员参加，队伍分成了4组，其中大部分人都是作为支援，负责修整路段、护送病号、运送急需物资等，并且在海拔7600米附近到海拔8500米附近，建立二号、三号和四号突击营地；第四组10名队员的任务，则是相机准备突击峰顶！

4月25日，身体状况良好的55名登山队员整队出发，开始了第三次适应性行军。韩复东代表国家体委，将一面五星红旗授给队长史占春和副队长许竞，并率领大本营的所有人，将登山队送到进入中绒布冰川的"滚石沟口"，预祝他们成功。

就在大队出发两天后，山下的气象站却报出了一个坏消息：24小时以后，珠穆朗玛峰海拔7000米以上的地区，将刮起九级大风并伴有暴雪，气温将下降到零下三四十摄氏度。

根据计划，登山队此刻正处于海拔6400米的三号营地，24小时后，他们就将从海拔6400米的营地出发，向海拔7000米以上的地带攀登。如果消息不能按时准确地传达，恶劣的天气必将给没有准备的登山队员们带来难以预料的后果。

但这时登山队已到达海拔6400米营地，联络时间已过，关闭了步话机。从能够取得联系、距离登山队最近的地方，是海拔5500米的气象哨，距离海

第三章 \ 世界之巅
\ 1960年1月—1960年5月 \

拔6400米营地也有17公里左右的路程，沿途山路崎岖，高原缺氧，还有接近海拔1000米的高程，这个距离平时是登山队员差不多两天的路程！但是，气象哨的两名工作人员魏广福和谭克元，得到大本营气象站的消息后，二话不说就出发赶往海拔6400米营地，经过近20小时的艰难跋涉，终于在没有超过24小时的当天夜里，将气象消息传达给了登山队。

得到新的气象报告时，史占春一句话没说，只是重重地握住了魏广福和谭克元的手，此时此刻的感谢之情，千言万语尽在不言中。

根据这来之不易的气象预报，史占春调整了向海拔7000米以上地区攀登的出发时间。同时要求队员们仔细地检查和试验了各种装备，特别要求队员们对帐篷的抗风能力进行反复测试。做好充足的准备后，登山队才开始向上进发。

4月29日下午1时，队伍到达北坳顶部。查看第二次行军时架设的英国帐篷，发现帐篷只剩下断了的金属杆插在冰雪里，仅残留的帐篷绳在风中舞动。第二次行军时所做的试验结果证明，没有人住的帐篷，在北坳顶上的大风中是顶不住的。

队伍登上北坳之后，气象预报的狂风和暴雪果然到来，气温骤然下降到-37℃左右。登山队员们顶着寒风在一道倾斜的雪坡上行进。狂风使得一些队员不得不全身匍匐在雪地上爬行，但是没有一个人掉队。随着海拔高度的上升，空气中含氧量更加稀少。在通过一段距离不到20米的岩坡时，队员们不得不休息了四次才登上去。而队伍中的步话机，这时也因严寒出现故障，与大本营失去了联系。前面的队伍因大风不得不减慢行进速度，甚至不时地出现停顿，可后面的队伍还在陆续上来，一时间看上去满山坡都是人！停顿与等待中，队员们开始不断出现冻伤和高山反应。

这一天，负责运输的队员们最为艰苦。当时的氧气瓶，一个就有八公斤重，每个运输队员要背两到三个，体力好的王富洲、屈银华等人，甚至一人要背四五个。

后来，运输队员邵子庆，在海拔7007米的北坳因严重高山反应不幸牺牲。

王富洲回忆说："这个同志特别好，再苦再累，走不成爬他也往上爬，从来不说我不行了，我不走了。我们晚上大概是六点，北京六点，那会也是七八点钟了，比北京要晚两个小时，就坐那儿休息，休息完了以后，说前进，可以走了，其他的都走了，只有邵子庆同志不动，都说该走了，他还不动，有的人推他，还不动，这些同志都急了，赶紧叫大夫，说吴大夫（吴永生），邵子庆同志有问题了，推也不动了，大夫用手电看了一下他的眼睛，不行了，瞳孔放大，已经牺牲了。"

运输队长张俊岩回忆："在北坳时，队员喊我说邵子庆高山反应非常重，后来经过抢救，吸氧气，有所好转，但是最后还是停止呼吸了。尸体没法运下去，我们只能报告大本营。大本营说没有办法，拍个照片，把尸体掩埋吧。后来，我和几个队员把尸体放到冰裂缝里面去了，有个十米八米吧，永远不会腐烂。"

邵子庆是中国登山队在珠峰上牺牲的第二名队员。他来自北京大学气象专业，曾经登顶慕士塔格峰；这次攀登珠峰，他是运输队的一员。后边的队员登上北坳，都不知脚下不远处就埋着队友的遗体——直到今天，邵子庆还静静地躺在那里。

8500，第一台阶，以尿充饥

从北坳再向上攀登，已经接近海拔7500米的珠峰北坡第二道险关——大风口。在这段路程上，从西边刮过来的高空风吹得人站不稳。高空风由西向东，在到来之前很远处就可以看到。夹杂着冰雪块呼啸而过，队员们只能侧身顶着大风和吹雪，一步步向上爬。风大的时候，队员们只好趴在雪地上，并将冰镐插入雪中，以便稳住身体不被刮走。

当天空完全黑下来时，队伍才到达了海拔7400米处。这里是冰雪坡和岩石交接处，大风继续刮个不停，队伍只好在这里紧急宿营。搭帐篷很困难，有的结组只好在靠近岩石的地方挖雪洞避风。经过这一天的行军，很多队员被冻伤。主力队员陈荣昌、王振华都因严重冻伤不得不下撤，新队员曹延明的头肿得很大，刚下北坳，在海拔6950米处喝完水后，居然两只耳朵都会向外冒水！

29日当晚，登山队在海拔7400米山脊上的临时营地宿营后，他们设法修好了步话机，与大本营取得联系。

大本营气象站向登山队转达了"天气突变，后天转好"的信息。综合考虑队员伤病情况和气象报告，队长史占春决定全队就地休息一天，5月1日继续前进。

5月1日果然天气晴朗，登山队从海拔7400米的临时营地出发，下面的行程更加艰巨，海拔7500米，就是珠峰北坡的第二道险关大风口！

队伍沿山脊继续向上攀登，到达海拔7500米的大风口时，果然遇到强烈的大风，队员们只能匍匐在雪地里才能不被风刮走。有人试图搭帐篷避风，刚拉开帐篷四角，连人带帐篷几乎要一起被刮下山去，队员们只得赶紧撒手让帐篷随风飞走。这时虽是天气良好的白天，可不到两个小时的时间，就有不少队员们相继被冻伤，最后是刘连满等人在冰坡上发现了一条冰裂缝可以站人，大家进去躲了几个小时，才熬过了风暴最猛烈的阶段。

全队终于顺利通过大风口，于下午6时许，安全到达预定的海拔7600米的高度，刷新了我国登山高度的纪录。此前我国登山队员所取得的最高纪录是海拔7556米，是1957年史占春等6名登山运动员登上贡嘎山时创造的。

在海拔7600米处，登山队设立了二号突击营地，队员们还在附近发现三十多年前英国登山队留下的物资。

当晚在海拔7600米营地，登山队党委召开了一次特别的党委扩大会议。会议由党委书记史占春主持，党委副书记王凤桐、党委委员许竞和扩大的其他登山队员参加。会议的中心议题，是讨论和批准运输队长张俊岩由预备党员转为正式党员。

张俊岩是参加过攀登太白山主峰的第一批中国登山队队员，他身材高大，人称"大张"，从中国登山队攀登慕士塔格峰时，他就一直担任登山队运输队长的重任，甘愿放弃自己个人的登顶机会，在队中有很高的威望。这次攀登珠峰的第三次行军，恰逢他的党员预备期满。党委扩大会议经过表决，正式批准张俊岩转为中国共产党正式党员——在那个时代，党员的身份既是一种荣誉，也是一种责任。申请为党员，就意味着要在最艰苦的条件下，比其他人承担更多的职责，完成更多的任务。也是在那个时代，加入中国共产党，对当时努力奋进的年轻登山队员们，更是一种极大的激励。

5月2日，登山队又上攀到海拔7800米处建立临时营地，队员们在这个海拔高度第一次用氧，这时，很多队员相继被极度疲劳、严重冻伤和高山反应阻止了前进的脚步，就连一向体力很好的刘连满、王富洲等人，也因为缺氧出现了昏厥现象。为了伤病队员的安全，又必须抽出更多的队员护送他们下撤，登山队在海拔7800米严重减员，能继续攀登的主力队员还有9名，运输队员还有8名。宿营时，清点发现食品只剩下5公斤炒面、1公斤糖果、1.5公斤饼干、两根腊肠。后方的运输队伍还未能接上来，这些原本作为一天的食品，却至少要维持大家四天的生存。但是，全体人员都没有任何退意。

一直担负开路任务的刘连满，由于过度劳累体力衰竭，出现了严重的高山反应而昏迷，苏醒后也无法站起来。史占春决定，王凤桐、石竞和贡布三人留下，负责看护刘连满并接应张俊岩的运输队。史占春、许竞、拉巴才仁和米马四人，继续向海拔8100米上攀。

刘连满回忆："到达8000米时，遇到一个约有100米长的坚硬雪坡，要斜跨过去，每走一步都得用鞋踢上三四次才能踢出放脚的台阶，开路的队员体力消耗特别大，我由于过度疲劳刚跨过这段雪坡就累得昏过去了。"刘连满还特别提到了登山队副政委王凤桐，"副政委看我还没醒过来，就把他的氧气给我用上，一晚上几乎没有睡觉，始终看护着我。"屈银华回忆："当时三次行军没打算登顶，只是把氧气、食品、装备运上去到8500米，我到了8100米，背了五个氧气瓶，因为很多病号，领导要我把病号带下去，那一路有不少病号，嘴歪鼻斜的很多，冻伤了一大批。"

参加过北坳侦察组的老队员彭淑力，也奉命从海拔8200米处开始护送伤病队员下撤，他自己背的氧气一口都没吸过，都让给了伤病队员。由于多次上下往返接送伤病队员，彭淑力自己也被冻伤，他个人的攀登高度也止步于海拔8200米。

5月2日晚间7时许，队长史占春、副队长许竞和藏族队员拉巴才仁、米马四人，又组成了侦察组，连夜向海拔8100米的高度进发，开始了对被称为"死亡地带"的海拔8000米以上高度的征服。

在寒风凛冽的黑夜之中，他们只能借助星光判断，用冰镐不断试探着寻找前进的道路，在严重风化、极易滚动的乱石坡上艰难地攀登。尽管他们每人都背着一筒氧气，但为了适应新的高山缺氧环境，他们竟然谁都没有使用氧气……

深夜11点，史占春四人到达了海拔8100米并建立了三号突击营地。扎好帐篷后，他们发现食品已经没有了。由于恶劣天气和险峻的地形，运送物资的队伍无法跟上，走在最前面的队员，几天来只能依靠几口炒面、几块糖果来维持每天的体力。现在，他们已经连续攀登了十几个小时，再得不到食品补充，对近在咫尺的第一台阶以上道路，就将无法进行侦察。

这时，拉巴才仁和米马两位藏族队员，主动站出来说，他俩年轻体力好，请求允许他们返回7600米的营地去想办法。得到史占春的同意后，拉巴才仁和米马不顾疲劳，又毅然冒着-40℃的严寒，走进了苍茫的夜色之中。

当他们在海拔7800米处与王凤桐等人会合时，米马体力衰竭，几乎陷入昏迷，但这时运输队还没有上来。王凤桐决定让米马原地过夜，第二天与上来的运输队一同下撤。王凤桐、拉巴才仁、石竞、贡布四人，则把还剩不到一斤的炒面带上，连夜赶往海拔8100米的营地。又经过一番艰难的行军，他们四人终于在3日黎明时分赶到了8100米营地，与史占春、许竞两人会合。

5月3日清晨，经过讨论，他们决定六个人分为两组侦察突击第二台阶的道路，史占春、王凤桐、拉巴才仁结组在前，许竞、石竞、贡布结组在后。队员们每人携带一筒氧气、一个睡袋，第二结组带一顶帐篷，准备到达海拔8500米时建立突击营地。上午10时，两组队员强忍着饥饿开始向新的高度攀登。

出发不久，六个人就接近了第一台阶下外国登山者称之为"黄色走廊地带"的地方。这里是珠峰北坡黄褐色岩石十分集中的地方，从下面看它像一条黄色的带子，从东至西横在海拔8200米至海拔8400米的地方，山势特别复杂陡峭。越过黄色走廊，便到达海拔8500米的第一台阶脚下了。

在当时的世界航空生理学上，曾把海拔8000米以上高度的地区称为死亡地带。据测算，海拔8000米高度空气中的氧含量，几乎不足海平面的三分之一。严重的缺氧状况，会造成人体机能的各种不良反应甚至死亡。因此，在当时的国际登山界，海拔8000米是一个高度极限，普遍认为如果不使用人工氧气，在这样的高度上生存是难以想象的。

但是，史占春等六人就是在这一被称为是死亡地带的海拔高度上，每个人都坚持着尽量不使用携带的氧气，他们在用自己的生命，试验着人体在这一海拔高度上的反应。

在通过黄色走廊时，多次担任路线侦察任务的副队长许竞体力衰竭，在海拔8300米处倒下了。大家商量后，决定由石竞、贡布护送许竞回海拔8100米营地，然后二人再返回来追赶第一结组，第一结组史占春、王凤桐、拉巴才仁三人仍然继续向上前进。

下午5时许，第一结组到达"黄色走廊地带"的最上部，拉巴才仁也出现了体力衰竭。史占春和王凤桐决定，把仅有的一点炒面留给拉巴才仁，让他就地休息，等待石竞和贡布上来一起搭建特殊突击营地；史占春与王凤桐则争取当晚上到第二台阶，侦察突击主峰的路线，天黑时赶回特殊突击营地。

史占春和王凤桐走后，拉巴才仁一个人在海拔8500米处休息，周围都是乱石和冻得很硬的冰雪，他虽然有一点炒面，却没有水无法下咽。他思来想去，最后迫不得已，只能用自己的尿和着炒面充饥！后来他与队友说起此事，感叹道：原来真不知道，到了海拔8500米，自己的尿都成了好东西！

当晚，追赶第一结组的石竞、贡布，在海拔8500米处与拉巴才仁会合，三人一起建立了特殊突击营地，并在附近再次发现英国的登山队当年的营址和遗留物资。根据史料记载，这些遗留物品，应该就是在附近失踪的英国著名登山家马洛里和同伴欧文留下的。

而此时，登山队队长史占春、登山队党委副书记王凤桐两人，正不顾疲劳对第二台阶展开侦察。当他们到达海拔8500米的高度时，本已经超额完成了第三次适应性行军的任务。但是，史占春、王凤桐并没有满足于这一成绩，他们毅然向被外国人称为"不可逾越的死亡地段"——第二台阶发起了冲击！

不可逾越的死亡地段

傍晚时分，史占春、王凤桐两人攀上了海拔8500米的第一台阶，到达了位于海拔8650米的第二台阶下方。第二台阶，是从北坡攀登珠峰的最大难关。在历史记载中，只有英国著名登山家马洛里和欧文接近过这里，还没有任何证据显示他们曾攀登过第二台阶。现在，史占春和王凤桐，已经站在了从没有人类涉足过的地方！

在他们面前，第二台阶已不再是山下看到的形象，而是一座横亘在珠峰东北山脊上，高度约为30米，平均坡度为70°左右，许多地方甚至接近90°的巨大峭壁。它的正面最为陡峭，从这里攀登肯定极为困难。两人进一步仔细观察，发现第二台阶一侧无路可行，而向另一侧绕行一段距离，有一处灰黑色的峭壁，峭壁上有许多似乎可利用的小地形。史占春、王凤桐二人就顺着峭壁上的裂缝和浅沟，迂回地向上攀爬。晚上9点多，他们攀到了一个峭壁角落，已经接近峭壁的顶部。这比预定的第三次适应性行军要到达的高度高出了整整300米。但这时天色已经完全黑了，无法看清峭壁上部的情况。若摸黑退下第二台阶返回海拔8500米的特殊突击营地，则是十分困难和危险的，第二天再重新上来观察，时间和体力也都不允许。为了准确地找到突击顶峰的路线，他们做了一个十分大胆的决定：就在这里过一夜，等天明后再进行详细观察。

史占春和王凤桐用冰镐掏空了一个峭壁角落里的雪，两人在雪洞中紧紧挤坐在一起，没有使用氧气，度过了一个寒风呼啸的夜晚。

在海拔8695米的高度，零下四十多摄氏度的低温中，他们二人在没用氧气、没有食物的情况下竟然安全地度过了一夜，这在当时也堪称是一项世界纪录了！

第二天天亮，史占春和王凤桐钻出雪洞，才吃惊地发现，他们所到达的位置，再有五六米高，可能就是峭壁的顶端，已经可以看到再有两百多米的垂直高度上，就是珠峰峰顶！史占春、王凤桐不顾饥饿与冻伤，继续仔细观察找寻着适合攀登的路线，直到两人确认找到了一条适宜的路线，才忍着伤痛和饥饿下到海拔8500米的特殊突击营地，和石竞、贡布、拉巴才仁会合。

然而，史占春和王凤桐当时却不知道，他们两人付出百倍艰辛侦察出来的道路，却并不一定是征服第二台阶的捷径，反而有可能会误导登山者走向另一个错误方向。

在史占春和王凤桐之前，还没有任何关于第二台阶地形的记录。史、王二人到达的是人类还没有到过的地方，面对陡峭的第二台阶，没有任何信息可资参考，只能向峭壁的两侧绕行侦察攀登路线。但是，史占春和王

第三章 \ 世界之巅
\ 1960年1月—1960年5月 \

凤桐侦察出的路线，却不一定是通向第二台阶的顶端，反而是可能通向了一条"死胡同"：诺顿峡谷方向！更有迷惑性的是，在诺顿峡谷边上，居然也能看到珠峰的峰顶，这就更会令攀登者误以为自己找到了攀登第二台阶的线路！

诺顿峡谷的命名人，是1924年英国珠峰探险队的副队长爱德华·费力克斯·诺顿，他与另一队员萨默维尔企图绕过险峻的第一台阶和第二台阶，从"黄色走廊地带"找到另一条登顶珠峰的道路。但是他们最后只到达了海拔8673米的地方就失败了，没能靠近第二台阶（第二台阶的底部，也在海拔8650米左右）。也是在那次攀登中，英国著名登山家马洛里和同伴欧文在接近第二台阶正面的地方失踪。

实际上，诺顿峡谷（也称诺顿岩沟）在当时的条件下，确实还难以开辟出攀登珠峰峰顶的线路。史占春和王凤桐侦察的这条道路，虽然已经接近海拔8700米，超出了当时已有记录的珠峰北坡人类到达的最高海拔高度，但还不是登上第二台阶的最佳路线。这一点，在中国登山队1975年第二次从北坡攀登珠峰时，又一次得到证实。

王凤桐在晚年接受采访时，对他和史占春当时寻找的路线，谈过自己的看法："我当时的任务就是侦察第二台阶，当时经过小小的迂回是可以绕过去的；结果他们还是走了我们侦察时候走的路线，结果发现如果绕的话就把突击的时机丧失了，最后就选择了人顶人的办法；现在看起来我认为有可能（指绕过第二台阶），但是因为大家已经走熟这条路线了，特别是1975年之后又留下一个梯子，大家何乐而不为呢。将来早晚有一天可能有哪个国家的登山队绕开这个梯子另找一条路，我估计也有可能。"

但是，史占春和王凤桐的努力，仍然堪称是前无古人的壮举！珠峰北坡海拔8600米以上和第二台阶，当时还没有任何人上去过（当年英国的马洛里和欧文也只是接近了第二台阶），史、王二人第一次开创了人类真正到达珠峰第二台阶的路线，为队友们最后征服第二台阶找到最初的途径，更创造了当时在海拔8600米以上无设营装备露天过夜的奇迹,他们仍然不愧为中国登山队第一次攀登珠峰的开辟者!

登山队完成了第三次适应性行军的任务后,全体队员下撤,于5月5日返回大本营。下撤途中,贡布还因保护伤病员,不慎扭伤了右脚,成了第三次行军中的最后一名伤员。

天公不作美?

虽然第三次行军超额完成了预定计划,但这次行动也付出了重大代价。中国登山队经验不足的问题,还是造成了不良后果。史占春和王凤桐两名资格最老、经验最丰富的队员,虽然将攀登路线开辟到了第二台阶中部,但终归没有合理掌握好时间和体力的分配,两人都被严重冻伤。汪矶、邵子庆两名队员牺牲,在大风中许多队员冻伤或出现严重高山反应,登山队全队大量减员,只剩下19名健康队员。

队员们返回大本营后,翁庆章和医务组同事检查后发现,第三次行军全队55人竟有34人有较重的冻伤,且大部分是登顶希望最大的主力队员和骨干运输队员,包括史占春、王凤桐、陈荣昌、彭淑力等老资格的主力队员,都有不同程度的冻伤。

翁庆章回忆:"这次登珠穆朗玛峰中,冻伤的伤员是最多的。平时各地的冻伤病例,都是零星的一两个,这次登珠峰,前后冻伤的伤员有一百多人。"

多年后,翁庆章对产生大批队员冻伤的原因做了分析:"第一是因为天气恶劣。现在登山,会因为天气的原因而更改行动计划。在当年,表现的是一种敢死队心态,在规定的时间必须上去;第二个原因是运动员的身体状况太差。那时因为各方面供应跟不上,运动员的体力不行。因为不适应高山

第三章 \ 世界之巅
\ 1960 年 1 月—1960 年 5 月 \

环境,有的运动员意识已经不太清醒了,在这种状况下很有可能丢失装备,导致冻伤。比如崔之久,他的右手就是因为神志不太清楚的时候把手套丢掉了,导致右手五个手指被冻伤截肢。"

"每次登山前,我都要嘱咐大家,如果手套丢了,就把袜子套在手上,因为每个人身上一定有备用的袜子,套上袜子再抓冰镐,冻伤的概率就小很多。我总是跟他们说,丢掉手套就意味着丢掉手指头。"

第三次行军结束后,医务组八个人员从早到晚马不停蹄地治疗伤员,竟然还忙不过来,只得向拉萨请求支援。解放军日喀则第八陆军医院紧急派来了一个六人医疗组,才算解了登山队医务组的燃眉之急。

经过一周治疗,一些轻伤队员可以归队了,但更多的队员冻伤比较严重,只能随第八陆军医院医疗组转到日喀则继续治疗。队长史占春也因冻伤和高山反应,不得不去了日喀则,临走前,他哭着说:"看来今年上不去了。"

史占春是经验丰富的老登山运动员,他的这个判断,给登山队的领导人和队员无形中都造成了巨大的心理压力。

恰在这时,珠峰的天气也开始变化,雾天逐渐增多,天气渐渐转暖。这意味着,珠峰适宜攀登的窗口期快要结束了,一旦印度洋季风来临,珠峰上就是连绵的阴雨多雪天气,登山行动就将被迫中止。严苛的现实,令登山队内部出现了不少沮丧、焦急的情绪。

在中国登山队向海拔 8000 米以上冲击的时候,印度登山队也开始在珠峰南坡活动。两国登山队虽然分处不同山脊,却在进行着一场双方心照不宣但互相看不见的"战争"。

中国登山队建好海拔 8000 米以下各个营地后,各个营地使用步话机通话都规定了各种代号,大本营代号是黄河,其他各个营地分别是长江、珠江、湘江等等。当时中国驻守在大本营的电报员,与各个营地通话时,总是会听到一种模仿中国人讲话、却又模仿得不太像的古怪口音,在使用虚假的呼号。电报员揶揄说：一听就是一口浓浓咖喱味的中国话。——这明显是有人在对中国登山队施加干扰。

前线总指挥韩复东忧心如焚，眼看着大批队员冻伤减员，天气渐变，形势越来越严峻。他只能向北京发电，向贺龙汇报登山队的情况，请示下一步行动的方针。

访问缅甸后于4月29日回到昆明的周恩来总理，一下飞机就问："我们的登山队登到哪里了？"得知登山队三次行军后损失惨重，周总理指示："要重新组织力量攀登顶峰。"贺龙接到周总理的指示后，立即向登山队下达了新的命令："要不惜一切代价，重新组织攀登。剩下几个人算几个人，哪怕剩下最后一个人也要登上去！"

接到贺龙明确的指示，前线总指挥韩复东立即就有了信心，他立即找了气象组的人员进行分析研究，先确认了5月下旬会有相对较好的天气出现。在有了气象资料的前提下，韩复东向全体登山队员宣布了最后的决定：以现有的19名健康队员加上轻伤归队的队员，重新进行选拔和编组，在5月中旬再次尽全力突击，不惜一切代价，一定要登上顶峰！

王富洲回忆："前方总指挥韩复东二话没说，就去挑体质好的队员，我们二十多个人又被重新组织起来。"王富洲说，当时没选中的队员，都不愿意下撤，很多人痛哭流涕："中央花了那么多钱，我完不成任务就让我下来，心里理解不了。"对此，王富洲感慨地说："1988年的时候，中、日、尼三国联合登山，在海拔7000多米的地方，一个登山队员因头痛而下山，这在60年代是不可想象的。"

这件事发生在1988年中、日、尼三国联合登山队双跨珠峰的活动中，当时西藏登山队有位队员，到海拔7028米营地时，感到头痛难忍，就擅自下撤回了大本营。许多中国登山队的老队员听说此事后，都与王富洲的感触一样："这在以前是不可想象的。"

5月13日，韩复东在大本营主持召开了进行第四次行军部署的会议。气

第三章 \ 世界之巅
\ 1960年1月—1960年5月\

象组首先报告，由于高压气团向珠穆朗玛峰地区移动，因此将有一个好天气过程。这次过程将有四天左右的一等天气。这是今年春季珠穆朗玛山区最后一个好天气过程。根据气象预报，会议做了行军的日程安排：第一、二线队员第一日到达海拔6400米，第二日到达海拔7007米，第三日到达海拔7600米，第四日到达海拔8100米。第三、四线队员提前一至两天出发，将所需物资提前运到各营地。第四次行军的队员部署为：第一线即突击组，责成队部会同医务组从主力队员和运输队员中认真选拔，由许竞担任组长。为了保证在任何情况下都有人指挥，还决定由王富洲担任组长的第一代理人，刘连满为第二代理人；二线、三线、四线由运输队员组成，由张俊岩、屈银华率领，分别负责大本营至海拔6400米、海拔6400米至7600米、海拔7600米至8500米各段的物资运输任务。会议还制定了一系列的组织和物资保障措施。

任务确定后，所有的队员都积极投入各项工作，每个人都准备着这最后一搏。队员贡布第三次行军时脚踝崴伤，他的父亲这时从家乡赶到大本营来探望儿子，并带来了一块自己制作的干羊肉。老人家听说贡布将参加突击队冲击顶峰，非常兴奋，勉励儿子一定要上去！

贡布回忆说："64岁的父亲从家乡赶来看我，他激动地告诉我：'家乡解放了，民主改革了！''家里分得了土地和牛羊，那些卖身契、高利贷借据等，全部烧尽了！'……我仿佛是在做梦，像是从仙境归来，喜讯一个接一个。"

来自内地的队员们，对老人家所说的这些，似乎都已经司空见惯了。但这一切对才刚刚摆脱黑暗农奴制压迫的藏族队员来说，则无疑有着极为震撼的作用！这些西藏民主改革的喜讯，令所有藏族队员们都倍加振奋。那块饱含着亲人期望的干羊肉，最后由贡布带到了海拔8500米的营地，为突击顶峰的队员们提供了最后的营养补充。据5月13日前的天气预报：珠峰地区5月16日至20日为好天气，5月下旬天气转坏，6月初为雨季。因此，大队决定5月

15日出发，20日突击主峰。但至5月15日当天，天气突然发生变化，好天气后延，一、二线队员的出发时间被迫推迟了两天。

5月17日北京时间九点半，在大本营举行了隆重的誓师大会之后，突击队员们带着一面五星红旗和一座高20厘米的毛主席半身石膏像轻装出发，运输队员们随后跟进。翁庆章至今记得，出发前王富洲到医务室向他告别，只说了一句话："我这次豁出去了，如果上不去，我也就不回来了。"

抱着必胜的信念，登山队的英雄们，开始了突击顶峰的决战！

决战前夜

第四次行军的开始阶段，进展顺利。

5月17日当晚，一、二线队员全部抵达海拔6400米前进营地。5月18日晚间8时30分，海拔6400米营地向大本营传来海拔7050米北坳营地的报告：一、二线队员已全部按计划抵达北坳。5月19日，一、二线队员抵达海拔7400米营地。5月21日，一、二线队员抵达海拔7600米营地。5月22日，队伍经过重新调整，突击队员和运输队员27人，携带着250公斤物资，于当晚攀登到了海拔8100米营地。这时，运输队长张俊岩体力衰竭被迫下撤，运输队改由屈银华带队。这一天还出了另一次重大事故：在突击队攀登到接近海拔8000米的地方，途中在经过一个陡坡休息时，负责联络的队员张小录打了个盹，怀里的背包滑落到山涧中，包里装着突击队唯一的一台步话机——突击队与大本营失去了联系。

5月23日下午2时，许竞、王富洲、刘连满、贡布4名突击主峰的队员，冒着风雪到达了海拔8500米营地。他们发现，原先营地的帐篷已被狂风吹倒，帐篷中存储的物资食品都已不知去向。

随后屈银华带着邬宗岳、群贝坚赞、多加、索南多吉、米马、云登、茨仁、却加、米马扎西等9名运输队员也到达了海拔8500米营地。

由于连日来负重攀登，运输队员中也陆续因冻伤、体力衰竭、高山反应等原因出现减员。邬宗岳到达海拔8300米时，因高山反应出现幻觉，对同一结组的屈银华说："不行了，屈教练，解开结组，让我自己走。"

屈银华坚决不同意，他对邬宗岳说："你把东西给我，我把你绑在这里，回来接你。"屈银华实际上是在打消邬宗岳的幻觉，促使他继续往前走："在山上，有人要求解开结组自己走，你要同意的话，只是送他去见阎王，坚决不解，因为他不行了，意识模糊了，不知往哪儿走。"

邬宗岳走到海拔8500米特殊突击营地时，已经意识模糊，都不知道要放下自己背负的氧气，就转身往山下走，贡布赶紧追上去把他拉了回来。

另一名运输队员在途中遇到了滑坠，人虽然没出危险，但背负的物资都摔丢了，其中就有唯一的一口锅。到了海拔8500米特殊突击营地后，没有锅烧水，屈银华忽然想起自己背包里有一个装香烟的铁茶叶盒，就把香烟拿出来，用这个小铁盒给大家烧水。

原来海拔8500米特殊突击营地储存有食品，所以运输队侧重背负的都是氧气。但没想到营地被大风破坏，损失了所有的储存物资。现在只有半斤糖块，二两人参，加上贡布携带的那块生羊肉，再无其他食品了。按原计划，突击队在从海拔8500米特殊突击营地出发时，应该有十筒容积4升、压力是170—180个压力的氧气瓶。但检查中发现，运输队背上来的十瓶氧气，有一瓶是空的，另一瓶只有一半压力。这可能是运输途中不小心触碰了氧气瓶的开关，或者是疏忽中把空瓶背上来了。

按预定计划，屈银华与突击队一同留在海拔8500米特殊突击营地，担负拍摄突击队出发到第二台阶影像的任务，其他运输队员当晚下撤到海拔8100米三号突击营地。由于氧气不够，临时决定屈银华的任务交由王富洲完成，屈银华也不再随突击小组行动。

当晚10时，突击组看到了海拔6400米前进营地打出的信号弹，信号弹向突击组显示了最新的气象预报："24日为好天气。"

这个消息让突击队员们感到振奋，突击顶峰的行动就要开始了！大家立即开始检查装备物资，商讨行动方案，为第二天的突击行动做准备。行动方案商定后，他们轮流吸用几个白天用过尚余一些压力的氧气瓶，度过了出发前一夜。

24日早上4时，屈银华最先起来，用小铁盒给大家烧水。水快开时，睡在旁边的刘连满忽然翻了个身，碰翻小铁盒，把他的鸭绒袜全打湿了。在这个海拔高度气压很低，袜子湿了根本不可能烤干。屈银华认为自己反正不去登顶，就把他的鸭绒袜给了刘连满，自己穿着毛线袜子。然后屈银华接着烧水，把最后的二两人参也煮了。6时左右，水烧好了，屈银华把大家叫了起来。喝过热水之后，王富洲第一个钻出帐篷，他看到东方的天际已经现出乳白色，预示着当天是好天气，就兴奋地朝帐篷里喊道："老许，天气很好！是不是可以提早一点儿出发？"

出发时，许竞、王富洲、刘连满、贡布四名突击队员，每人带两瓶氧气、一枚冰锥和一条睡袋，王富洲的背包里有一台三十五毫米电影摄影机，刘连满的背包里有一条登山绳、一把铁锤和另两枚冰锥。贡布的背包里有一盘一百英尺的彩色电影胶片。更重要的是，贡布的背包里带着用五星红旗包裹的毛主席半身石膏像。登山队原是要制作一尊铜制的毛主席半身像，但因时间没来得及，所以只带了一尊石膏像。这是准备放到顶峰上的纪念物，寄托着全体登山队员的愿望。这样，加上每个人的氧气面罩和调节器，每人平均负重在14公斤左右。从这里到顶峰有不连贯的冰雪地形，根据从海拔8100米三号突击营地到海拔8500米特殊突击营地主要也是混合地形的经验，他们先花费了不少时间穿好冰爪。

一切准备完毕，四名突击队员挂上结组绳，拿起冰镐，贡布在前，许竞、王富洲、刘连满三人在后，踏上了突击顶峰的征程。

1960年5月24日上午9时，中国登山队突击珠峰峰顶的最后行动开始了！

时间就是氧气

突击队4名队员离开帐篷没有多远，攀爬上西边的一个小冰坡，贡布先上去了，走在第二位的许竞却连续两次都没有能上去。当他再做第三次攀爬时，走在后面的王富洲就听见许竞无力地说："富洲，不行了。"

王富洲没有抬头，他还以为许竞是在说贡布不行了，因为贡布在第三次行军护送队友下山时，右脚有过扭伤。王富洲看见贡布在前面走得很好，便说："没事，他行，走吧。"

许竞又慢慢地走了几米，突然两脚一软倒在雪坡上，王富洲这才意识到刚才误会了。他赶紧跨上一步，把许竞的氧气调节器流量开到每分钟四升，急切地问："怎么啦，老许？"许竞后来回忆他当时的感觉："当时耳朵也听不见了，鼓膜像坐飞机失重的感觉，耳朵听不到说话声了，眼睛也黑了。"吸了几口氧气后，许竞困难地喘息着，坚持着坐起来靠在背包上说："富洲，我怕我没有体力继续上山了，你们一定要坚持到胜利，现在由你担任突击队的组长。"接下来短暂的几分钟里，王富洲、刘连满、贡布和许竞一起决定让屈银华换下许竞参加突击小组，并决定让许竞休息恢复一些体力后，当天下撤到海拔8100米三号突击营地。

突击队出发后，屈银华把铁盒里的人参渣滓捞出来吃掉，又去挖了些冰放在炉子上，正准备再烧点水喝了后就下撤。冰才刚刚化开，他就听到刘连满在帐篷外不远处喊："屈银华、屈银华，赶快来换许竞！"

屈银华一听，赶紧准备，几分钟之内就钻出了帐篷，背上许竞的背包，挂上结组绳。9点30分，四个人与许竞告别，向雪坡上走去。许竞还跟在后面走了几步，实在无法坚持，只得无奈地返回营地的帐篷。

突击队继续出发后，因为贡布第三次行军时他曾经走过这一段路，就由他在前面开路。四个人越过雪坡后，便斜着插上了陡峭的岩石坡。贡布一边走一边回忆上次行军时的路线，攀上一百多米长的岩石坡后，在一座峭壁前，他停下来对大家说："第三次行军时，我就到了这里，碰到史占春和王凤桐从前面过来，他们是从岩壁的旁边绕过来的。"

眼前这个突出的峭壁并不太高，但需要侧着身子才能绕过去。由于峭壁那边的路贡布没有走过，第三次行军能够提供给他们的实地经验也只能是到这个地方了。王富洲考虑了一下，决定让经验和技术更好的刘连满代替贡布在前面开路，这样结组的顺序就成了刘连满第一，然后王富洲、屈银华，最后是贡布。

刘连满开始横切通过这段七八米宽的峭壁，王富洲在后边拉着结组绳保护。刘连满一点点地向前挪动，大约用了20分钟绕过这段峭壁。然后，由刘连满和屈银华前后拉着结组绳，保护王富洲通过。王富洲通过后，再和贡布前后保护屈银华通过，最后大家再一起保护贡布通过。刘连满仔细地探寻前进的路线，用了两个多小时的时间，他们大约前进了五六百米，上升约70米的海拔高度。

中午12点左右，四名突击队员，来到了位于海拔8650米处，曾令外国登山家们谈虎色变的第二台阶下方。

第二台阶是一道陡峭的岩石绝壁，约有三十多米高，平均坡度大概在80°左右。第三次行军时，史占春和王凤桐曾经尝试攀爬过第二台阶，下来后曾跟队员们说，第二台阶只有三四米高，很容易，搭个人梯就上去了。但是现在，王富洲等人眼前的第二台阶，与史占春和王凤桐描述的却很不一样。史占春和王凤桐曾说，他们把绳子、岩石锥放在第二台阶下面了，可是王富洲等人在第二台阶下方，反复搜索都没找着。他们判断，史占春和王凤桐当时可能是走到诺顿峡谷方向去了。

后来证明，王富洲等人当时的判断是正确的。1975年中国登山队再次攀登珠峰时，队员王鸿宝、成天亮等人，在第二台阶下，也曾错走到诺顿峡谷方向，他们在那里找到了当年史占春、王凤桐留下的绳子和岩石锥。

而现在，四人突击队只有结组用的一根绳子和六七个冰锥，没有岩石锥，每个人的第一筒氧气也只剩下40—50个压力。他们携带的氧气、食品和时间，都不允许他们再去寻找当初史、王走过的那条路线和留下的工具了。为争取时间，四人商量权衡之后最终做出一个极为英勇的决定：将每人用过的一个氧气筒放在第二台阶之下，作为返回时的备用，全体轻装前进，就从正面的峭壁上直接攀登第二台阶！

经过仔细观察，王富洲他们发现，第二台阶的下部有一条不太明显的裂缝，下面较宽，向上渐渐地变窄，最后与岩壁融成一体，这是唯一可利用攀登条件。于是刘连满在最前面开路，其他人保护，突击队沿着这条裂缝开始了艰险的攀登，向还没有人类攀缘过的第二台阶发起挑战！

那条裂缝的宽度，只能容一个人通过，四名突击队员依次鱼贯而上。上到中间的地方，裂缝中卡着一块松动的大石头，上面还叠压着另一块石头，两块石头都是摇摇晃晃。无路可行，四人只能小心翼翼地攀越过这块非常危险的石头。用了将近两个小时，他们终于攀到了这条裂缝的上端。

裂缝消失了，立在他们面前的是一面将近8米高、坡度接近90°的直立峭壁，两侧没有地方可以绕过去，他们站立的地方极为狭小，以致四个人紧紧地挤在一起。这面峭壁上几乎没有任何支撑点，虽有几条很小的裂缝，但左右相距达1.5米，根本不能利用。整面峭壁可说是无法攀登。

但这是冲击峰顶的唯一路线，除了攀上这段陡壁，别无他途。担负开路任务的刘连满，在其他人的保护下，率先开始尝试向坡度稍微小一些的左侧攀登，可是他两次攀登都滑了下来。屈银华指着右侧说："刘教练是不是走这边？"刘连满看了看屈银华，还是坚持从左侧尝试，显然缺氧和疲劳已经令他的反应迟钝了。刘连满的这次攀登，还是失败了，巨大的体力消耗，使得他几乎站不起来了。王富洲让刘连满先休息一下，他与贡布、屈银华又轮流尝试攀登，但也都失败了。在这面险恶的峭壁面前，他们在两个小时的时间里，做了近十次攀登尝试，均告失败。但是他们没有一个人沮丧失望，还是坚韧不拔地继续进行尝试，因为只有突破这道险关，才能开辟出登上峰顶的道路！

屈银华开始尝试从右侧攀登，他先在脚下垫了两个背包，在大概1.7米左右的地方打了一个冰锥，又在三米多高的地方打了一个，创造了两个支撑点，单是打第二个冰锥，就花了半个多小时。他抓住上方的冰锥试图升高身体，但是左脚够不到另一个冰锥，脚上厚重的登山靴，也无法牢靠地蹬在岩壁上，他手一滑，又摔了下来。这时，当过消防队员的刘连满想起了消防队的"搭人梯"方法，就对屈银华说："我看，还是我驮你上去吧。"

刘连满蹲在背包上，示意屈银华踏上他的肩膀。但是，屈银华脚上的登山靴绑着尖利的冰爪，怎么能踩在队友的肩上呢？屈银华说，我脚上的高山鞋上有钉子你受不了。可这时大家都知道，搭人梯已经是最后没有办法的办法了。于是屈银华毅然脱下了登山靴，只穿着毛线袜子站到了刘连满的肩上！

屈银华把高山靴和毛袜子脱下来以后，双脚立即被冻得钻心地疼，就感觉一股冷气从脚底通过神经冲击身体的每个部位。他很清楚，在海拔8700米以上的高度，-30℃的严寒中，脱掉登山靴对他意味着什么。但他当时已经做好了充分的心理准备：脱了就脱了，坏了就坏了。为了完成任务，什么都不想，都准备不要了！

王富洲和贡布在两侧扶住刘连满，刘连满手扶着岩壁，用尽全身力气，一寸寸地站了起来，王富洲和贡布从两侧也帮着用力往上推举，屈银华一下子升高了三米多！受到成功的鼓舞，贡布立即把冰镐插在岩缝中，为屈银华提供了另一个支撑点。借助新的支撑点，屈银华继续上升，王富洲递上了铁锤和冰锥，屈银华又在上方打入了一个冰锥。这个冰锥屈银华打了将近半个小时，因为这时他的体力也下降得非常厉害，每做一个动作都要喘息一阵，恨不能立即

第三章 \ 世界之巅
\ 1960年1月—1960年5月 \

就睡上一觉。但屈银华还是咬牙坚持着把冰锥打好,穿上绳子做好自我保护,然后沿着之字形的路线步步上攀,最后终于攀上了第二台阶的顶端!

下边的三人见屈银华站上第二台阶的顶部,都非常兴奋,王富洲喊道:"老屈,上面怎么样?能不能看到顶峰?"

屈银华看着显得非常近的顶峰,兴奋地回答:"上面很好,顶峰看得很清楚,快上来吧!"

大家赶紧把屈银华的高山靴等拴在结组绳上,让他赶紧拉上去穿好。第二台阶上面是一个平台,后面有一块竖立的岩石,正好可拴上绳子,屈银华就利用这块石头把结组绳拴好放了下去。

刘连满抓住结组绳开始上攀,屈银华在上面用力拉。突然刘连满脚下一滑,摔了下来。王富洲忙喊:"保护!"尽管屈银华赶紧拉绳,想缓冲刘连满下坠的速度,可是他已没有力气抓紧绳子了,刘连满一直坠到王富洲和贡布的身边才被他们挡住。非常危险!

屈银华又重新检查了绳索的保护措施,再次把结组绳拴好,反复试了牢固程度,感觉没有问题了,便叫贡布先攀上来。贡布比较顺利地上来了,现在有两人在上边,保护就更好办了。王富洲在下边把大家的背包垫在一起,让刘连满踩着背包往上爬。这样屈银华和贡布在上面拉,王富洲在下面推,终于帮助刘连满攀上了第二台阶。

把四个背包都拉上来以后,大家开始拉王富洲,可是由于体力消耗太大,王富洲没有上多高就再也爬不动了,大家只得把他又放了下去。又试了一次,王富洲还是没能上来。屈银华想激励他一下,就喊道:"王富洲,你再不上来,我们可就走啦!"

可这也没用,王富洲尽了最大的努力,可还是没上去。刘连满提议,用抓结方法把王富洲拉上来,他把结组绳上打好抓结,放下去让王富洲套在脚上。王富洲知道用这个办法,自己不费多少体力,可三个队友要付出很大的体力才行。这时大家别的什么都顾不上了,能上去就行!

做好一切准备后，王富洲喊道："上了！"然后队友们喊着"左""右""左""右"的号子配合王富洲的动作，最后终于把王富洲拉到可以利用第一个冰锥的高度，这样他就可以自己攀缘上来了。最后刘连满伸出手，将直喘气的王富洲拉了上来——王富洲一个人攀上第二台阶就耗费了近一个小时。

从中午12点开始，他们用了近6个小时才最后征服了第二台阶，其中整整3个小时都消耗在这最后五六米高的岩壁上。

就在突击队突破第二台阶的时候，留在海拔8500米特殊突击营地的许竞，经过休息恢复之后，单独一人下撤到了海拔8100米三号突击营地，与九名运输队员会合。而这时在营地内，氧气和食物也都所剩无几，又没有步话机与大本营联系。这些队员们，也都已经在高海拔地段缺氧缺食的条件下艰苦行动好几天了。作为副队长的许竞，面临着一个困难的选择：是否在海拔8100米处等待突击队返回？可是无法与突击队联络，谁也不知道上面突击队的情况，不知道还需要等几天。许竞最后考虑到，长时间在海拔8100米等待下去，难保队员们在饥寒之中继续出现新的冻伤、高山反应等安全问题。为避免可能发生新的伤亡事故，他忍痛决定，把仅有的一点点食品留在海拔8100米三号突击营地，所有队员下撤到储存有食品和氧气、与大本营有步话机联络的海拔7050米北坳营地。

王富洲、刘连满、贡布、屈银华四人突破第二台阶之后，时间已经是傍晚6点多了。四人在第二台阶上稍事休息，贡布拿出了父亲给他的自制干羊肉，但其他三人吃不下这种藏族口味的食品，每人只是吃了两块水果糖。然而正是由于有了这块干羊肉的补充，贡布一直保持着相对较好的体力。

稍事休息之后，四个人继续向上攀登。气温更低了，天色渐暗，视线开始变得模糊不清。他们的脚下，是从没有人到过的地方，每前进一步，都是一个新的纪录。出发前，他们原以为天黑以前就能登上顶峰，但依现在的情况来看，这种估计显然错误。

第三章 \ 世界之巅
\ 1960年1月—1960年5月\

世界上海拔最高的党小组扩大会

走在最前面的刘连满，攀登第二台阶时消耗过大，已经极度疲劳，体力衰竭。虽然他还在努力坚持着前行，但步履沉重，身体摇摇欲坠，一次又一次地摔倒。后面的队友都已经看出来，他就像蹒跚学步的小娃娃一样，走上五六步就会摔倒一次，两条腿已经完全无力支撑身体了。在登上海拔8700米的第三台阶之后，刘连满再也站不起来了。虽然他还要求继续走，可是大家看他的状态，知道他根本就走不了了，再硬撑下去会有生命危险。

其他人的情况也不容乐观：食物只剩下了几颗水果糖，他们不但已有30多个小时没吃到粮食，而且从早上出发到现在，连续艰苦攀登了十个小时。现在天色将晚，氧气所剩不多，所有人的体力都越来越差，天黑了怎么办？19时左右，四人来到一块巨大的岩石西面，这里有一个雪槽，可以避风。四个人围坐在一起，一边休息一边商量下一步的行动。

王富洲、屈银华和刘连满这三名中国共产党党员经过商议，就在这被西方登山界称作"死亡地带"的山坡上，由王富洲主持，举行了吸收贡布参加、扩大的党小组会。

这是全世界海拔最高的党小组会！

虽然是在高寒缺氧的环境中，但他们每一个人都异常地清醒和冷静。这时，夜色朦胧，视线不清，道路不明，氧气不足，体力耗尽，没有食物，天气将变……种种困难就摆在面前，是继续前进还是转身下撤？这是首先要讨论的问题。对此，他们的意见竟然完全一致：继续前进，绝不后退！

王富洲激动地说："登上顶峰是党交给我们的任务，没有氧气也要前进！"屈银华也说："如果现在就后退，我这个共产党员有什么脸回去见党呢？"刘连满也坚决表示："不能走，爬也要爬上去！"列席参加党小组会的贡布说:"就是天黑了也要上。剩下一个人,就是死也得死在那上面。"

根据现实的情况,大家认为虽然天气将晚,但考虑到原来的气象预报是25日天气将变坏,大家的体力与所余的氧气量都不容许再拖太长时间,而且全组也没携带扎营装备,因此只能抓紧时间前进,不能停下或者下撤;又考虑到顶峰的风力一般在夜间比较白天要小一些,而当天又是晴空,星光映着雪地,还是隐约地可以寻找攀登路线。于是大家一致决定:只有前进不能后退,夜间继续攀登,赶在天气变坏之前,对顶峰进行最后的突击!

这是一个极为大胆的决定!中国登山队的队员们,还从来没有在海拔8700米以上进行过夜间攀登。在海拔8700米以上的地方,在从没有人类涉足的地方,不顾已经攀登了10个小时的疲劳,没有食物,氧气不足,只凭着对预设路线的主观判断和有限的登山经验,在黑夜之中去攀登世界之巅,这需要多么大的勇气和多么顽强的意志!

决定了前进的方向,但还有另一个更大的难题,体力衰竭的刘连满怎么办?刘连满已经无法前进,但把他留下,他能坚持到其他人从顶峰返回么?带着他一起登顶,显然又不可能。如何决定,都在实际上关系到刘连满的生死存亡。

王富洲反复权衡之后,终于首先开口提出来:"连满你要留下。"刘连满一听就哭了,说:"我能上,我不留。"王富洲耐心地跟刘连满说:"最后还剩一百多米,还得有一定的速度,没速度坏天气一来,咱们想下都下不来了。"

刘连满也意识到了这个问题,既然突击队要坚持登顶,如果前进速度赶不上天气变化,弄不好就会有全军覆没的危险,总不能因为自己一个人而影响全队的登顶任务,当初许竞离开突击队,也是从这个全局考虑的。想到此,刘连满十分冷静地接受了大家的决定:"我留下,你们上吧!"

王富洲、屈银华、贡布在大岩石旁边找了一个既能避风,又不会发生坠岩危险的弧形凹槽,把刘连满安置在这里休息,把仅有的几块水果糖、一个睡袋和一瓶最多的氧气留给他。王富洲流着眼泪对刘连满说："连满，安心休息，等我们回来再一起下山！"

他们每个人都很清楚，这其实就是生死的诀别！留下的氧气，其实也只剩下六七十个压力，无论如何也难维持一个晚上，刘连满会不会在睡梦中离去呢？谁也不敢去想。而其他人继续攀登，对自己能否活着下山回来，所有人能否再次会合，谁都不抱任何的希望，每个人都已经下了必死的决心！

王富洲、贡布、屈银华三人与刘连满告别之后，毅然走进了寒风呼啸的黑夜之中。他们都毫不动摇地坚持着同一个信念：前进，登上顶峰！

在世界之巅展开五星红旗

离开刘连满后，三人组成一个结组，贡布在前面开路，屈银华走在第二位，王富洲在最后。当时他们根本没有任何的路线图，因为珠峰北坡海拔8500米以上从没有人上来过，他们只能依靠自己的临机判断和登山经验摸索着前进。以他们目前所处的位置，看不到峰顶，只能看到东边有一面长约一百多米、坡度在40°到60°的冰雪坡，只有攀上这面冰雪坡，再转向北，才能进一步接近峰顶。

随着他们的攀登，雪坡开始变陡，变成了冰坡。当他们攀到冰雪坡三分之二的地方时，这里的冰变得极为坚硬，冰爪根本踩不进去，在前面开路的贡布，上了几次都滑了下来。夜暗之中，因疲劳和缺氧而反应变得迟钝的他们，都不记得到底是谁先说了一句："用老办法吧。"

搭人梯！屈银华斜靠在冰坡上，王富洲踩在屈银华背的背包上，贡布再踩在王富洲背的背包上，借着冰镐一点点地爬上冰坡的最后一段，再把王富洲和屈银华拉上来。攀上了冰雪坡，已经是夜里12时左右了。

在他们的前面，与冰雪坡相连的是一道几米高的岩石峭壁。在星光下，他们发现岩壁左侧是巨大的雪檐地形，无法通过，只能从峭壁的右边绕行。绕过这座峭壁后，他们怕失去已经到达的高度，就选择"什么地方高，就往什么地方爬"的办法，坚持上攀。

暗夜之中，看不见支撑点，他们只能用手脚随时攀登随时摸索。在进行上下方保护时一方面牢固的固定点不易寻找，另一方面看不清被保护者的具体行动与路线的困难程度，极容易滑落与发生危险，上方的滚石看不见，不能预防，滑脱工具与失掉的装备也不易找寻……为了看清脚下的道路地形，三人几乎是匍匐着前进，克服了种种艰险终于上升到了海拔8820米。在这里，他们的氧气基本都用完了。

由于严重缺氧，使他们感到头昏眼花，气喘，四肢无力，行动越来越迟缓，甚至越过一块一米高的岩石，也要花掉半个多小时。屈银华估计已经爬到顶峰正北的位置了，再往前走可能会绕到顶峰的西边去了，便对贡布说："贡布，该往上拐了。"

在朦胧的夜色中，贡布发现左前方有一个山头，就向那里爬去。三个人好不容易上到这个山头，王富洲打量了一下四周，发觉这里其实是个岩石堆，就对贡布说："贡布，这不是顶峰啊，你看那边还有高的呢。"

贡布抬头看了一下，一句话都没说，继续朝着更高的地方走去。

现在，他们每前进一步就不得不停下来休息一段时间。严重的缺氧和过度的疲劳，使得他们三人几乎连说话的力气都没有了，行走和攀登也几乎成了机械性的动作。然而他们的脚步始终没有停下，一直坚持着在向顶峰前进。他们又攀上了一座雪坡，转向了西边……突然，走在最前边的贡布停了下来。

"怎么啦，贡布？"走在第二位的王富洲有些奇怪地问道。贡布的汉语不太熟练，他用很平稳的声音回答："再没有地方走了，再走就下去了。"

到顶峰了！

1960年5月25日凌晨，王富洲、贡布、屈银华三人，第一次完成了人类

第三章 \ 世界之巅
\ 1960年1月—1960年5月 \

从北坡登顶世界之巅珠穆朗玛峰的壮举！

登上顶峰，王富洲和屈银华分别看了自己的手表，王富洲的手表显示是4点25分，屈银华的手表显示是4点20分。正式的记载，选用了4点20分来记录这一历史性的时刻。登上顶峰，三个人竟然都没有觉得激动。从23日到达海拔8500米营地直至登顶，他们已经整整36小时基本没有吃过东西了；从24日早晨出发到这时，他们已经在极为艰险的海拔8500米以上，连续进行了20个小时的超强度攀登。他们已经没有体力激动了，也没有时间激动了。三人只有一个简单的想法：终于完成任务了！

贡布在顶峰上展开了五星红旗，又拿出了毛主席半身石膏像和五星红旗放在一起。王富洲取出"体育日记"本和铅笔，用快冻僵了的手，在微弱的星光下费了好几分钟才写了一句话："中国登山队王富洲等三人登上了世界最高峰 1960年5月25日凌晨4点20分。"

但是他已经没有力气把这张纸撕下来，只好说："贡布，帮我撕一下。"合两人之力，才撕下了这张很轻很薄的纸片。贡布把纸条折叠了一下，塞进一只白色的手套里面，然后在顶峰靠近北侧有岩石的地方，他用冰镐撬，用冰爪踹，弄出了一个凹处，将五星红旗、毛主席像和装有字条的手套放进去，用石头盖好。接着，贡布又用冰镐敲下九块顶峰的岩石标本放进背包里。

屈银华本来负责摄影，但这时光线太暗，无法留下影像记录。他在攀登途中，不知何时脱落了一只冰爪，所以在顶峰上站不住，只能靠在顶峰一侧的岩石上，看着王富洲和贡布完成在顶峰上的工作。

完成了必要的工作后，三人如释重负地停下来略作休息。他们检查了每个人的氧气瓶，有两个已经一点儿压力也没有了，还有一个仅剩下六到七个压力。为了下撤途中防备万一，他们没有在顶峰上吸用这最后一点儿氧气，只把两个空氧气瓶扔到了山涧里。——王富洲认为，氧气瓶是法国的，留在顶峰上不太好。

到这时，他们才真正有机会看了看这个世界之巅到底是个什么样子。由于光线太暗，他们只能大致看出，峰顶是一个长型的雪脊斜坡，宽约5米，长约20米左右，积雪很少。除此之外，也就看不出什么了。王富洲叫大家找找看，有没有外国队留下来的纪念物。根据资料记载，英国登山队和瑞士登山队曾经在1953年和1956年登上过珠峰。三个人在四周摸索了一下，没有发现什么东西。

王富洲还不甘心，问贡布："贡布，挖出来没有？"王富洲有河南口音，把"挖"说成了"拔"。由于缺氧和疲劳，所有人的思维和反应都已经变得很迟钝，贡布的汉语本来就不太熟练，现在更是没听明白王富洲的意思，他疑惑地回答说："富洲，拔的没有？"

结果王富洲又把贡布的回答错听成了"洋蜡"，心想外国人在顶上留洋蜡干什么？怪事。洋蜡也要！等贡布走近了，王富洲又问："贡布，洋蜡呢？"贡布这才听清楚，回答："什么洋蜡？什么也没有！"俩人这才明白，刚才的对话，全都听错了。

贡布拔出携带的手枪，想打几枪试试，或许山下的大本营能听到。他拉开枪栓，接连扣了好几下扳机，可是没有声音——枪也被冻住了！王富洲还在想，怎么他带的是无声手枪？便问贡布打了几枪，贡布告诉他一枪也没打响。

三人在顶峰上停留了15分钟左右，4点45分的时候，三个人开始艰难地下山。王富洲后来回忆说："当时也没想着看看四周什么样，想不了这么多，没有力气想了。心想可完成任务了，第二个念头就想，赶紧安全往下走，刘连满还不知是死是活呢。"

下了顶峰，天还没亮，看不清道路。屈银华走在最前面，这时他的意识已经模糊，整个身体仿佛是在做机械运动，想从顶峰北边直接就走下去（那边是峡谷！）。王富洲和贡布在后面用结组绳拉住屈银华，一再地说："横切过去，切到东边去！"

屈银华根本没听进去，只管一个劲儿地走，他本来力气就比较大，王富洲和贡布拉都拉不住他。于是王富洲和贡布干脆把结组绳拴在石头上，屈银华还在继续走着，全然不知道自己是在原地踏步。王富洲和贡布费了好大功夫，才让屈银华明白过来。

通过了"8800米横切"的地段，时间大约是25日晨6时许，天色已放亮，三人都感到体力极度疲乏，呼吸非常困难，就将最后的一点点氧气分着吸完，然后将空瓶抛下山涧。

接近中午时分，当他们踏上东北山脊时，突然看见下方有一个人举着冰镐在向他们示意，那是刘连满！——刘连满没死！他们一下子就兴奋起来，什么体力衰竭过度疲劳高山反应意识模糊……顷刻间全都消失了，大家不顾滑坠的危险，喊着"连满！连满！"连滚带爬地冲下山脊，与刘连满紧紧拥抱在了一起！直到这时，每个人都哭了！

将氧气瓶留给队友

当王富洲、贡布和屈银华三人向顶峰冲击时，因体力衰竭而留在海拔8750米处、不抱生还希望的刘连满，这一夜是怎样度过的呢？

王富洲等三人走后，刘连满发现，自己的腿已经不能动了，极度疲劳下的高山反应，也令他感到自己的意识开始变得模糊。这时，他感到真的可能不行了，自己的生命将会留在这世界最高峰上。然而，即便在这种情况下，刘连满仍然没有忘记自己的使命，没有忘记正在突击顶峰的战友们。在很可能即将告别生命的时刻，他做出了一个极为英勇的决定！

刘连满回忆："当时我想既然上不了山，又下不了山，还能不能再做点贡献呢？突击登顶时我们每人一瓶氧气，我看了一下我的氧气瓶里的氧气还不少，何不留给他们回来时再用呢，我于是就把氧气瓶的开关关死。我又想，他们回来时，我如果坚持不了不在人世了，他们又不知道，我为他们留了氧气那不白费了吗？于是我用铅笔写了一张纸条……"

刘连满写下的字条是："富洲同志，这次我不能完成党和祖国交给我的任务，任务由你们去完成吧，我看氧气瓶里还有一些氧气，留给你们回来时用吧，也许对你们下山会有帮助，你们的战友刘连满 5月24日。"

写完之后，刘连满把笔记本压在氧气瓶下，在凛冽的寒风中沉沉睡去，他就没有准备再醒来。

在海拔8750米的高度，由于缺氧，人的智力总会大幅降低。即使在佩带氧气瓶的情况下，成年人的智力只相当于十多岁的小孩。就是因为有这种"弱智"现象，许多登山者往往在饥寒交迫、极度疲惫困乏的时候，会下意识地找一块岩石避避风，想着哪怕休息上几分钟也好。而正是这一下意识的行为，便会令他们在雪山极巅上长眠不醒。而现在，刘连满体力极度衰竭，在距离珠峰峰顶只有几十米的海拔高度上关闭了氧气瓶，还要在-40℃左右的低温中，不是挺过几分钟十几分钟，而是要度过露天的一夜！无论从哪个角度上看，关闭氧气瓶的开关，都是一个无异于自杀的举动！就是刘连满自己当时也认为，战友们回来时，只会看到自己的遗体了。

第二天凌晨，刘连满醒来后，看到雪坡上战友们留下的脚印，想起自己还在珠峰上呢。这时他惊讶地感觉到，自己高山缺氧的症状，在不知不觉中消失了！他后来回忆说："以前参加空军耐氧训练，在万米高空我可以不用氧气瓶待半天以上。也许，正是这超于常人的身体素质救了我。"

队友于良璞后来评价刘连满时说："刘连满的高山适应能力和心理素质太强大了。即使在体力虚弱的情况下，他依然知道怎么分配体力，适应环境，并且时刻能够保持清醒的头脑。"刘连满回忆当时的情形时说："我靠在岩石旁，躺在那里，一个晚上由于缺氧总是感觉憋气，喘气特别困难。老天真是照顾我，一夜也没有刮风。天亮了，我想他们怎么还不回来呢？一直快到中午的时候，我看到他们从山顶下来，知道他们登上去了，这使我很激动,我试着站起来,还真的能站起来!"

刘连满,一个创造奇迹的人!

晚年时,刘连满接受电视台的采访,谈到他虽然没有登顶,却在生死关头做出舍己为人的壮举时,刘连满淡定地表示:"在那种情况下,我们登山队的每个人都会这么做的!我们全队213个人,都为这几个人登顶而努力。213个人,每个人都是英雄!"当电视台主持人问道:"再回到当时,您还会关上氧气筒么?"刘连满仍旧语气平淡却字字千钧地回答:"当然!当然这样做!"

为了国家,为了集体,为了队友,置生死于度外,舍名利于身后,现在还有多少人能理解这种高尚的情怀?

在海拔8700米抽一支烟

王富洲、贡布和屈银华会合了刘连满,刘连满见面后的第一句话,就是让王富洲他们三人赶紧吸他节省下来的那瓶氧气。这时,四个人都哭了,既是为了最终胜利完成登顶任务而喜悦,也是为大家都战胜了死亡而庆幸。

大家轮流吸用了刘连满用生命节省下来的氧气,恢复了一些体力。屈银华把电影摄影机拿出来,对着周边拍了两条影像。一条是他们从珠峰峰顶下来时的脚印,另一条是从洛子峰到章子峰的环绕全景。两条影像前后总共只有几分钟,因为他们所有人,都已经饿得没有力气给摄影机上发条了。尽管如此,这两条影像在当时,也是一项世界纪录了,当时世界上还从没有人在海拔8700米以上拍过电影。

拍完影像后,屈银华拿出火柴和香烟,抽了一根烟。虽然是在缺氧环境下,有烟瘾的屈银华还是觉得在这儿抽根烟也挺带劲儿的。在当时,这也是一个世界纪录了,世界上也没有人在这么高的地方抽过烟呢!

休息过后，四人继续下撤，首先又是要通过第二台阶那道天险。在高海拔露天过了一夜的刘连满，现在居然成了四人中体力最好的人。第二台阶顶上有一块岩石，正好相当于一个天然的石桩。刘连满解下自己的背包绳，拴在这块岩石上，用单环结将另外三个队友一一保护着放下险峻的第二台阶。多少年后，王富洲、贡布、屈银华回忆这个过程时都说，当时他们的体力早已衰竭，如果没有刘连满，他们全都下不来第二台阶。

刘连满最后一个下了第二台阶，他的背包绳就留在了第二台阶上面。1975年，中国登山队再次攀登珠峰，潘多等队员攀上第二台阶时，还看到了这条绳子。

曾是珠峰中苏联合侦察组成员的登山队副队长许竞，在珠峰地区前后生活过较长时间，对珠峰的气象规律比较了解。当初出发突击顶峰时，他曾对大家说，预报中26号的风雪一定会来。果然，就在王富洲等人下第二台阶的时候，天气变了，预报中的风雪来临。

下了第二台阶，他们四人找到当初留在第二台阶下的那几个氧气瓶，一口吸光了其中的两瓶，然后再背着两瓶继续下撤。

能见度变得很低，行走更加困难。下午2时左右，横切到第二台阶东边的坡上时，雪下得更大，前方道路完全看不清了，大家决定翻到山脊上再找海拔8500米特殊突击营地。由于天气恶劣，寻找道路困难，他们在山脊上绕来绕去地走，其中有一百多米的高度，由于冰雪太滑，人根本不敢站着走，四人中要有三人做保护，一个人一点点往下挪。王富洲由于过度疲劳和缺氧，这时开始出现幻觉，他突然说："屈银华，你他妈的懂不懂民族政策？"屈银华一愣："我怎么了？"王富洲接着说："你为什么往那边走？那边有菩萨，你把人家的菩萨踩得乱七八糟！"屈银华明白了，王富洲在幻觉中看到了藏族人的庙宇。

王富洲后来回忆说："在上面高山缺氧，人很容易产生幻觉，我们几个人我产生的幻觉多，他们都没有什么。一次就在翻第二台阶的时候，我以为自己看到岩壁上有那种佛像，就跟他们说不要碰佛像，注意民族政策。那时候恍惚中我还看到不远处有藏族人居住的房子帐篷，但是没有看到人。一直到下来以后我躺在医院里还在想，还以为我是真的看到了，可是又不合情理，这么高根本没有人住。"

下了冰坡，四人稍事休息。继续下撤时，王富洲坐在岩石上不动。贡布问他："你怎么不走啊？"王富洲也愣了："我不是在走么？"贡布过去扶了他一把，王富洲这才反应过来，自己还坐着呢！

直到晚上9点多，他们四人才终于回到海拔8500米的特殊突击营地。一进帐篷，大家马上把能找到的氧气瓶都找出来，一口气把所有氧气瓶中残存的氧气全都吸光。刘连满体力比其他人好，他给大家烧了热水喝。屈银华在攀登第二台阶时，双脚严重冻伤，这时已经感到双脚不听使唤了，把鞋袜弄开一看，脚腕以下都已经变成了黑色。他使劲搓了半天，黑色才稍有减退。看着自己冻伤的双脚，屈银华哭着说："完了，回不了原单位了。"

其他几个人，也都有不同程度的冻伤和高山反应。但这时包括屈银华在内，过度的疲劳令他们的感觉都变得非常迟钝。从24日早上到这时，他们已经连续36小时没有休息，所有人都顾不上自身的伤痛，很快就沉沉睡去。

他们都还不知道，就在他们成功登顶珠峰的同一时间，印度陆军登山队在珠峰南坡海拔8600米处因风雪而下撤，中国登山队在这场竞争中，最终取得了完胜！

26日清早，王富洲与大家商议决定，让体力较好的刘连满和贡布先行下撤，一者尽快把胜利消息传回大本营，二者向下面的营地求援。他们心想："估计大本营已经要急疯了！"

王富洲和屈银华两人，因体力消耗太大和冻伤较重，准备再休息一天，略有恢复后再慢慢下山。他们用冰镐将仅有一根结组绳截成了两段，一段给刘连满和贡布，一段留给王富洲和屈银华。这一天虽然风不太大，但也是满天大雾，刘连满和贡布出发后，很快便消失在浓密的云雾中了。

登顶之后，九死一生的下撤

刘连满和贡布两人在大雾中的下撤速度非常快。两人一口气下撤到海拔8100米三号突击营地，在此他们找到了当初许竞和运输队员们留下的一点食品，两人吃了一点儿东西后又连夜下撤。一直越过海拔7600米的二号突击营地，终于在当天夜里12时左右，拖着极度疲劳的身体到达了海拔7050米的北坳营地。

北坳营地得到登顶成功的消息，负责联络的科考队员王富葆激动万分，立即打开步话机，向大本营报告。但对方只听到一声呼叫，就没了动静。王富葆着急得不行，对着步话机又拍又打，无奈步话机就是不通！这时才有人想起了信号弹。突击顶峰前有约定，上去了就发红色信号弹，上去几人就发几颗，没上去下撤了，就用蓝色信号弹。三颗红色信号弹腾空而起，划破了夜空！

看到信号弹后，大本营立即命令海拔6400米前进营地，派出队员不顾危险摸黑登上北坳，送去步话机并核实情况，但刚送上来的步话机依然无声。事后查出原因，因天气严寒，队员通话时呼出的热气瞬间凝结成冰，导致步话机短路。

又经过好一番修理，步话机终于将确实的胜利消息传给了海拔6400米营地，又迅速地传到了大本营的电台，大本营立刻将这个振奋人心的消息传向北京。

27日0点30分，在北京的贺龙收到了登山队登顶成功的报告，他立即将胜利消息转达给在外地的毛泽东主席和周恩来总理。周总理正在参加一个宴会，接到贺龙的电话后，周总理兴奋地举起酒杯，建议大家为中国登山队征服世界最高峰干杯。然后，周总理又斟上满满的一杯酒，端端正正放在桌上，满怀深情地说："这杯酒留着，等我们的登山英雄回来，请他们喝！"

27日当天，新华社随队记者郭超人，迅速发出了中国登山队从北坡胜利征服珠穆朗玛峰的电讯。也是在27日当天，国家体委就收到了第一份社会主义阵营国家发来的贺电——苏联登山协会第一个向中国国家体委发电祝贺。

而在这一天，王富洲和屈银华两人，还在艰难的下撤途中。从23日到27日，他们已经五天基本没吃到什么食品了，虽然有休息，但疲劳和冻伤还是严重地妨碍着他们的行动能力和判断能力。

出了海拔8500米的特殊突击营地，下撤到海拔8300米左右时，天气很坏，能见度极低，看不清前面的道路。王富洲和屈银华对前进方向发生了分歧。王富洲主张从左面下，屈银华主张从右面下。两人争执不下，两人就干脆停下不走了，等着雾散了再做判断。半个多小时后，浓雾散了，章子峰出现在他们的眼前。——屈银华的判断正确，两人继续下撤。

王富洲和屈银华还不知道，这个浓雾散开的短暂时间，对他们和大本营来说，是有多么的重要。

26日夜间，到达北坳的刘连满和贡布将登顶成功、王富洲屈银华两人尚未下撤的消息传到大本营。27日天一亮，前线总指挥韩复东就守在高倍望远镜前，不间断地向山上观察。但是山上浓雾弥漫，什么也看不见。就在浓雾散开的那个短暂时刻（王富洲和屈银华判断下撤道路的那一刻），韩复东从高倍望远镜里看到海拔8100米左右，有两个黑点儿在运动，毫无疑问，这是王富洲、屈银华在下撤！韩复东立即用步话机通知海拔6400米前进营地，向在海拔7050米北坳营地的副队长许竞转发出大本营的命令：马上派人上去接应！

许竞接到韩复东总指挥的命令后，马上派营地内身体状态最好的边安民、边巴次仁两名新队员，彻底轻装出发，前去接应下撤的王富洲、屈银华。

王富洲、屈银华下撤到海拔7900米的时候，屈银华突然脚下一滑，整个身体像飞起来一样地往下滚，后面的王富洲听见屈银华喊了一声"哎呀"，马上就用冰镐往脚下的冰上扎，企图做出保护动作，但因没有体力，冰镐扎不进冰面,他也被屈银华拉倒了。两人的滑坠根本停不住,后面的王富洲甚至滑到了屈银华前面,两人一个往左滑,一个往右滑,前面就是一个悬崖,王富洲在一闪念间想到:"这回活不成了!"

就在生死的一瞬间,悬崖上有一块大石头,正好挂住了结组绳的中间!王富洲和屈银华一人一边被挂住,这才停止了滑坠。屈银华的情况稍好一些,他大声喊道:"你怎么样了?"过了半天,才听到王富洲的声音:"我的脑袋摔破了,鞋也丢了。"

两人挂在岩石上喘息了好一会儿,才各自慢慢爬了上来。

王富洲的墨镜也摔掉了,很快就雪盲了。他后来说,当时两只眼睛都红肿了,幸亏是阴天,否则就瞎了。这次雪盲,给王富洲的视力留下了终生的后遗症。

屈银华掏出手枪,想鸣枪联络,但枪栓没拉开,他的食指却冻在了枪上,后来他的右手食指也因严重冻伤而截肢。

这时,从海拔7050米营地出发前来接应救援的边安民和边巴次仁,正在用最快的速度努力上攀,他们用超出常规的攀登速度,一举越过了海拔7450米处向来有险关之称的大风口,迅速接近海拔7600米的二号突击营地。

王富洲和屈银华带着全身的累累伤痛,继续艰难地下撤。途中王富洲饥渴难耐,用手去抓雪吃,造成三个手指严重冻伤,屈银华也因吃雪太多嗓子嘶哑。到接近海拔7600米二号突击营地时,屈银华一直在竭力地呼喊,希望能有人来接应他们。但是,他的声音越来越弱,已经快要发不出声音了……这时,他们听到下面队友的喊声——边安民和边巴次仁上来啦!

从发现王富洲、屈银华在海拔8100米下撤时派出救援,到双方在海拔7600米二号突击营地会合,王富洲、屈银华下撤了约500米高度,前来救援的边安民和边巴次仁,也上攀了约500米高度——他们上攀的速度,与王富洲、屈银华下撤的速度几乎一样快!

在海拔7600米二号突击营地,边安民和边巴次仁用罐头盒烧了热水,四个人喝完，又连夜结组下撤。王富洲和屈银华在结组的一前一后，两名新队员走在中间。下撤的这一路上，北坳营地和海拔6400米前进营地，不断地往天上打信号弹，让闪亮耀眼的信号弹在黑夜里划亮天空，为他们照亮下撤的路线！

27日夜间，王富洲和屈银华终于回到了海拔7050米的北坳营地，与在这里的刘连满、贡布和许竞等人会合。在营地里，队友们为王富洲和屈银华煮了粥，让他们两人过一会儿喝一点儿，不能一下子喝多了——这是他们两人自23号以来第一次吃东西。

28日，许竞带领在海拔7050米北坳营地的所有队员，下撤到了海拔6400米前进营地。

海拔高度的下降，使得人体的感觉逐渐恢复，从到达海拔7600米二号突击营地时，屈银华严重冻伤的双脚就开始感觉越来越疼，到了海拔6400米营地，他就再也走不动了。这时他的双脚全肿了起来，登山靴都脱不下来，登山队的医生只能把他的登山靴割开，再给他穿上鸭绒袜子。其他队员轮流背着他和王富洲两人，一直走了两天，才回到登山队大本营。

1960年5月30日北京时间13时30分，在世界最高峰——珠穆朗玛峰上已生活了两个星期的中国登山队队员们，全部返回海拔5120米的登山队大本营。王富洲、贡布、屈银华走在队伍的最前面，受到了大本营全体人员的热烈欢迎。

就在这一天，《人民日报》头版头条向全国、全世界报道了这一重大新闻。拉萨、北京等地纷纷举行了盛大的庆祝活动。

6月1日，登山队在大本营举行庆祝大会。副队长许竞在会上作了这次登山活动的初步总结。代表登山队正式公布：在这次登山活动中，共有53名队员打破我国男子登山高度7556米的最高纪录，其中还有28名队员到达了8100米以上的高度，占世界各国登山队在过去178年中到达这个高度69人次的42.2%。一次登山活动中有这么多人到达这个高度，在世界登山史上是空前的。许竞在报告中说："征服珠穆朗玛峰的胜利，使组建时间不到五年的中国登山队，把具有一百多年历史的外国登山队远远抛在了后面，为年轻的中国登山事业跨入世界前列打响了胜利的第一炮。"

贡布在珠峰顶上采集的九块岩石标本，通过国家体委作为登山队的礼物，敬献给毛泽东主席。这九块岩石标本，一直保存在中国历史博物馆。

贺龙："解放了的中国人民无高不可攀"

登山队返回北京后，6月26日下午，国家体委、中华全国总工会和共青团中央在北京工人体育场联合举行了有七万多人参加的盛大庆祝会。国家副主席董必武、人大副委员长郭沫若、最高人民检察院检察长张鼎丞，以及国务院副总理贺龙、李富春、谭震林、罗瑞卿等国家领导人参加了大会。贺龙特别指示，要让登山英雄们和国家副主席董必武坐在一起。于是，身穿蓝色登山服和藏族服装的史占春、许竞、贡布和刘连满，同国家领导人并肩坐在主席台的第一排，接受了少先队员献上的鲜花。

国务院副总理、国家体委主任贺龙在大会上致辞说："我国登山队在全国人民热情支援下，经过两个月的战斗，终于把五星红旗插上了世界第一高峰，完成了人类历史上从北坡登上珠穆朗玛峰的创举，在世界登山史上写下了光辉的一页。它又一次有力地证明：解放了的中国人民无高不可攀，无坚不可摧。在登山队的英雄当中，有不顾高山缺氧的危险和身体极度疲劳，坚持不渝爬上顶峰的王富洲、贡布、屈银华；有身先士卒，历尽艰辛破冰前进的登山队长史占春；有让战友踩着双肩越过绝壁，把宝贵的氧气留给同志的刘连满；还有无数往返奔波于冰山险川之间，为了胜利登上珠穆朗玛峰而贡献一切力量的英雄。这种无比高尚的共产主义思想和风格，是我们伟大的时代伟大的精神面貌的集中反映，也是我们每一个人学习的榜样。"

王富洲和屈银华没有参加这次盛大的庆祝会，他们两人由于严重冻伤，

第三章 \ 世界之巅
\ 1960年1月—1960年5月 \

这时都在医院接受治疗。为了登顶世界最高峰，他们两人都付出了巨大的代价，王富洲十个手指的第一关节和五个脚趾截肢，屈银华右手食指、十个脚趾和两个脚后跟截肢，一双脚只留下了原来的三分之二。

屈银华伤愈之后，原单位的领导和同事都希望他回去上班，如果干不了活儿，也可以给大家讲一讲自己神奇的经历。但是屈银华没有回去，他说，我回去干什么呢？我都已经不能干活了。这次攀登珠峰的行动结束后，屈银华休息了近五年的时间。

在这次史无前例从北坡登上珠峰的行动中，除了王富洲、贡布、屈银华三人成功登顶外，刘连满登达海拔8750米高度；拉巴才仁、多加、索南多吉、群培见赞、小米玛、云登、米玛扎西、却加、次仁登达海拔8500米高度；张俊岩、成天亮、张小录、马保仑、多吉甫、谢伍成、塔木觉、扎西、大米玛登达海拔8100米高度；嘎久群培、洛桑德庆、边巴次仁、罗朗、达娃次仁、多吉、小扎西登达海拔7790米高度。他们全都打破了之前的全国登山纪录，并创造了当时登上海拔7700米以上人数最多的世界纪录。

1963年建国十四周年时，在攀登珠峰时舍己为人的刘连满，作为登山队的代表，参加了10月1日的国庆观礼活动，并受到了毛泽东主席和中央政治局全体成员的接见。

1964年6月，登顶珠峰的贡布，作为优秀的共青团代表，出席了中国共产主义青年团第九次全国代表大会，也受到毛泽东主席的接见。

祝贺，质疑？复杂的国际反响

中国登山队登顶珠峰的壮举，在全世界范围内引起了轰动。在当时，大多数国家的报道，对中国登山队登顶珠峰都是持赞扬和祝贺的态度，虽然也有少数质疑声音，但并不像后来某些人出于偏见，故意吹毛求疵地企图抹杀中国登山队的辉煌业绩。

中国登山队登上珠穆朗玛峰的消息传遍全世界，苏联主要媒体在第一时间作出了反应。苏塔斯社5月27日根据我新华社27日的报道转发了《王富洲、贡布、屈银华登上珠穆朗玛峰》的消息。接着，苏联方面多个组织、多位官员和著名运动员给中国登山队发来了贺电、贺信。接着，5月27日至6月29日，苏联、匈牙利、保加利亚、波兰、朝鲜、越南等社会主义国家的体育组织，也陆续向中国登山队发来贺电。

英国、日本、印度、尼泊尔、瑞士等国的体育组织，以及其他不少国家的友好组织、友好人士也纷纷以不同形式表示了他们的祝贺。

尼泊尔首相在5月28日记者招待会上对中国登山队的壮举表示祝贺。

英国皇家地理学会会长内森，于5月27日致函中国驻英国代办宦乡，要求转达他们对于中国登山队的辉煌成就的衷心祝贺。"中国登上珠穆朗玛峰的成就不仅在英国而且在全世界，引起了所有人对中国登山运动员的卓越的技巧与胆略的钦佩，这一成就将永远作为登山探险上的里程碑而载入史册。"

英国登山俱乐部和皇家地理学会通过我驻英代办处转来信件各一封，邀请中国登山队队长史占春访英并为其《登山杂志》写一篇文章。中国方面于1960年10月20日，通过中国驻英国代办处寄去了史占春所写关于攀登珠峰的文章及照片11幅，但婉拒前往访问。

1961年8月3日，中国登山队收到中国驻英国代办处转来英国登山俱乐部助理秘书的信及登山杂志一本，杂志上刊登了史占春的文章，经核对与史提供的原稿相同，只是把文内的"珠穆朗玛峰"称谓全部改为"埃佛勒斯峰"。

伦敦《泰晤士报》的评论说："光荣归于中国。王富洲、屈银华和贡布不只是由于他们是第一批踩着了世界最高地方的积雪而获得这一特殊荣誉的，就某种意义说，他们在下述方面也做了同样重要的事：他们登上了过去被认为是做不到的北坡至顶峰。"

该评论还指出："中国做了才说的精神值得特别注意。"

印度方面对中国登山队登上珠峰一事是非常关注的，因为在同一时间内，由辛格准将领导的印度陆军登山队，也在从尼泊尔一侧的珠峰南坡攀登珠峰。5月25日，印度队的库玛尔上尉、尼泊尔夏尔巴向导纳汪贡布和印军下士古雅特苏登至珠峰南坡海拔8625米的高度，遇到大风雪受阻下撤，攀登失败。

中国登山队登顶珠峰后，《印度时报》评论："登山家很可能认为中国的成就是到目前为止最惊人的成就，这是第一次从北坡攀登埃佛勒斯峰。中国登山家可以正当地感到自豪，他们完成了许多有经验的登山家认为很难完成的任务。"

《印度斯坦日报》评论："这是第一次从北坡登上埃佛勒斯峰。因此它具有特别的意义，这个不可征服的喜马拉雅山峰在人类的英勇面前低头了。中国登山队成功地登上埃佛勒斯峰，登上这个山峰对任何国家来说都是一个惊人的成就，何况是一个很晚才发展出这种困难和危险的运动的国家，这个登山队应该受到衷心的祝贺。使我们对中国的成功感到高兴的另一个原因是这是第一个登上世界高峰的亚洲登山队。"

该评论还认为："值得称赞的是中国登山队的计划性和远见。惊人的科学组织的成就和个人的勇敢。"香港的一家报纸针对中国和印度同时间的攀登做出评论："这是一场没有裁判的不言而喻的竞赛。中国以3∶0获胜。"

也有少数英国报纸，对中国登山队的成功提出了一些怀疑：中国登山队在27900英尺（合8503米）的高度上搭了帐篷，但这一带的石块向外倾斜，必然极难找到可搭帐篷的地址；中国登山队最后一段冲击是在24日上午9:30开始的，而到达珠峰顶是在25日的上午4:20，这就是说中国运动员连续行动了约19个小时，其中一大部分是在黑夜里进行的，而这不包括下山在内。

在中国登山队登顶的同一天，印度队也做了尝试，但因天气不好而被阻，可能北部山坡天气也不好，中国队如何能爬上去，印度表示惊奇。还有少数印度报纸，做了别有用心的报道和评论。印度报业托拉斯在加德满都报道："尼泊尔反对党领袖沙姆谢尔今天要求柯伊拉腊（尼泊尔总理）为中国人未经尼泊尔许可而登上埃弗勒斯峰（Everest）一事对中国提出抗议！"《印度斯坦时报》也提到，"从北面攀登并不比从南面难"。该报虽承认这是亚洲人首次登顶世界最高峰，但又说"不知多少设备来自苏联"云云。酸葡萄的心态跃然纸上。

还有一些外国报刊对中国登山队登上珠穆朗玛峰也提出了疑问。他们认为最高的营地设置、下降的缓慢、气象条件、高峰停留时间等，都有疑点；而刊登的一些照片也是在北坡任何地方或随便一个比较低的高度都能拍摄到的。

只要客观认真地去分析，这些对中国登山队的成功有所质疑的说法，大都是依据一些主观想象出来的理由，是经不起辩驳的。当然，年轻的中国登山队未能拍摄顶峰的照片、中国方面公布的资料不够详尽等因素，也给这些别有用心的观点留下了空间。

在涉及中国登山队首次从北坡登上珠穆朗玛峰的众多外电中，有一份具有比较特殊的意义：尼泊尔王国首相柯伊拉腊，在中国登山队登顶珠峰成功后，致电中尼边界标界委员会的函中有这样一句话："关于珠穆朗玛峰的标界问题，交由两国总理处理。"

不久，珠穆朗玛峰的顶峰就成了世界上海拔最高的国境线。

1960年4月26日（中国登山队正在对珠峰进行第三次适应性行军的时间），周恩来总理应邀访问尼泊尔，继续就边界问题进行商谈。这一次中尼双方讨论的重点，集中在珠穆朗玛峰问题上。30日，柯伊拉腊就珠峰划界问题举行记者招待会，指出："在两国总理举行会谈时，分歧已经缩小到最小的程度……根据尼泊尔交给中国的地图，珠穆朗玛峰的南部属于尼泊尔，北部的大部分实际上是在中国的位置内，这个山峰北坡直到绒布寺所在的1.7万英尺处是处在中国的实际行政控制下，而且尼泊尔从来没有对绒布寺提出要求……尼泊尔同意这一事实，中国管辖着北坡，分歧只不过是这个山峰的几码地方……研究它的地理位置是需要时间的。"

根据中尼边界协定，1960年8月11日，中尼边界联合委员会正式成立。翌年9月28日，新亲政的尼泊尔国王马亨德拉应邀访问中国。周恩来继续就珠峰划界问题同其交换意见看法，最终达成"边界通过顶峰""峰北属于中国，峰南属于尼泊尔"的协定。

1961年10月5日，中国国家主席刘少奇和尼泊尔王国国王马亨德拉，分别代表本国政府在《中华人民共和国和尼泊尔王国边界条约》上正式签字，该条约即时生效。

中国登山队建队不到五年，便首次从北坡登上世界之巅，使中国一举跨入了世界登山强国的行列。这一壮举，距今已经过去了半个多世纪。今天的人们，还能从他们的壮举中，领略到那个激情澎湃、勇攀高峰的毛泽东时代，新中国的人民具有何等昂扬奋进的崇高精神和一往无前的坚定意志么？

中国登山队的英雄们，用生命创造了人间奇迹，在中国登山史上留下了浓墨重彩的辉煌纪录，也为新中国谱写了一曲无比威武的英雄壮歌！他们的英名和业绩，将与珠穆朗玛峰一同永存世间，光昭日月！

\第四章\

珠峰之后的新目标：希夏邦马峰

1960年6月—1964年5月

增添后备力量，埋下新辉煌伏笔

中国登山队攀登珠穆朗玛峰的成功，对当时全国各行各业都产生了非常大的激励作用，对中国的登山事业更是有着难以估量的激励。地质、测绘、冰川等有关方面的科研考察部门，对与登山队合作，推进科考事业更加积极。

1960年5月下旬，就在中国登山队登顶珠穆朗玛峰的同时，北京地质学院登山队，组织攀登了青海省东南部果洛藏族自治州海拔6282米的阿尼玛卿二峰（积石山），这是一座还从未有人登顶的雪山，是20世纪二三十年代外国探险者传说比珠穆朗玛峰还高的山。因为当时的攀登者只上到海拔5000米，又误传距离顶峰还有4000米的高度；1940年代美国飞行员驾机飞越积石山时，飞行员又误报飞行高度在海拔9000米以上。因此这座山在外国探险者眼中，一直是一座非常神秘的山。

6月2日，北京地质学院登山队的白进孝、艾顺奉、刘肇昌、何海之、王鸿宝、王文章、周聘谓、丁源宗等8人登顶积石山。他们中的一些人，后来也加入了中国登山队，王鸿宝参加了1975年再次攀登珠穆朗玛峰的行动。

1960年6月，参加攀登珠峰活动并登上7790米以上的西藏运动员，前往北京参加了庆祝活动，然后到青岛进行疗养。作为这次攀登活动指挥者之一的西藏军区政委、西藏自治区体委主任谭冠三中将，也同运动员们一起坐飞机前往北京参加了庆祝活动。谭冠三将军对西藏开展登山运动热情很高，表示要尽快组建西藏登山队。1960年9月，就在西藏队员疗养结束返回拉萨时，谭冠三将军着手组建了西藏登山队（初期叫登山营，归西藏工委和军区双重领导）。这个登山队，以参加首次攀登珠峰而条件较好的队员作为骨干，从机关、厂矿和部队选调了一批青年男女充实队伍，并请国家体委派出以张俊岩为组长的教练员来藏担任技术教练，又从部队调来干部张凤臣任营长。

1960年10月1日，中共西藏工作委员会正式批准成立了西藏登山营，属县级建制。张凤臣任营长，张俊岩、赵崇禧任副营长；张俊岩、彭淑力、刘连满、王家奎、陈荣昌五人受国家体委的派遣，到西藏登山营担任教练员，张俊岩任教练组组长。登山营下设四个排，每排三个班，编制两百人。行政机构只设一个营部和一个后勤总务组，成立后立即开展工作。

1960年11月初，营长张凤臣、教练员刘连满、彭淑力和运动员成天亮、马保仓、大米玛、索南多吉、多吉、尺来（女，兼翻译）、白玛（女，兼翻译）组成了南迦巴瓦侦察组。从林芝县乘橡皮舟沿江而下，赴南迦巴瓦山区进行侦察。目的是组织一支男女混合登山队攀登这座7782米的处女峰，并再次打破世界女子登山纪录。

侦察组经过一个月对南迦巴瓦西、南和乃澎峰等高山地域的实地侦察，最后认为，西藏登山营的实力尚不具备，技术和装备等条件还不成熟。因此，放弃了继续侦察，于12月初返回了拉萨。

侦察组在拉萨稍作休息后，调整了部分人员。教练员胡本铭换下了彭淑力，在部队任排长的桑杰（又名李军）换下了两名女翻译。测绘员安庆云换下了气象员马吉甫，他的任务是精确测出希夏邦马峰和拉布及康峰的高度。

侦察组调整后，补充了食品和装备，来到了日喀则定日县。侦察的目标是地图上标的"高僧赞"（希夏邦马峰）。由于不通车，侦察组只有骑马、走路到达门卡登，并将门卡登作为基地，首先对这座8000米以上山峰的周围地区作了初步的了解，然后逐步深入其腹地，侦察了攀登的路线。

1960年12月至1961年4月，侦察组一直在门卡登一带进行侦察活动。其间，三次前往希夏邦马峰脚下进行侦察和了解情况。4月，担任副营长的张俊岩换回了张凤臣继续执行侦察任务。4月底，侦察组深入到了山峰脚下，穿过野博康加勒冰川，登达6300米的粒雪盆，宏观上找到了一条通往顶峰的路线。至此，侦察组结束了长达5个月的侦察任务。

1961年5月初，队伍返回西藏登山营的新驻地——林芝县八一新村。

5月至8月，一百多名男女运动员在林芝县八一新村进行了三个多月的身体素质训练。8月底，西藏体委决定西藏登山营当年秋季开赴希夏邦马峰实地练兵，在条件允许的情况下实施登顶。

西藏登山营的成立，为中国的登山运动增添了新的血液，成为中国登山队强有力的后备力量。

7595，再次打破世界女子登山纪录

中国登山队胜利登顶珠穆朗玛峰，在国际上引起了巨大的反响，为祖国赢得了无数的荣誉。中国登山队准备再接再厉，争取更大的成绩。1961年，中国登山队提出新的计划：以女队为主攀登公格尔九别峰，以男队为主进行侦察准备，年内或明年攀登希夏邦马峰。

国家体委对登山队的计划作出批示：中国登山队当年的任务是以训练为主，在新疆境内海拔7595米的公格尔九别峰进行思想、技术、战术和身体的全面训练。同时，在条件具备的情况下，争取再创女子登山世界纪录。

公格尔九别峰位于慕士塔格峰附近，中国登山队曾与苏联登山队联合，于1956年登上过此峰。中国登山队对公格尔九别峰的登山路线及气候条件相对熟悉，这都是取得登顶成功的有利因素。当时，公格尔九别峰的原有海拔标高是7530米，低于慕士塔格峰。新的测绘表明，公格尔九别峰的实际海拔高度是7595米，高于慕士塔格峰。如果中国登山队独立组队攀登成功，中国女子登山队就将创造新的女子登山世界纪录。

新组成的公格尔九别峰登山队，全队57人，由女队队长袁扬任登山队队长，陈荣昌、张祥、刘大义等老资格的登山队员（都是1955年最早加入全总登山队的那批老队员）任教练员，男队员中有邬宗岳、邓嘉善、衡虎林、雷耀荣、穆炳锁、曾曙生、拉巴才仁等参加过攀登珠峰的队员；女队员则可谓是精锐尽出，9名创造过慕士塔格峰女子登山世界纪录的女队员中，袁扬、西绕、潘多、王义勤、查姆金、齐米6人参加了攀登公格尔九别峰的登山队。1961年4月间，全队集结完毕，前往新疆喀什开始攀登前的训练。

北京市长途电信局派报务员李长旺，赴新疆参加国家女子登山队攀登公格尔九别峰的通信联络工作，在海拔6800米设立通信站，创造了报务工作海拔高度的新纪录。

公格尔九别峰山势陡峭，攀登路线全程基本没有缓坡，都是40°以上的陡坡，地质条件复杂，险情地带较多，攀登难度大于慕士塔格峰。登山队的人员组成，则存在着某种不足。在理论上，中国登山队曾与苏联登山队合作，于1956年登上过公格尔九别峰。但实际上登顶公格尔九别峰的中方队员只有陈荣昌、彭仲穆两个人，彭仲穆已于1957年在攀登贡嘎山时牺牲。1961年攀登公格尔九别峰时，全队中只有陈荣昌一人对公格尔九别峰有所了解。

在57名队员中，有24人是1960年底由北京的清华大学、北京大学、地质学院、石油学院4所高校选拔在校学生组成的高校女子登山队，她们1961年3月间就来到新疆喀什进行训练，甚至早于中国登山队到达喀什。这支队伍成立还不足半年，女队员们尚未经过系统的登山训练，其中只有来自石油学院的部分队员在1959年10月攀登过海拔5150米的祁连山七一冰川主峰。但在中国登山队勇攀珠峰的壮举激励下，年轻的姑娘们虽然未经训练经验不足，但个个斗志昂扬跃跃欲试。

北京高校女子登山队的加入，虽然使登山队扩大了规模增加了人力，但这支队伍基本都是没完全受过登山系统训练的年轻姑娘，既要让她们在这次攀登中接受训练取得经验，又要尽最大努力保证她们的安全，这在无形中也给登山队的组织工作增加了额外的压力。

从攀登公格尔九别峰的结果上来看，中国登山队的这次攀登计划与实施，虽然打破女子世界登山纪录的壮志可嘉，但或许也有些大意和轻敌了。

5月12日，登山队主力从喀什出发，当天到达了设在卡拉库里湖边海拔3500米处的登山大本营。此前派出的侦察组已先期到达，并已上山进行路线侦察活动。

5月16日，登山队开始第一次适应性行军，当天到达海拔3200米建立一号营地。根据行军所了解到的情况，大本营将攀登路线转移到了公格尔九别冰川的西山脊。

5月26日，为使队员取得高山适应能力和运送部分物资，登山队开始第二次行军。当天顺利到达海拔4600米处，并建立了储备物资的二号过渡营地。北京高校女子登山队的队员们，在中国登山队的教练员指导下，在此进行了两个小时的冰雪技术训练。

在二号营地休息一天后，登山队经过5月28日一天的行军到达了海拔5500米处，建立了三号营地。29日又上到了6200米处，建立了四号营地。当天天气变得很坏，时而烈日当空，时而大雪纷飞，给攀登造成了一定的困难。

5月30日上午10点半，登山队全体人员由海拔6200米的四号营地下山，傍晚7点半回到了大本营，顺利完成了第二次行军。

经过侦察和适应性行军，登山队对公格尔九别峰的特性已经有了一定的了解。公格尔九别峰虽然距离慕士塔格峰不远，但两山的地形差异巨大。公格尔九别峰山势陡峭，从海拔4900米往上少有缓坡，基本都是40°到70°冰雪陡坡，地形非常复杂。冰川向下运动时受到岩石阻碍，形成了大量隐蔽的冰裂缝，有的深达百米以上。而且公格尔九别峰多雪，山上雪量特别大，新雪松软，很不利于攀登。在松软的深雪中攀登，队员们要消耗大量体力，同时还不易辨明脚下的地形。

经过一段时间的休整后，登山队制定了正式突击顶峰的计划。在计划中，计划突击顶峰由中国登山队负责，男队员的核心任务是保证女队员登顶和下撤。计划6月11日出发，17日登顶，登顶后下撤，全部行动到23日结束，整个过程将持续12天。北京高校女子登山队作为预备梯队，留驻大本营，待中国登山队登顶成功后，再视情况进行攀登。

6月11日，突击队从大本营出发，当天到达海拔4600米的二号营地。第二天，又登到了海拔5500米处的三号营地。

6月13日，由于天降大雪，突击队在营地停留了一天。

6月14日，登山队从海拔5500米的三号营地出发，当天顺利登达海拔6200米的四号营地。

突击顶峰的行动进行到此时，似乎还是一切顺利。然后，各种意想不到的困难开始逐步显现出来了。

6月15日，突击队通过海拔6500米处被称为"鼻梁"的地段，这里是一段两侧十分陡峭的狭小山脊，由于地形复杂积雪很深，队伍行进非常缓慢，一直到下午6点多，才到达海拔6800米处的雪坡上，建立了五号营地。

6月16日，突击队继续向上攀登。但是队员中开始出现冻伤、体力衰竭和严重的高山反应，有5人先后由于严重高山反应而被迫下撤，其余人员当晚到达了海拔7300米处，建立了六号突击营地。

在海拔7300米的六号突击营地，队长袁扬的高山反应非常严重。大本营从步话机中得到汇报后，要求袁扬立即下撤。袁扬出于自己身为队长的责任心，还想继续坚持。但邓嘉善看到袁扬呼吸困难，感觉这样下去要出危险，就再次用步话机向大本营报告，大本营立即以党委的名义下令，要男队员邓嘉善和雷耀荣负责护送袁扬下撤，由邬宗岳接替突击队长职务。为了护送袁扬下撤，邓嘉善和雷耀荣放弃了自己的登顶机会。

6月17日，突击队重新分为四个结组，参加最后冲刺的西绕、潘多、查姆金、王义勤4名女队员，分在了两个结组内。但当天天气恶劣，突击队直到上午11时14分，才能走出帐篷开始向顶峰作最后的冲刺，比预定时间延后了4个多小时。

西绕和潘多担负了艰巨的开路任务。午后，气候由好转坏，下午一直降雪，能见度很低，队员攀登时要不断停下来观察，选择和确定可行的攀登路线。按照登山的常规，在降雪时本不应该做冰雪地带的攀登。因为这时冰坡上的积雪是松散的，不但行进比较费力，还非常容易导致滑坠等事故出现。只有当积雪经过阳光照射，晚间再冻结变硬，才比较好走，当年在苏联受训的老队员都记得，苏联队有硬性规定，降雪后的三天内不得进行攀登活动。然而此时的公格尔九别峰上，登山队为了争取时间，只能打破常规，冒着危险在陡坡的积雪中向上攀登。

随着高度的增加，队员们的高山反应越来越大，不时有人在行军中倒下，致使队伍前进速度越来越慢。接近傍晚时分，突击队到达海拔7560米处（已经打破了中国女运动员在慕士塔格峰创造的世界女子登山纪录）时，女队员王义勤和查姆金都因高山反应和体力衰竭倒下了。大本营从步话机里接到报告后，决定突击队人员重新调整，王义勤、查姆金立即停止攀登就地下撤；5名身体情况较好的突击队员，在队长邬宗岳率领下继续突击顶峰，大本营还特别指出，西绕、潘多两名女队员要抓紧，争取在天黑之前登上峰顶；其余人员护送伤病人员，立即下撤到海拔7300米的营地。

下撤的队员在暗夜中艰难回到海拔7300米六号突击营地时，已是午夜12点了。在艰苦的下撤途中，女队员查姆金严重冻伤。担负最后突击顶峰任务的5名队员，是女队员西绕、潘多和男队员邬宗岳、陈三和拉巴才仁。

在接近零下三十度的严寒中，顶着七级狂风，趟着没膝深的积雪，又攀上了两个长长的陡坡之后，22点30分，突击顶峰的5名队员经过连续9个小时的顽强拼搏，终于登上了海拔7595米的公格尔九别峰峰顶，西绕和潘多再次打破了世界女子登山纪录！

登顶时，峰顶上的积雪深已没膝，这也是历次登山中少见的现象。5名队员把一面国旗和一张写着"中国公格尔九别登山队潘多、西绕于1961年6月17日22时30分登上顶峰"的纸条放在石缝中，用石头压好，然后采集了几块作为标本的石头。在峰顶停留了20分钟，然后结组下山。

乐极生悲，中国女子登山队遭遇重挫

下山时，夜雾越来越浓，能见度越来越低，当他们走到海拔7400米时，眼前几米之外就已经完全看不清了。公格尔九别峰山势陡峭，在暗夜浓雾中再继续下行十分危险，5名队员只得停止前进就地宿营。西绕和潘多一组，挖了一个雪洞，两人钻进羽绒睡袋，紧靠着相互取暖，度过了高山严寒中的一夜。潘多因缺乏经验，为了御寒，就把发的两双袜子都穿上了，因为脚趾没有活动空间，在这一夜里她的脚趾被冻伤。

第二天早上，即6月18日6时34分，5名突击队员一同继续下撤，历经两个多小时的行进，他们终于回到了海拔7300米的六号突击营地。当天天气恶劣，整座山峰全天都被乌云浓雾笼罩，能见度极低，还伴有高山雷暴，所有队员在营地停留了一天。休息期间，全队重新进行了编组，组成新的结组，按照三男一女的原则，由三名男队员负责照应一名体力消耗严重的女队员。西绕与穆炳锁、拉巴才仁和新入队的队医陈洪基编为一组，潘多与陈荣昌、张祥和衡虎林编为一组。后来潘多回忆说，当时他们把这一结组戏称为"山虎队"。

6月19日，重新编组的队员们开始下山，西绕所在的编组第一个出发，潘多所在的"山虎队"第二个出发。查姆金和邬宗岳所在编组第三个出发，王义勤所在的编组走在最后。

第四章 \ 珠峰之后的新目标：希夏邦马峰
\ 1960年6月—1964年5月 \

出发时没人能想到，他们即将遭遇中国登山队自组建以来最严重的一次山难！

潘多所在的"山虎队"，走在最前面的是教练员张祥，衡虎林走在第二位，潘多走在第三位，教练员陈荣昌走在最后。开路的张祥是个稳健的老队员，所以"山虎队"走得比较慢，出发后就已经看不到前面西绕所在的那个组了。当结组下撤到海拔7100米左右时，张祥发现前面有一条被积雪掩盖着不甚明显的冰裂缝，他很从容地跨了过去，向后面喊了一声："小心冰裂缝！"

但是走在第二位的衡虎林，没能按着前面张祥的脚印走，跨越时一步踏在被积雪掩盖着的冰裂缝处，一下子掉进了底下很宽、深不见底的冰裂缝中！出发时衡虎林将帐篷、垫子、炉子等物品都放在了自己的背包里，负重很大，他下坠的势能带动结组绳，立即将其他三人都拉倒在地，全都滑向了冰裂缝！张祥、陈荣昌和潘多立即做出滑坠时的自救动作，在滑倒时把冰镐用力插进冰面，人趴在冰面阻止下滑。当下滑停止时，潘多已经滑到冰裂缝的边缘，幸亏最后面的陈荣昌死死拉住了结组绳，潘多才没有滑下去。

滑坠虽然停止了，但险情却更为严重了：衡虎林被结组绳吊在上面很窄、下面却很宽的冰裂缝中，手脚碰不到边无法用力，缠绕在他胸颈部的结组绳，因重力下坠的作用越勒越紧，造成他呼吸越来越困难！上面的三个人，也都知道在队员坠入冰裂缝的救护中，结组绳应该一头紧一头松，否则遇险者会被两边拉紧的结组绳勒死。然而，现在三个人都被拉倒趴在冰雪上，谁也站不起来，难以用上力把衡虎林拉上来，同时两边的陈荣昌、潘多和张祥谁也无法放松手里的结组绳，一旦放松一侧，因衡虎林和他的背包自重很大，另一侧的人根本拉不住他。衡虎林会坠入深不见底的冰裂缝，不但已在裂缝边缘岌岌可危的潘多无法幸免，另外两人很可能也会被拉着随之坠落下去！三人只能趴在冰雪上拉住结组绳僵持着，眼看着衡虎林呼吸越来越困难，声音越来越小……

大约过了一个小时，后面查姆金和邬宗岳所在的结组跟上来了，一看如此险情，他们立即冒着滑坠危险快速靠近，邬宗岳经过两次努力，终于下到冰裂缝中，他抱住衡虎林用力往上顶，其他人这才站起来一起用力把衡虎林拉了上来。但是，这时衡虎林已经停止了呼吸！接着，王义勤所在结组也赶到了。王义勤本是内科医生，她对衡虎林立即做了尽可能的一切抢救，打强心针、人工呼吸……但是终归无力回天，衡虎林还是牺牲了。为了抢救队友，陈荣昌长时间趴在冰雪上拉住结组绳，四根手指严重冻伤，王义勤为了打针和使用步话机与大本营联络，脱掉了自己的手套，双手也被冻伤……最后，大家泪流满面地商量决定，将衡虎林的遗体和他的背包安放在冰裂缝中，再用冰雪掩埋，用这种方式安葬了牺牲的队友，然后继续下撤。

潘多在几十年后回忆这次惨痛的高山事故时，仍然禁不住会流下眼泪："从没想过自己会就这样眼睁睁地看着队友就死在面前。……这种死法对老衡，对我们都太残忍了，要知道当时大家如果放掉绳子，那下面老衡的生还率基本就是零，拉住绳子虽然也是凶多吉少，但起码还有一线希望，你说我们怎么能随便放掉这根救命的绳索？我们的队长（陈荣昌）后来还因为趴在冰上勒紧绳子的时间太长，四根手指因严重冻伤被切掉了。"

山上的天气又突然开始变得恶劣了，云雾更加浓重，同时伴随着大雪，下山的路线完全被遮盖，能见度降到了极低。潘多所在的结组三个人，到达海拔7000米到海拔6900米之间，正在考虑是否继续下撤时，突然一声巨响，雪崩就在他们身旁发生了！三个人根本来不及做出任何的规避动作，就被呼啸而来的强大冰雪浪冲倒并裹挟着向下翻滚而去。潘多后来回忆说："雪打下来的时候，脑子轰地一下，心想这下完了。不过还好，任务已经完成了。"

脑海中仅仅闪过了这么一个短暂的念头，潘多就昏迷了过去。不知昏迷了多久，潘多渐渐有了些意识，感到脸颊很疼，躺在雪里身体动不了，就听见张祥哑着嗓子在喊她的名字。潘多清醒过来，扒开身上的冰雪，发现自己就躺在距离悬崖仅有一米多远的地方，墨镜被打落在悬崖边，可她也不敢去拿，害怕掉下去。幸亏看到结组绳没有断，张祥和陈荣昌就倒在离她不远的地方，张祥已经坐了起来，正喊着名字在寻找潘多。发现她就在附近，三人赶紧靠拢，相互搀扶着站了起来，庆幸自己逃过一劫。

三人刚刚逃过雪崩继续下撤，丢失了墨镜的潘多，就感觉自己的眼睛被白雪的强烈反光刺激得直流眼泪，很快就什么都看不见了。她知道自己发生了雪盲，想起幼年时与母亲过雪山，那时没有墨镜，就用牦牛毛和自己的头发在眼前遮挡，于是她赶紧把自己当额头发拉下来挡在眼前。但是，雪盲还是一时缓解不了，潘多着急地不断用手使劲揉搓自己的眼睛。陈荣昌和张祥赶紧拉住她的手，告诉她患了雪盲不能着急，过几天能恢复视力的。在两人的安慰下，潘多恢复了冷静，按照两人的提示，跟着他们慢慢继续下撤。

经过艰苦的努力，克服了各种困难，潘多等三人终于回到了海拔6800米的五号营地，这时已经是晚上8点多了。

视线不清的潘多，听到了近旁教练员刘大义的声音，就着急地问道："刘教练，西绕、穆炳锁他们下来了没有？"刘大义回答："还没有来。"潘多立刻紧张起来："糟了！他们四个人比我们早一天就下来了，到现在还没有到，肯定是出事儿了！"

刘大义一听，立即感到情况严重，马上带领营地中体力好的男队员们，摸黑上攀搜救。在黑夜中，他们一遍遍喊着西绕、穆炳锁等人的名字，但都得不到回答。一直到第二天天亮，刘大义用望远镜观察到，悬崖下面的雪崩槽中，散落着帐篷、背包、睡袋等物品，他们赶到物品散落处搜寻，却什么人也没有发现。根据时间、物品结合经验判断，西绕、穆炳锁、拉巴才仁和陈洪基，从海拔7300米的六号营地下撤，在大约海拔6900米处遭遇雪崩，被下泻的冰雪卷入深雪沟而牺牲了。

突击队员们下撤遇险，多人冻伤、五人牺牲的消息传到了大本营，原本为中国女队员创造了新的登山世界纪录而欢欣的大本营人员和作为预备梯队正在准备攀登北京高校女子登山队，全都被极大地震惊了！20日深夜，北京的国务院总理办公室传来周恩来总理的紧急指示：北京高校女子登山队立即停止登顶计划！女队员们怀着沉重的心情，完成了标本采集和海拔5500米三号营地的物资下撤任务后，撤离登山大本营回到喀什。

在海拔6800米五号营地，潘多等队员度过了悲痛的一天之后，重现结组继续下撤。下撤途中，潘多由于雪盲，只能在队友的引导和帮助下，坐在冰雪上一点点困难地往下蹭，在通过海拔6500米的"鼻梁"地段时，她的手套蹭歪了。下了"鼻梁"后，她正想趁比较安全时调整一下手套，不料就在不到一分钟的时间内，她的两个手指就被冻得发黑了。她赶紧使劲揉搓手指，直到血液回流，这才保住了两个冻伤的手指不至于坏死。

在大本营，先期护送袁扬等伤病员下山的邓嘉善，是原先编组时潘多所在的二分队副队长，与潘多非常熟悉并且有了感情。

潘多后来回忆她与邓嘉善一同登山的情景，曾自豪地说："当时他是登山队分队长，每天扎营后他就忙着处理队里的事情，我忙着平地、搭帐篷、烧水做饭，等他回来帐篷都收拾好了！"

当邓嘉善得知潘多负伤下撤困难的消息后十分焦急，主动向大本营提出，让自己牵马上到海拔5300米左右（马匹能到达的最高海拔高度），用马将潘多驮下山来。大本营考虑到，潘多已经是目前唯一幸存的最新女子登山世界纪录保持者，必须保证她的下撤安全，就同意了邓嘉善的请求。

潘多由于雪盲造成视线不清，只能坐在冰雪上往下蹭，身上的羽绒登山裤都已经破烂不堪了。随着海拔高度的降低，人体血液循环开始加快，被冻伤的人，这时就开始感到伤处的疼痛，会给伤者造成极大的痛苦和行动障碍。张祥等人护送潘多越过海拔5500米的三号营地后，已经得知大本营派人上来接应，就告诉潘多停留在海拔五千余米处，千万不要冒险下撤，耐心等待接应人员的到来。张祥等人就再次向上返回，去接应也有严重冻伤的查姆金、王义勤等女队员下撤。

第四章 \ 珠峰之后的新目标：希夏邦马峰
\ 1960年6月—1964年5月 \

潘多正在借着模糊的视线慢慢下行时，邓嘉善拉着一匹马上到了海拔五千余米处，与潘多会合了，他把潘多扶上马，小心地拉着马前行，一直将潘多送到了大本营。

此后，在潘多养伤期间，邓嘉善一直在照顾她，两人的感情从朦胧趋向明确。

6月23日，山上的其他队员们也陆续安全到达了大本营。悲壮的公格尔九别峰攀登结束，全体队员返回北京。

在喀什的北京高校女子登山队，7月间再次进入公格尔九别峰地区，进行高山攀登的多种训练。按照上级指示，她们不得越过海拔5500米的高度，只能两次攀登到海拔5000米以上。训练结束后，北京高校女子登山队返回乌鲁木齐，受到了新疆自治区党政军领导人的接见，然后也返回了北京。

1961年中国女子登山队攀登公格尔九别峰，遭遇了中国登山队自建队以来最严重的一次山难。女队员西绕和男队员衡虎林、穆炳锁、拉巴才仁、陈洪基五人牺牲。

西绕，四川省德格县人，从小为奴隶主放牧，之后于西藏拉萨"七一"农场工作。1959年3月加入中国登山队。同年7月登顶慕士塔格峰，创造了世界女子登山纪录，获登山健将称号和体育运动荣誉奖章。牺牲时28岁。

衡虎林，甘肃武山县人。小学毕业后应征入伍，在中国人民解放军3779部队5连服役。1956年加入共青团。1959年2月调中国登山队。同年7月，登顶慕士塔格峰，获一级运动员称号。1960年3月，参加中国登山队攀登珠穆朗玛峰，登达8100米的高度。1960年6月，获登山健将称号和体育运动荣誉奖章。牺牲时年24岁。

穆炳锁，河北省清苑县武安村人。1956年3月入伍，中国人民解放军0127部队107师独立侦察连战士；1956年12月加入中国共产党，1958年8月立三等功；同年参加国家体委北京香山登山训练班，结业后参加中苏登山队登顶海拔7134米的列宁峰和海拔6852米的莫斯科—北京峰，获一级运动员称号；

1958年11月参加攀登珠穆朗玛峰的侦察工作。1959年1月登顶海拔6177米的念青唐古拉东北峰。同年7月，登顶慕士塔格峰，获运动健将称号。在该活动中冻伤脚趾，手术后带病参加珠穆朗玛峰攀登的运输工作。牺牲时年23岁。

拉巴才仁，农奴出身，西藏保托梅人。西藏日喀则班禅警卫营（正式番号为西藏军区独立营）战士。1958年加入中国登山队，1959年1月登顶念青唐古拉东北峰，同年登顶慕士塔格峰。1960年3月参加攀登珠穆朗玛峰，登达8500米高度，6月获运动健将称号和体育运动荣誉奖章。牺牲时年仅23岁。

陈洪基，广东肇庆人，1958年毕业于广州第四军医大学，原在驻青海和驻西藏的解放军部队中从事救护和体育运动科研工作，曾任西藏体育代表团、西藏体委医生。1961年3月暂调中国登山队任队医，牺牲时25岁。

攀登公格尔九别峰，虽然中国女子登山队创造新的世界纪录，但中国登山队牺牲了五名优秀队员，女队损失更为严重，主力队员西绕牺牲，其他主力女队员大多因伤致残。潘多因冻伤五个脚趾截肢，袁扬、王义勤因冻伤部分手指截肢，查姆金冻伤最为严重，外耳轮被切除，十个手指都做了截肢。1959年攀登慕士塔格峰、创造女子登山世界纪录的9名女队员，一时间全部退出了登山队的第一线，这使得中国女子登山队在很长一段时间内，处于青黄不接的状态。

中苏分裂下，却要合作登山？

1961年9月初，西藏登山营经过对希夏邦马峰的侦察后，组织西藏登山营的主力队伍，按计划向希夏邦马峰开进。因当年雨季雨水太大，拉孜、协格尔、定日等地的路段也被洪水冲断，汽车在过河的时候，经常陷在河里。队员们不时脱衣下河推车，甚至在协格尔河边被迫扎营一周。有一次，在下

第四章 \ 珠峰之后的新目标：希夏邦马峰
\ 1960年6月—1964年5月 \

河推车的过程中，排长谢武成被河水冲走两百多米，队友们在岸边追，谢武成在河水中挣扎。队友们在岸边干着急，最后，还是谢武成自己爬了出来。直到9月中旬，队伍才到达了希夏邦马峰的山脚下。攀登训练开始后，队伍分成两部分。营长张俊岩带领教练员刘连满和几名主力队员侦察海拔6300至海拔6900米的登山路线；大队人员由教练闫栋梁、王家奎负责，在海拔5800米处进行冰雪技术训练。

9月下旬，正当训练热火朝天，大家正在摩拳擦掌准备攀登这最后一座8000米以上的处女峰时，国家体委通知："国家登山队在攀登7530米的公格尔九别峰时，发生五名男女队员遇难的重大登山事故，为慎重从事，西藏登山营不得攀登希夏邦马峰。"

至此，大队人马停止了攀登活动，在山区过完国庆节后，登山队伍奉命返回了林芝驻地。

1961年11月，时值国家三年困难时期。根据上级"精兵简政"的通知，西藏登山队伍从一百二十多人减到了五十多人。

1962年，西藏登山营开始勤俭持家，一边训练，一边自己动手修盖住房，一直到1963年底，才基本完工。1963年，根据上级"继续进行精兵简政"的通知，西藏登山营的人员又从五十多人减到了四十多人。

后来担任西藏登山营营长的张俊岩回忆说："那时候我们的训练基地在现在的林芝八一镇，我们不仅要进行训练，还要养鸡、养鸭、种菜，我们很多食物都是自给，但我们干得很开心，从来没有任何人抱怨过。大家只有一个目标——为国争光。……我们的建制是按苏联的模式，叫西藏登山营。后来两国关系发生变化，又加上我们不是部队，就按照咱自己的习惯把登山营改成登山队了，营长也改成了队长，只是老伙伴们习惯了，还叫我营长。"

也就是在1963年，国家体委党委决定，保送一批藏族功勋登山运动员去北京中央民族学院干训班学习，男队员贡布、多吉甫，女队员潘多、查姆金、齐米都在其中。

1963年春节，潘多与无锡籍队友邓嘉善喜结良缘。不久，根据中国登山队党委决定，潘多去北京中央民族学院干训班学习，邓嘉善到西藏林芝登山营地任领队兼教练员。

1965年，这批藏族登山队员在中央民族学院干训班毕业后，大都分配回西藏工作。查姆金转业到西藏燃料公司工作（后任公司党委书记），齐米转业到西藏自治区宗教事务管理局工作；贡布、多吉甫、潘多、丛珍，都到西藏登山营任职登山教练员。

1960年中国登山队独立登上世界最高峰珠穆朗玛峰，对苏联登山界震动很大。在登山运动的"喜马拉雅黄金时代"，苏联原本已落后于西方各国，现在又落后于中国，这让苏联登山界很是尴尬。苏联国土虽然很大，但最高峰仅有7495米，连他们的登山最高纪录，都是在中国境内的公格尔九别峰取得的。苏联登山界不少人认为，与中国合作攀登海拔8000米以上的高峰，原本是可能实现的，却因国家政治原因而破灭。苏联著名登山家、苏军中央之家登山俱乐部主任拉答达耶夫，于1960年10月4日在《共青真理报》发表了一篇题为《最后8000米在等待着》的文章，指出"喜马拉雅的黄金时代里，地球上仅有的包括世界最高峰珠穆朗玛峰在内的14座8000米以上的高峰中已有13座被各国登山家征服，只剩下唯一一座还没有过人迹的、排行第14的高峰高僧赞在等待着它的征服者。"文中的"高僧赞"，指完全位于中国境内的海拔8012米的希夏邦马峰。

拉答达耶夫的文章，特别强调了希夏邦马峰完全位于中国境内，其用心就在于想回避苏联与印度之间的"友好"关系，淡化中苏、中印之间的国际政治问题，把自己攀登世界上最后一座海拔8000米以上高峰的希望，寄托在希夏邦马峰上。这篇文章的出台背景，就在于苏联登山协会副主席库兹明，他曾召集了一批登山运动员，费尽心思商议出一个方案："以苏联登山协会的名义，邀请中国的攀登珠穆朗玛峰的功勋运动员访苏，在中国代表团访苏期间，争取以苏中两国登山协会的名义，达成共同攀登高僧赞峰（即希夏邦马峰）的协议。"

他们天真地以为，这样做就可以不涉及两国间的政治问题。可惜他们的想法太不现实了，体育从来不能完全与政治脱节，不可能抛开政治只讲登山。

当中国女子登山队正在攀登公格尔九别峰的同时，苏联登山协会向中国登山协会发出邀请，邀请登山队队长史占春和攀登珠穆朗玛峰的功勋队员访问苏联。

当时赫鲁晓夫集团已经全面反华，撤走了所有援助中国的专家，并多方面对中国实行封锁。中国领导层为了缓和这种紧张关系，争取广大苏联人民的友好支持，批准中国登山协会应邀访苏。登山协会随即组成了以史占春为团长，翻译周正、攀登珠穆朗玛峰的英雄王富洲、贡布为团员的访苏代表团，于1961年4月28日动身前往莫斯科。

对苏联方面的动机，中国方面自然也有所洞悉。临行前，国家体委领导对代表团一再嘱咐和指示："我们是为了做人民的友好工作，对苏联人民一定要热情友好，但他们肯定会提出要求共同攀登希夏邦马峰的问题，我们的政策是：可以同意和他们共同攀登，但是绝对不能以两国登山协会的名义达成协议！一定要由他们政府出面，由两国政府间通过外交途径达成协议才可以！因为当初共同攀登珠穆朗玛峰的协议是政府间达成的，也是由苏联政府撕毁的，所以一定要由他们的政府提出来，决不能以登山协会的名义达成任何协议！"

中国代表团到达莫斯科时，苏联登山协会的元老们都到机场来欢迎，看似对中国代表团很热情。但趁着中国代表团在等行李的时候，一位苏方派来的中文翻译尤拉（1958年共同训练时曾给中国登山队做过翻译）陪着《共青真理报》的一位记者，避开中国代表团的翻译，将团长史占春请到机场候机厅的一个角落进行采访。代表团的成员们，当时谁也没有意识到，苏方的这一举动有什么别的含义。在正式场合，代表团则向苏方明确表示，希望苏联政府通过外交途径，与中国政府协商两国共同攀登希夏邦马峰的事宜。

此后，中国代表团陆续在莫斯科、基辅、梯比利斯和列宁格勒四个城市做了报告，每场都有上千听众，影响很大。

中国人也没有忘记帮助过自己的朋友。在列宁格勒，代表团给库兹明、别列斯基、菲利蒙诺夫以及科维尔科夫等参与过珠峰侦察行动的苏联登山家，颁发了"征服珠峰金质奖章"，以表彰他们对中国登山队攀登珠峰成功做出的贡献。

可就在中国代表团到达最后一站列宁格勒的第二天晚上，中国驻苏大使馆的文化参赞康纪民突然打来电话，让代表团中断一切活动，立即返回莫斯科。当代表团赶到使馆时，康纪民拿出两天前发行的《共青真理报》，上面刊有一条"中国登山代表团团长S（指史占春）说'中苏将共同攀登希夏邦马峰'……"的消息。使馆方面看到这条消息，就知道苏联方面暗地里做了手脚，中国登山代表团上当受骗了，因此要求他们立即中止一切访问活动，第二天就飞回北京，比原定访苏时间缩短了一天。

代表团临离开莫斯科前，再次对苏联登山协会送行的人说："我们等待着你们通过外交途径向中国提出共同攀登希夏邦马峰的请求……"

代表团回到北京后，因访苏期间缺乏必要的警惕，国家体委领导对代表团领导人做出了严厉的批评。与此同时，中国登山队则一边进行攀登希夏邦马峰的准备工作，一边仍在等待苏联方面以政府名义向中国政府提出合作攀登的请求。周恩来总理也曾要求中国登山协会，对苏联可能的合作攀登请求做好相应的准备工作。但是，三年过去了，苏联政府一直没有就合作攀登向中国提出任何请求。

希夏邦马：圣者的殿堂，冷酷的山神

但中国登山队攀登新高峰的脚步，并没有因为苏联人这一段小插曲而停下。

第四章 \ 珠峰之后的新目标：希夏邦马峰
\ 1960年6月—1964年5月 \

中国登山队的眼光，开始聚焦在希夏邦马峰上——这是世界上最后一座尚未被人类所征服的海拔8000米以上的高山；而且在当时，历史上还没有人类接近过这座高山。

最早发现希夏邦马峰的，是1921年的英国珠穆朗玛峰登山队，他们在探察攀登珠穆朗玛峰路线时，远远看到了距离珠穆朗玛峰一百多公里之外的另一座高山，估计海拔在8000米以上。直到1940年代末，才有奥地利考察者从很远的距离上拍下了这座高山的照片。1954年，才有当时联邦德国的刊物，第一次以"高僧赞"名字介绍了这座不为人知的海拔8000米以上的山峰。但是，在几十年的时间内，还从没有人真正接近过这座山峰。

从1956年到1960年间，先后有南斯拉夫、意大利、新西兰和英国的登山探险组织，向中国政府提出过攀登这座高峰的申请，但由于当时中国还不对外开放边境地区的高山，所以这些申请都没有获得批准。

中国登山队在攀登了珠穆朗玛峰之后，就开始了攀登这座世界上最后一座尚未被人类登顶的海拔8000米以上的高峰的准备工作。

人类最先接近希夏邦马峰的行动，是西藏登山营派出的侦察队。1960年12月至1961年5月，西藏登山营侦察队在希夏邦马峰的北边、东边侦察活动长达半年之久，并登上了6300米的高度。西藏登山营的侦察，不但为登山队找到了基本的攀登线路，更重要的是对希夏邦马峰地区的地理环境，有了初步的了解。

从1961年开始，中国登山队继西藏登山营之后，也陆续三次向希夏邦马峰派出了侦察小组，调查了解登山的路线、地形和气候等情况。

1961年4月，国家体委派出以刘连满、张俊岩为首，8名藏族登山队员组成的10人侦察组，从东南、正东和东北三个方向对希夏邦马峰进行了长达一个月之久的侦察，了解进山路线、设营位置和登顶路线的基本情况，特别是查清了山峰的传统名称。

1961年秋，国家体委再次委托西藏自治区筹委会体委，派出了一个8人侦察组，对希夏邦马峰再次侦察。这次侦察登上了海拔6500米的高度，获得了山体结构、积雪厚度等更加详细的资料。

1963年5月，中国登山队与西藏登山营，再次派出23人的希夏邦马峰联合侦察组，侦察组长闫栋梁，组员有西藏登山队教练员邓嘉善、国家队队员刘连满、曾曙生、队医翁庆章、气象员钱增进、西藏登山营队员马保仓、侯生福等人。

侦察组在希夏邦马峰北坡海拔5000米处建立了大本营。相比于1958年中国登山队侦察珠峰和1960年攀登珠峰，侦察希夏邦马峰最棘手的问题是资料和信息的严重缺乏。

当时中国登山队所掌握的相关文字资料，只有一个名叫沃莱斯敦的英国人写的一句话："在聂拉木，发现我们已走到伟大的高僧赞峰附近了，从20英里的远处瞭望了它，但除雾气外，看不大清楚。"

联合侦察组的队员们，克服种种困难，从山峰的北面和东西两侧，对山势走向和地形特点进行了观察和记录，登上北坡海拔6000多米的高度，对通往顶峰的道路及预设营地的位置和路线，绘制了地形草图，并侦察到7200米的东北山脊上，有一条登达顶峰的路线。

在考察工作即将结束的那天，侦察组前方人员开始从海拔6400米的高度下撤。当时气温低，道路崎岖陡峭，大家体力消耗极大。这时教练员邓嘉善出现了严重的高山反应而昏倒，失去行动能力。

同伴们只好把他绑裹在厚帆布的背包上，像拉雪橇那样，两人在前面拉，两人在后面牵着绳索控制速度稳定方向，顺着冰坡滑行而下，将他带到接近海拔5800米的冰塔林地区。这里的冰面凹凸不平，无法再继续拉动背包，于是队员们就轮流背着邓嘉善，艰难地回到海拔5800米的营地，而邓嘉善的高山反应仍然很严重，无法继续下撤。侦察组组长闫栋梁决定派人下山求助。

这时，队医翁庆章和气象组的预报员钱增进，正在海拔5300米的过渡营地待命。当晚23点，接到下山队员带来的邓嘉善病重的紧急消息，翁庆章马上通知了山下的大本营，然后带上必要的药品和便携式氧气瓶，和送信队员一起，不顾深夜能见度差和道路艰难，立即向海拔5800米的营地进发。

由于气温太低，携带的手电筒在一个多小时后就不亮了，他们只能凭借天上星星发出的微弱光亮，再根据冰川的浅灰色反光和冰碛石深灰颜色的对比来识别道路，顶着寒风摸索前进。在崎岖狭窄的路上，两人无法并肩前进、相互搀扶，只能相距五至十米前行，彼此可以瞄见对方模糊的黑影。地上凹凸不平，有时还要越过几段数十米宽的光滑冰面。他们不时地滑倒，然后努力站起来继续前进。因为气温太低容易冻伤，他们也无法停下来做短暂的休息，只能是当一人滑倒时，另一人借此机会原地跺着脚喘息片刻，然后相互鼓励着继续前进。第二天清晨6点，经过艰难的连续七小时夜行军后，两人终于在晨光中看到了海拔5800米营地的黄色帐篷，并且看到刘连满和曾曙生前来迎接、向他们招手的身影。

一进帐篷，翁庆章顾不上喘息，立即对邓嘉善展开抢救。但在海拔5800米的高寒地带，静脉注射时也遇到了困难。帐篷内温度也是零下十几摄氏度，药液因冷冻堵塞针头而推不出来，只好先把针头放到酒精灯上去烧，稍冷却后再进行注射。

注射药物后，接着配合几个小时的吸氧，邓嘉善终于从严重的高山反应中恢复过来，可以站起来，在别人搀扶下也能缓慢行走几步，见此情景，所有人都如释重负。

邓嘉善脱离危险后，侦察组决定从海拔5800米营地下撤。快到达海拔5300米营地时，由大本营派来增援的马匹也赶到了。在其他人的护送下，邓嘉善骑着马在天黑之前平安撤回到海拔5000米的大本营。至此，侦察组的工作也画下了圆满的句号。

希夏邦马峰地处偏僻，历史上还没有人类真正接近过这座山峰，就连当地藏族民众打猎放牧，也距离它有相当的距离。在西藏登山营侦察队到来之前，这座完全位于中国境内的海拔8000米以上的高山，处于与世隔绝的状态，居然都没有一个统一标准的中文名称。

1921年以后，英国、德国、奥地利等国的登山队，也只是从尼泊尔王国的兰塘地区（希夏邦马峰南侧）远远地观看了此峰，有的还做了素描。瑞士地质学家还对此峰进行了航拍。当时没有人知道这座山叫什么名字，一位日本人根据尼泊尔首都加德满都以北50公里处的一个古印度婆罗门种姓寺庙经书中的古印度梵文，给它起了一个很有些宗教意味的名字："高僧赞"，意思是"圣者的殿堂"。在1964年以前，世界各国的地图中，都采用"高僧赞"的译音Gosainthan作为这座山的名字。

　　其实，自古以来居住在这座大山附近的藏族人民，就称它为"希夏邦马"，据考证至少也有数百年了。只因为过去很少有人到这个荒凉的地方来，所以这个名字少为人知。西藏登山营侦察队进入山区时，在较广泛的范围对当地藏族同胞进行了多方面的走访询问，得知当地民众就称这座山为"希夏邦马"，拼音Shishapangma。这是藏语的译音，意思是"冷酷的山神"，还是一位女神。据当地人传说，这位女山神非常冷酷，牧民触犯了她，就让其牛羊死光；农民触犯了她，就让其青稞枯黄。当地的人们，每年都要遥拜这位女神。当问到"高僧赞"时，当地男女老少都摇着头说，"从来没听说过！"关于"希夏邦马"这个名称，西藏登山营和中国登山队派出的侦察队，于1961、1962和1963年先后到当地调查过三次，所接触到的许多老人都是众口一词，只知希夏邦马，不知高僧赞。

　　西藏登山营侦察队根据自己的调查，在侦察报告里将山峰的名字写为"希夏邦马峰"。此后，中国地名委员会也承认了它，希夏邦马峰从此有了正式的名字。

多行业联合组队，班禅亲自壮行，向希峰进发

　　侦察组的几次考察成果，已经可以描绘出希夏邦马峰的基本面貌。这座

高峰海拔高度为8012米,是世界上14座海拔8000米级高峰中的最后一座,也是唯一的一座完全坐落在中国境内的海拔8000米级山峰。希夏邦马峰位于西藏自治区聂拉木县境内的喜马拉雅山脉中段,与卓奥友峰和珠穆朗玛峰遥遥相望,在喜玛拉雅山脉主脊线偏北10公里处,东南距珠穆朗玛峰120公里。其东面是7703米的摩拉门青峰,南侧是7415米的南峰,西边是7292米的西峰和7205米的南当里峰,处在群峰包围之中。

希夏邦马峰本身,由三个高程相近的姐妹峰组成,在主峰西北200米和400米处,分别有8008米、7966米的两个山峰,山势异常险峻。在其东面是海拔7703米的摩拉门青峰,西北面是7292米的西峰。这里是喜马拉雅山脉现代冰川作用的中心之一,发育着巨大的冰川,整个枯岗日山脉的冰川和永久积雪面积达6000平方公里,主要集中于希夏邦马峰周围。它的北坡,横亘着13.5公里长、面积22平方公里的野博康加勒冰川,西面是长达13.8公里的达曲冰川。它的北山脊以东是格牙冰川,南坡有长达16公里、面积为30平方公里的富曲冰川,其末端一直降到4550米的灌木林带。在海拔5000—5800米之间为冰塔林区,延绵达几公里,西南侧有长达20公里、面积为58平方公里的兰塘冰川。冰川的下部,又形成千奇百态的冰塔林区,冰川上布满了纵横交错的冰雪裂缝,经常有巨大的冰崩雪崩发生,到达顶峰之前,一道刀刃般的山脊上,雪层极不稳定,对攀登者来说异常凶险。整座山体,很难找到隐蔽的设营地,所有的预期设营地,都暴露在大风之下。

希峰的气候特征大体上和珠峰相似,每年6—9月中旬是雨季,强烈的东南季风导致暴雨频繁、云雾弥漫、冰雪肆意,这个季节攀登希峰危险系数极高。受西风带高空急流的影响,希夏邦马峰地区常年天寒地冻,最低温度曾达到-40℃。这一山区正好处于喜马拉雅山脉的风口处,所以季风和雨季都很长,适合登山的天气周期短而少,一般一个周期只有三天甚至只有两天。

在攀登希夏邦马峰之前,由于人们对它一无所知,若想从资料或地图上去寻找通向峰顶的路线根本不可能。经过三次侦察,登山队才最终确定了从北坡登顶的路线。这条路线从海拔5000米的山下到海拔8012米的峰顶，攀登路程全长竟长达36公里以上，比过去中国登山队任何一次登山路线都要长。

希夏邦马峰的特殊条件，给攀登带来了许多不同于以往的困难。

6月上旬，侦察组回到拉萨，与西藏登山营大队人员会合。

6月底，侦察组人员与西藏登山营大队人马乘汽车经格尔木、敦煌、柳园到达新疆乌鲁木齐。这时，中国登山队北京登山营的全体人员已先期到达乌鲁木齐。

胜利完成考察希夏邦马峰后，国家体委批准中国登山队于1964年正式攀登希夏邦马峰。为此上报国务院，周恩来总理做出批示："安全第一，不鸣则已，一鸣惊人。"

得到批准后，西藏登山营和北京登山营联合组成了中国希夏邦马登山队，许竞任队长，祝捷、周正和张俊岩任副队长，周正兼主教练，王凤桐和王富洲任副政委。全队共205人，来自汉、藏、满、回等多个民族，包括有医疗、新闻、摄影、绘图等多个行业，年龄最小的仅19岁。另外，队伍中还有14名专业科学家组成的中国科学院希夏邦马峰科学考察队。

中国现代登山运动从一开始就同科学考察联系在一起，主管体委工作的贺龙副总理，一向强调登山运动要与科学考察配合。他曾经说过："没有科学考察，登山就没有生命力。登山队员要用科学成果为国家建设服务。"攀登珠峰成功以后，贺龙向登山队员提出了要成为登山家、探险家和科学家的新要求。登山队准备攀登希夏邦马峰时，贺龙还决定，攀登成功以后，要举办一次高山科学考察展览会。

希夏邦马峰的科考队由中科院组建，冰川专家施雅风任队长，地球环境专家刘东生任副队长（两人20世纪80年代都成为中科院院士）。科学考察队下分测量、冰川、地质、地貌及第四纪地质4个专业组，共有研究人员14人。他们是：中国科学院施雅风（队长）、刘东生（副队长）、米德生、郑本兴、季子修、黄茂桓、谢自楚；地质部地质科学研究院张明亮、熊洪德，国家测绘总局于吉廉、周季清，北京大学王新平、崔之久，北京地质学院张康富；此外，登山队自身也成立了科研组，王富洲、王鸿宝、文传甲、仇绪芳、石竞、陈世文、翁庆章、彭光汉、曾曙生、邬宗岳、钱增进等有大学学历和学有专业的队员，在攀登期间也有系统地进行了科考研究工作。

1963年7月至9月，登山队全体人员首先在博格达山下的天池边进行了身体素质训练，然后又在博格达冰川进行了冰雪技术训练。训练中，要求运动员下到近百米深的冰裂缝中练习自救和互救，提高遇险时的心理素质和快速反应能力。此外，还在冰陡坡上训练了各种攀登和下降技术，练习如何通过暗裂缝等科目。

训练结束后，全队于9月中旬来到重庆北温泉疗养院，又进行了为期5个月的冬训，目的是大幅提高运动员的各项身体素质指标。冬训主要采用大运动量训练，测验指标主要是负重行军。每位运动员要负重45公斤，每天行军10个小时，连续坚持8天才算合格。另外，还要完成俯卧撑、仰卧起坐、立定跳远、单杠引体向上等指标。训练结束时，全体运动员均完成了各项冬训指标，许多人是超额完成。在冬训期间，队里规定运动员不得喝酒和抽烟，否则将受到处罚。那时有的"烟鬼"在教练查房时来不及将烟掐灭，而随手将燃烧的烟装进衣服口袋里，最后烧疼了才露了馅。

进山之前，登山队全队做了职责划分，运动员分为三线队伍：三线队员负责大本营至海拔6900米处的建营和物资运输任务；二线队员负责海拔6900米至海拔7700米路线选择、修路、建营和物资运输任务；一线队员负责实施登顶任务。

登山队副队长兼主教练周正，奉命于1963年11月来到拉萨，将贺龙元帅的亲笔信面交西藏军区副司令员陈明义，请求西藏军区对登山队给予支援。接到贺龙元帅的信后，西藏军区与西藏自治区协商，成立了登山指挥部，总指挥由西藏军区副司令员、西藏自治区体委副主任陈明义担任。指挥部从军区部队中选拔了五十多名干部战士，集中在拉萨进行身体素质训练和登山基本知识的学习，以便承担高山物资运输任务，并特派西藏军区政治部青年部部长杨克任登山队第一政委，日喀则军分区的贾启廉任登山队第二政委。

登山队全体人员到达拉萨后，正副队长由西藏自治区政府副主席多杰才旦和自治区筹委会副主任乔加钦陪同，前往罗布林卡谒见人大副委员长、全国政协副主席班禅额尔德尼确吉坚赞大师。登山队到来之前，班禅大师就曾多次向有关方面询问登山队的情况，故而自治区方面专门安排了这次特殊的拜访。会见时，班禅大师对登山队的情况问得很详细，甚至连在山上遇险如何营救这样的细节都问到了。他一再地说："来到西藏，就和在北京一样，有什么需要就像在家一样，随时提出来，我们都能解决……"最后，班禅大师祝愿登山队取得成功，并说他将亲自欢迎登山队胜利归来！

从海拔5300米到7700米，六大营地为登顶保驾

1964年3月18日，登山队的三线队伍抵达希夏邦马峰的山脚下。谁知刚到山脚，就发生了意外情况：登山队遇到了狼群！谁也没有想到，与世隔绝的希夏邦马峰，竟然是如此的荒凉！这里的狼群根本不怕人，在登山队有枪的情况下，狼群还与他们整整对峙了一夜，才最后败退而去。打退了狼群之后，三线队员在海拔4550米的朋曲河边建起了登山大本营，共搭建了18顶能容纳20人的大帐篷，以及10顶略小的帐篷。

三线队员建好大本营之后，很快就开始了第一次适应性行军。从3月底至4月14日，石竞率领的运输分队，先后完成了设立一号（海拔5300米）、二号（海拔5800米）、三号（海拔6300米）、四号（海拔6900米）共4个高山营地的建营工作，并陆续向各个营地运送了5吨的物资和装备，顺利完成了

任务。

4月14日18时15分，登山队副政委王凤桐、二分队分队长闫栋梁率领由40名二线队员组成的高山物资运输分队，从二号营地出发尝试向前推进，准备按计划建立五号营地（海拔7500米）和六号（海拔7700米）突击营地。第二天凌晨时分，队伍抵达海拔6300米的三号营地时，天气突变，暴风雪来临，队伍只得回撤至二号营地。

高山物资运输分队在二号营地，被暴风雪围困了整整四个昼夜。4月20日天气好转，40名队员在分队长闫栋梁率领下紧急出发，首先攀登海拔6300米至海拔6700米的冰陡坡，登上这段陡坡后，就来到希夏邦马峰西北山脊下的冰川大通道。这个长约5公里的冰雪通道，夹在希夏邦马峰和北峰之间，裂缝不多，坡度较缓，但因两端无山峰遮挡，所以高空风力特别大，常常刮得人都站立不稳。海拔6900米的四号营地就设在北峰脚下，高山物资运输分队越过四号营地继续上攀，登上海拔7000米的西北山脊，当日登达海拔7500米处，建立了五号营地。

4月21日，30名队员分两批从五号营地出发继续向上攀登，这一路坡度陡积雪深，山脊线上风力很大，南侧是雪崩区，队伍只能在接近山脊线的内侧艰难攀登，历经7个小时，才上升了200米海拔高度，于天黑前才到达海拔7700米雪坡上，建立了六号突击营地。营地距离峰顶只有312米的海拔高度，是中国登山队历次攀登活动中，最靠近顶峰的营地（攀登珠峰时该数据为海拔382米）。

到达海拔7700米之后，闫栋梁、刘大义、王振华、王鸿宝、胡明虎、侯生福、尼玛扎西、戛索等8人留下建营和整理物资，其余的22名队员卸下背送的物资后，立即连夜下撤到海拔7500米的五号营地。第二天，在五号、六号两个营地的所有队员，都安全撤回到了海拔5800米的二号营地。

高山物资运输分队的此次行军，建立了五号、六号营地，并将700多公斤的物资及食品分别运送到了这两个营地，为最后的登顶打下了坚实的基础。

当高山运输分队还在下撤的时候，一线队员和科考队的专家们，于4月22日抵达了大本营。一线队员抵达后立即进行了一次适应性行军，到达海拔6600米高度后返回。待高山运输分队完成行军回到大本营后，通过两次行军圆满完成建立6个高山营地、运输存放充足登山物资和高山食品的计划。三线队员齐聚希夏邦马峰登山大本营，虽然天寒地冻，但却热闹非凡。队员们在那里经常开展排球和足球比赛，还在那里架起一副篮球架。所有队员进入休整，等待着好天气的到来，准备正式突击顶峰。

科考队的专家们，从一动身向希夏邦马峰地区出发，就开始了各种科学考察研究工作。沿途正值修筑中尼公路，副队长、地球环境专家刘东生特别专注于施工中新暴露出来的岩石地质情况，不顾塌方和飞石，坚持要做近距离的观察。有一次一块巨大的飞石从天而降，与正在细致观察岩层的刘东生擦肩而过，砸毁了正在修筑中的半边公路，巨大的气浪将刘东生扑在岩壁的死角中，惊险场面令当时的目击者都目瞪口呆，所幸刘东生只是受了一点擦伤。

抵达大本营后，科考队就立即展开了紧张的考察工作。这些专家们的年龄比登山队员们要大不少，科考队队长施雅风已经45岁，副队长刘东生已经47岁。这些专家们在高寒缺氧的环境下，每天工作近10个小时。在登山队员们向希夏邦马峰顶峰突击期间，施雅风、刘东生多次带领科考队员们和登山队员们一样，不顾危险，也采用结组攀登的方式，努力攀登到预定的海拔高度，进入冰塔林和冰洞去对冰川地质做详细的观察和记录，在海拔5000米以上的地区挖掘、采集各种标本。施雅风甚至与队员们一起上到海拔6200米的高度，去观察古老的冰川堆积。他们获得的第一手冰川资料，为后来展开的喜马拉雅地区冰川的大规模研究，提供了极为宝贵的研究基础。北京地质学院教师张康富，在海拔5900米处发现了高山栎化石，经鉴定后发现，其地质年龄只有两百万年，有力地证明了青藏高原在两百万年间强烈升高了3000米。这块化石，在学术界引发了长达十多年关于"青藏高原隆起时间、幅度和阶段"问题的大规模科学论证。

大本营险遇狼群包围

4月25日，气象预报中的好天气来临。按照预定计划，登山队副队长周正、副政委王凤桐等留守大本营，登山队队长许竞、副队长张俊岩、副政委王富洲率领10名登顶队员和2名医生、3名记者组成登顶突击队，从大本营出发，开始突击希夏邦马峰顶峰。

登顶突击队出发之后，大本营却发生了一件令人想象不到的事。

4月26日夜间12点半左右，解放军的警卫排长刘天功，突然闯进副队长周正的帐篷将他叫醒，神情紧张地说："周队长，有情况！"当时逃至境外的西藏达赖叛乱集团，经常派人窜回国内抢劫杀人，登山队上下都保持着高度的警惕。周正一听，立刻提着手枪和刘天功一起前去查看。在明亮月光下，却见有二十多条狼包围了登山队管理员戴绍成所在的帐篷，正在发出凄厉的嚎叫。周正后来回忆说："人们常说鬼哭狼嚎，现在我可是领会到它的难听了，如此凄惨，如此啸戾，仿佛要将你的心撕碎！"

狼群不断地嚎叫，还引来了四面八方其他狼群的回应，帐篷四周很快就聚集起了一百多条狼！周正与刘天功马上走进戴绍成的帐篷，戴绍成正在浑身发抖，见他们进来，半天才缓过一口气来说："啊呀，可把我吓坏了！"

原来，三天前因登山队需要燃料，戴绍成和负责警卫的解放军战士，开着卡车到营地附近的山谷中去打柴，不料遇到一条体型硕大的野狼，突然从树丛中向戴绍成扑来，同行的解放军战士当即开枪击毙了野狼。他们把狼的尸体带回营地，交给科考队的动物组。动物组的专家对这条狼做了详细的测量，鉴定是一头怀孕的喜马拉雅狼，这是一个比较特别的高原物种，其体型和心脏比一般的狼都要大很多。登山队副政委王富洲，还帮助动物组的专家们对这条狼做了解剖，取出了两只小狼胎，用福尔马林浸泡起来，准备做分析研究，动物组专家还准备把狼皮带回北京做标本。

管理员戴绍成对这一切都很好奇，向动物组提出，把狼皮给他做纪念。动物组一开始没同意，恰好第二天又猎到一条皮毛更完整的雄狼，动物组就把那张旧的狼皮给了戴绍成。戴绍成非常高兴，把狼皮仔仔细细收拾干净，摊开来用钉子钉在他帐篷附近的枯草地上晾晒，准备晾干后带回北京去。

第二天天亮，就发现那张狼皮上有许多带着泥土的爪印，可见夜里有狼群来过了。当天正值突击队要出发，大家都在忙着各自的工作，戴绍成对此也不以为意。不料想第三天夜里，就引来了狼群！

周正和刘天功拿着枪，在戴绍成的帐篷里与狼群对峙了一夜，幸好这一夜上百条的庞大狼群还只是在帐篷周边不停地嚎叫，没有对帐篷发起攻击。直到天亮，狼群才离去。

狼群一走，戴绍成立即就把狼皮转移到距离营地一百五十多米之外的朋曲河对岸去晾晒，于是夜里狼群就去那边嚎叫了。两周后，狼皮晾干了，戴绍成将它卷起来用多层油纸包好，装进一个铁筒内，又放了好多樟脑丸，严密地封好，放在他管理的库房帐篷里。从那以后，狼群就再也没有靠近过登山队的营地了。

营地被雪掩埋

登顶的突击队在出发的当天，就越过一号营地直接抵达5800米的二号营地。这个营地建在野博康加勒冰川的碛石上。从这里向上攀登，首先要通过冰川的冰塔林地区，再向上就到冰川的裂缝区，其威胁最大的是前进方向右侧的雪崩。

4月28日，突击队员到达海拔6900米四号营地，但不见营地帐篷，而只有路标插在那里。连日的大雪，已经把营地的帐篷全都掩埋了。突击队员们齐心协力，用了两个小时才把帐篷都挖了出来。重新搭好。这时，天已经黑了。

当天夜里，四号营地遇到一场暴风雪，风力达到了八九级。大风吹来的堆雪，把营地一米多高的帐篷掩盖得只露出十厘米的尖了。

4月29日清晨，帐篷里的队员们开始活动起来，队医翁庆章一推帐篷的门帘，发现外面全被积雪挡住，就像在推一堵墙一样，根本出不去。这时，他们听到气象预报员文传甲在附近观测气象的声音——他所在的帐篷因地形和风向关系，被雪埋得不太深，他可以自行出来。于是困在帐篷里的队员们通过呼喊向他求助，文传甲费了很大的力气才把帐篷前的积雪铲掉，被困的队员们才得以脱身出来。

雪虽然停了，但风仍然太大，队伍因此不得不在四号营地停留了一天。

随队的队医和记者都留在四号营地，13名突击队员开始向海拔7500米的五号营地进发，途中有一段坡度40°的冰坡，积雪厚达30多厘米，队员行走十分困难，副政委王富洲一直坚持在前面开路。经过8个多小时的攀登，队伍到达了海拔7500米的五号营地。这里的帐篷和物资也全都被雪掩埋了，队员们只能把帐篷和物资再挖出来，重新设营。

5月1日早晨，13名突击队员继续向上攀登，这一段都是平均坡度达50°的冰坡。教练员成天亮走在前面开路，他用冰镐在冰面上砍出一个个台阶，以利后面队员通过。到中午12时30分，全部突击队员到达了海拔7700米的六号突击营地。队长许竞决定，全体队员休息半日，明天突击顶峰。队员们在靠近三角石的营地上方搭建了两顶帐篷，在营地下方二十米处搭了另一顶帐篷，每个结组（三到四人）住一顶帐篷。

经过艰苦行军的队员们，在帐篷里正准备烧水吃干粮。成天亮走出帐篷取冰，他为了放松身体，一时大意没穿带冰爪的登山靴，只在脚上套着鸭绒手套。因为营地设在冰坡上，他刚出帐篷就突然滑倒，飞快地向下滑去。这时幸好住在下边帐篷的邬宗岳也出来取冰，听到叫声抬头一看，就知道发生了什么，他迅速走上几步，对准成天亮下滑的方向，将冰镐插进了雪坡中，下滑的成天亮就正好叉开双腿骑在了冰镐上，一次重大滑坠事故被阻止了。

1964年5月2日10点20分

下午5点多天黑时，大本营通过步话机通知突击队，气象台预报，5月2日、3日均为一等好天气。得知这一消息，队员都非常兴奋。队长许竞召开各结组组长会议，要求大家尽早休息，以恢复体力。根据营地物资储备较多的条件，让大家尽量吃饱喝足。计划第二天登顶时，队员分为两组，一组6人，一组7人，交替担任突击和支援任务。第一组冲击顶峰时，第二组负责支援；当第一组冲击顶峰成功下撤回营地后，第二组再向顶峰发起冲击，第一组则担负支援任务，两组最后会合，相互保护下山。

这天夜里，天气晴朗，月光明亮，但非常寒冷。队员们穿着羽绒衣坐在睡袋里还瑟瑟发抖，激动的心情和寒冷使大家没有一丝睡意，只好烧着小煤气炉一边取暖一边喝水，等待着黎明的到来。

5月2日凌晨4点，队员们动手烧水吃饭。所谓早饭，实际上就是每人4块软糖和一杯不烫手的"开水"。突然，一阵大风吹过，发出呼呼的吼声，气炉上的火光摇晃了几下，几个队员不约而同地担忧起来："天气又要变坏了吧？"又有人说："只要给我们几个小时就行了，即使是二等天气也没关系。"一会儿风停了，帐篷恢复了平静，副队长张俊岩拨开帐篷门向天空看了看，高兴地叫道："同志们，好天气！"

这时，风雪已经过去，一弯明月挂在空中，月光照射在坚硬的冰雪面上，闪烁着幽蓝色的光彩。一见天气良好，突击队所有人都兴奋起来，大家立即整理背包，整装待发。队长许竞根据大家的身体状况，对登顶编组做出调整，取消分两组交替冲击支援的方案，已经出现高山反应和体力衰竭迹象的大米玛、嘎久群培和边巴次仁，留在突击营地作为后备和接应人员，其他队员分为三个结组，一次性突击顶峰。第一结组有许竞、成天亮、邬宗岳和索南多吉；第二结组有张俊岩、米玛扎西和多吉；第三结组有王富洲、陈三和云登。

5月2日清晨6点，突击顶峰的队伍不待天亮，就在月光下出发了，10名队员冒着-25℃的严寒和呼啸的高空风，沿着冰陡坡向上攀登。借助月光，后边的队员看着前方队员行走的黑影，三个结组依次而行。邬宗岳走在第一结组最前面，负责为全队开路，他边走边大声提醒大家注意危险。可刚一出发，就有队员滑进了冰裂缝，好在及时发现，才免于一难。走了没多远，又有一名队员再次脚下一滑，摔了出去，好在身边的队友及时保护，才没有出事。

尽管遇到些危险，但队伍行进的速度仍然很快，一鼓作气到达海拔7800米，准备向左上方斜切上升高度。这时月亮下山了，天空很黑，正是黎明前的黑暗时分。左上方从远处看是一片发亮的冰墙，实际上是一处冰瀑区形成的坚实硬冰陡坡，平均坡度在50°以上，冰瀑区的下面是直泻千丈的冰雪陡坡。这是到达顶峰的唯一通道，队员们必须从这里横切过去，才能绕道攀向峰顶。队长许竞命令大家休息一下，等待能看清路线时再前进。

破晓时分，队伍开始通过这个冰瀑区的冰陡坡。走在最前面的邬宗岳用冰镐刨出一个个台阶，率先前行。这条冰坡长度还不足20米，但每走一步都需要用冰镐砍出台阶，队员们不得不全身斜靠在冰面上，双手横握冰镐，爬在冰面上反复做"三拍法"的动作，一只脚确实踩稳后，才能挪动另一只脚，每前行一步都十分艰难而危险。为了保证队伍安全通过，队长许竟在冰坡的一端打下一个可以穿挂尼龙绳的钢制保护冰锥，利用结组主绳进行保护，前两个结组顺利地通过冰瀑。第三结组通过时，眼看就要过去了，突然，走在最后的王富洲脚下一滑，身体失去平衡，只听他喊了声"保护！"，话音未落，身子早像箭一般飞快地向下滑去。

听到王富洲的喊声，同组走在前面的陈三和云登，立刻做出了制动保护的动作，将手中的冰镐用力向下插入冰雪中，特别是处在第二位的云登，王富洲滑坠的重量通过结组绳大多集中在他的身上。他不但立即把冰镐插入冰雪中，更是全身扑上去死死压住冰镐。说时迟那时快，只见结组绳一震，王富洲的滑坠停止了，这时他已经滑下去了大约20多米。

出现滑坠后，队长许竞立即要求大家放慢行军速度，走好每一步。突击队整整花了半小时，才全部通过这段不足20米的冰坡。

绕过两座巨大的冰瀑区以后，接着就是一个屋檐式的较平缓的台阶。突击队伍翻过一个粒雪坡，就向右拐进一个山坳，开始沿着一座大约45°的雪坡向上攀登。副队长张俊岩换到最前面开路。这里的雪有些特别，被压得很实，冻得异常坚硬，队员们不得不匍匐着爬行，采取先用冰镐固定一下再先后迈动两脚的"三拍法"缓慢前进。由于空气稀薄，所有人的呼吸都变得更加急促，两腿变得酸软而沉重，前进的速度更缓慢了。

太阳升起来了。全队在这种地形上前进了50米左右，然后拐向左上方，终于到达一条相对平缓的雪脊。在这里，已经可以看见峰顶！队伍中有人禁不住激动地喊了一声，但绝大多数人此时已经完全没有力气回应，大家只能稍作喘息，继续踏上最后的路程。

又绕过一个蘑菇状的屋檐式台阶后，左边出现了一个山脊，地形变得狭窄了。10点10分时，第一结组攀上了雪檐顶部，再走几步，眼前豁然开朗，一个被冰雪覆盖、大约5平方米的三角形地带尽收眼底——希夏邦马峰的峰顶！

距离希夏邦马顶峰只有不过10米左右了，但是队员们都已经感觉到体力的巨大消耗，许竞决定队伍到齐后，大家休息片刻，然后一起登顶。

说是休息，也就是仅仅过了5分钟。在征服世界最后一座海拔8000米以上高峰的信念鼓舞下，队员们就开始了最后的冲刺！本来走在队伍前边的副队长张俊岩，让队长许竞走在前边，率领大家走完这最后的10米。

很快，所有队员依次登上了峰顶。这时高空风依然很大，互相大声说话也听不清。顶峰的地形是个三角形的雪堆，跟大轮船翘起来的船头非常相似，周边都是吹雪形成的雪檐。10点20分，最后一名队员登顶。

在峰顶休息了10分钟后，许竞从携带的日历上撕下了"5月2日"的一页，用铅笔在背面写下："许竞等10名中国登山队员征服了希夏邦马。1964年5月2日"。

队员索南多吉从背包中拿出了五星红旗和一尊毛主席塑像，连同许竞的日历页，一同埋入了山顶上的雪洞中。在王富洲和成天亮的保护下，张俊岩和邬宗岳用十六毫米电影摄影机，把这些活动一一拍摄下来，队员陈三、成天亮和云登用照相机分别为大家合影留念。许竞用报话机把这一登顶胜利的消息报告给了大本营。其他队员在峰顶收集了冰雪和岩石标本，还树立起了事先准备好的觇标，报告山下的测量人员对准觇标测量高度。这也是中国第一次结合登山活动，对海拔8000米以上的高峰进行测量。

在峰顶活动了40分钟后，11时整，全队分别结组，许竞发出下山命令，要求大家必须集中精力，在危险地段做好互相保护，一定要安全返回去，才算完成了任务。

队伍在下撤途中，经过海拔7700米的突击营地和海拔7500米的五号营地时，把重要的登山物资都背了下来，但出了一件不小的纰漏——将步话机丢在了突击营地。

队伍下到海拔7300米的冰陡坡时，走在前边的张俊岩小组发生了滑坠。队员尼玛扎西因缺氧和疲劳，出现了意识迟钝的高山反应，前面已经几次摔倒，都被跟在后边的张俊岩和多吉保护住了。这时他再次摔倒滑坠，因为是在冰坡上，保护相当困难，连带着同组的张俊岩和多吉，三人一起从冰坡上向下滑坠翻滚，互相都被冰爪和冰镐扎伤了脸和手。衣服也撕破了，一时羽绒乱飞。三个人一起滑坠了两百米以后，才停在了一条一米多深的、被积雪填满了的裂缝中。幸而他们都是皮外伤，不影响继续下山。

张俊岩回忆这次险情时说："那次登顶成功后，我们一组三个人下撤到7300米的冰雪坡时，走在最前面的尼玛扎西背的东西太多，导致他脚腕发软，一下摔倒，开始往前滚，然后多吉跟着也往山下滚。"

走在最后面的张俊岩，虽然身材高大，但依然无法阻止巨大的下坠力，他和前两名队员一样，飞速下落："说是滚，但是人不像皮球，能平滑地下滚，滚到有岩石的地方，我们都被弹起来老高，把我的胸腔震得快疼死了。"

而让张俊岩觉得十分好笑的是，当他们遭遇滑坠、命悬一线时，驻扎在海拔6900米营地的一位队员，远远望见上面山坡有几个正在滚落的小黑点，心里还在纳闷："这几个背包都是谁的啊？都快滚到我这儿了！"

这位队员又眨眨眼睛仔细定睛一瞧，才看清楚："原来这都是登山队员在往下滚啊！"

好在这时，张俊岩和他的队友在滚出去很远遇到雪槽后停了下来。前来接应的救援队员也及时赶到，张俊岩和尼玛扎西站起来，拍了拍身上的雪，觉得身体除了因磕碰有点疼外，并无大碍。而多吉却已经站不起来了，后经医务人员确诊他断了两根肋骨。当天，队伍全部下到了海拔6900米的四号高山营地。

5月4日，全体登山队员都安全回到了大本营。

此次攀登希夏邦马峰登达顶峰（海拔8012米）的队员有10人。他们是：许竞、张俊岩、王富洲、邬宗岳、陈三、成天亮、索南多吉、多吉、尼玛扎西、云登。

登达突击营地（海拔7700米）的队员有33人。他们是：闫栋梁、刘大义、王振华、大米玛、王凤祥、嘎索、嘎久群培、边巴次仁、尼玛扎西、罗布、文传甲、胡明虎、拉巴、邹兴录、罗则、小巴桑、曹延明、拉真、普布扎西、边巴顿珠、罗朗、侯生福、黄万辉、王洪宝、罗桑坚赞、小索南旺堆、益西、张久荣、高谋兴、阿旺、吴群、小米玛、索南次仁。

登达五号营地（海拔7500米）的队员10人。他们是：明玛、扎西班觉、索南旺堆、达拉、扎西次仁、本则、普布、扎西才旦、多吉、索南彭措。

最后一座8000米"喜马拉雅黄金时代"的完美句号

登顶成功的同日，中华人民共和国副总理兼体育运动委员会主任贺龙给全体登山队员发了贺电，对他们的胜利致以热烈的祝贺和亲切的慰问。中国登山协会、中华全国总工会和共青团中央，也打电报给中国登山队，热烈祝贺他们登上希夏邦马峰。

5月12日，全队人员返回到拉萨，班禅副委员长率人在罗布林卡搭起了一座能容纳百人的大帐篷，带领众多僧官和拉萨各界上万群众一起，隆重举行了登山队胜利归来的欢迎仪式。当晚，班禅还设宴招待登山队与科考队全体成员。

当年6月，在北京人民大会堂举行了成功攀登希夏邦马峰庆祝会，彭真、贺龙、刘仁等国家领导人出席了大会。会上，国家体委向中国登山队授了奖。

贺龙在招待登山队的宴会上说："登希夏邦马峰，没有一条现成的道路，但路是人走出来的。中国登山队员在党的领导下，依靠集体的力量，依靠自己的一双手、两条腿，从万分险恶的岩石和冰雪上，踏出一条路来，直达顶峰。"他号召全国体育工作者和运动员向登山队学习，横扫骄娇二气，吃大苦、耐大劳，勤学苦练，掌握过硬本领，迅速地攀登上各项体育运动的世界高峰。

中国登山队10人安全地登上海拔8000米以上的高峰，在我国登山史上还是第一次，也打破了当时海拔8000米以上高峰登顶人数的世界纪录。中国登山队自攀登贡嘎山以来，在四次重大登山活动中都有队员牺牲，而攀登希夏邦马峰不仅打破了登顶人数的纪录，更做到无一人牺牲。这也表明，中国登山队的技术能力、组织水平都达到了一个崭新的高度。

中国登山队的成功，既为世界高山探险史谱写了新的篇章，为中国人民赢得荣誉，也为世界高山探险的重要历史阶段——"喜马拉雅的黄金时代"画上了一个完美的句号。

登山队员邬宗岳攀登希夏邦马峰时，在非常恶劣的条件下，圆满完成了对这座高峰的电影拍摄任务。影片公映后，在国际登山界引起了不小的轰动。邬宗岳因此荣立特等功，并作为登山队的代表，参加了1964年新中国成立十五周年庆典。

攀登希夏邦马峰，也是我国科学考察和登山运动密切结合的一次活动。科考队对希夏邦马峰的考察，编写了一系列科学论文，对中国科学界认识低纬度世界最高峰区的冰川发育特征有重要意义。希夏邦马峰的考察，也成为从1966年开始的对世界第一高峰珠穆朗玛峰和西藏地区大规模科学考察的前奏。

\ 第五章 \

第二次登顶珠峰

1965 年 4 月—1975 年 5 月

雪人、喇嘛、绒布寺——再次侦察珠穆朗玛峰

早在1960年，中国登山队首次从北坡登上珠穆朗玛峰后，国家体委主任贺龙就构思了一个更加宏伟的登山设想，他问登山队领导人："珠穆朗玛峰，你们能不能从北坡上，而从南坡下？"这是历史上第一次提出珠峰"双跨越"的设想。

1961年，中国登山协会在女子登山队攀登公格尔九别峰的同时，向国家体委提出：男子登山队计划于1964年向世界上最后一座8000米以上的处女峰——希夏邦马峰冲刺。贺龙非常支持这一计划，并且在攀登希夏邦马峰的基础上，再次提出了珠峰"双跨越"的设想："爬希夏邦马峰，要爬就得爬上去。将来再登珠穆朗玛峰时，从北边上，南边下；或从南边上，北边下。"

1963年5月22日，美国队成功开创了珠峰的第三条线路"西山脊转北壁路线"并登顶。

1964年6月，鉴于美国登山队1963年已经实现了珠峰"西上南下"的跨越，贺龙在中国登山队攀登希夏邦马峰获得巨大成功的基础上，提出了珠峰"双跨越"的时间要求，"要在三年内北上南下珠穆朗玛峰"。

根据贺龙的指示，国家体委在以"北上南下，南上北下"的方式跨越珠峰的构思基础上，按照从路线和攀登难度上超越美国的标准，做出了最初的方案："1967年从珠穆朗玛峰的东西南北四面交叉跨越顶峰，创造登山界的

世界之最。"

1965年，经国务院批准，中国登山队准备于1966—1967年再度攀登珠峰。同时，中国科学院也准备借这次登山行动，在珠峰地区进行一次更大规模的综合科学考察。此次行动先不进行新闻媒体报道，准备攀登珠峰圆满成功后再向世界宣布。

同年，为扩大登山运动的队伍，国家体委在已有的北京登山营（直属国家体委）和西藏登山营之后，又组建了新疆登山营。登山营的成员主要有从国家登山队调来的张俊岩、屈银华、刘大义、闫栋梁、杨德友、雷耀荣、邹兴禄和文传甲，另有从新疆南、北疆地区和新疆军区选调的12人。

1965年4月6日，中共西藏工委常委会议经过讨论，决定成立"攀登珠穆朗玛峰指挥部"，由西藏军区副司令员、西藏自治区体委副主任陈明义担任指挥长。

为实施珠峰跨越计划，1965年的4月下旬到5月中旬和10月中上旬，中国登山队派出了以许竞为组长的侦察组，成员有王凤祥、张俊岩、邬宗岳、屈银华、曾曙生、王鸿宝、赵文伯、成天亮、侯生福、尼玛扎西、罗朗、嘎索、罗布次仁等人。侦察组春秋分两次进入珠峰北侧区域，对东山脊、西山脊和东北山脊，进行线路侦察。

1965年4月下旬，侦察组来到珠峰脚下的绒布寺。绒布寺坐东朝西地建筑在绒布河谷东面的岩坡上，1960年攀登珠峰时，登山大本营就建在绒布寺南边8公里外的冰川舌部。这次侦察组又把营地设在了绒布寺附近。

绒布寺僧人虽然不多，但建筑面积很大，可住五百人左右，这座寺院只有大约一百年的历史。沿着中绒布冰川上行大约一公里，在海拔更高的地方，还有一座更小的绒布德寺，那个寺院的历史年代比绒布寺要久远得多，已经传承了好几代。

1960年攀登珠峰的时候，队员们都没有机会好好看看绒布寺。这次侦察，需要对当地的情况做细致的调查，所以走访绒布寺，也是侦察组的工作

第五章 \ 第二次登顶珠峰
\ 1965年4月—1975年5月 \

内容之一。

4月24日，组长许竞和队员曾曙生，由藏族队员罗朗做翻译，前去拜访绒布寺的负责人央金。央金是一位老尼姑，常年的高原生活令她显得非常苍老，难以判断出她的准确年纪。罗朗把来意告诉了她，央金微笑着把三人让进了她住的那所又黑又暗又矮的石头房子里。进屋之后，许竞和曾曙生意外地发现，窗台边的一张小桌上，竟放着一本藏文版的《毛泽东选集》，这令他们大为惊讶。

许竞和曾曙生拜访央金，主要是想从她那里了解当年英国登山队来攀登珠峰的情况。央金介绍说，当年英国登山队来时，曾在绒布寺放了很多东西。1960年西藏土改，央金等绒布寺负责人到巴宗区去学习时，区里派人把这些东西用牦牛驮走了。她说："英国人送东西是三十多年前的事情，我今年55岁（无意间她说出了自己的年龄），还有点儿印象。"

她还听老喇嘛们说过，当年英国登山队把许多东西放在了山上，后来被曲布的人（指更高海拔处绒布德寺的人）偷走了一部分。曲布的人偷东西时遇到了雪人，吓得跑回去了。

听到这里，许竞小心地问："是雪人么？"显然，登山队员们不相信真有雪人。不料央金却用很平静的态度，向许竞等人详细介绍了她所知道的雪人情况，包括雪人的具体形态、生活习性、叫声特征等；并且还说，每年雪人都要经过绒布寺到乔乌雅峰附近的乔那布桑雪山去过冬。仿佛她真的见过雪人！

许竞等人不禁对央金说的雪人发生了兴趣，继续询问。央金说，她虽然没有见过雪人，但有很多人见过。而她在二十多年前，曾听到过绒布寺附近有雪人的叫声，很令人害怕。1960年以后，就再没有雪人来过了。

说完了雪人，央金还介绍说，1964年珠峰发生过一次地震，当年冬天还有一场几十年没见过的暴风雪。但是无论再怎么冷，绒布寺旁的泉水却从来没有冻住过。

接着，央金又说起看到过飞机。曾曙生特意画出了直升机的简图，请她辨认。央金看着图指出，飞机来过两次，一次是1963年，一次是1964年。1963年那次在珠峰西山脊附近飞，后来从罗拉山口出去，声音很大，是直升机；1964年来的是小飞机，不是直升机，从东边的卡达过来也从罗拉山口出去。

从央金介绍的情况来看，境外势力对珠峰地区一直有所觊觎。谈话的最后，许竞他们问央金，对将来有什么愿望？央金的回答也很令他们意外，她说自己的愿望是："小孩长大以后不当喇嘛，出去工作。"

在旧西藏，当喇嘛是男孩最好的出路，有男孩的人家，每家至少要把一个男孩从小就送去当喇嘛。央金如此回答，就充分表明，西藏民主改革的巨大影响力，已经深深地波及偏僻的珠峰脚下。

在央金的带领下，许竞、曾曙生和罗朗参观了整个绒布寺，在僧房门口还见到一位晒太阳的老喇嘛。经过罗朗的翻译，他们得知老喇嘛名叫贡钱觉美确达，今年七十五六岁，在屋里念经修行已经七年，没吃过肉也没喝过茶，只吃糌粑喝清水，他还到过海拔5100米的绒布堆（藏传佛教建在野外的玛尼堆）。老喇嘛向许竞等人详细介绍了绒布寺的历史，还给他们看了绒布寺创始人南木加桑布留下的"圣迹"。

告别了神秘的绒布寺，侦察组于4月29日早上9时离开大本营，开始对珠峰西山脊和罗拉山口进行侦察，任务是观察西山脊登顶路线和罗拉山口能不能下到南侧的登山营地。侦察组成员有邬宗岳、侯生福、尼玛扎西、成天亮、曾曙生和王鸿宝等人。曾曙生和邬宗岳负责照相和摄影。侦察组当时拥有进口的先进照相机和摄影机以及为数不少的相关配套镜头，甚至还有少量当时国内很罕见的彩色胶卷。这些器材多到曾曙生和邬宗岳两人都背不动，需要分摊给大家来携带。

当天天气良好，侦察组一天行军后，傍晚在中绒布冰川中碛上海拔5600米的地方宿营，在冰塔林旁边搭了三顶帐篷。

4月30日早上7时30分，侦察组出发去侦察罗拉山口。计划向西南方向穿过冰塔林去罗拉山口。但是，从9点10分到13点20分，侦察组在冰塔林里迷路，最后没能找到穿过冰塔林的路线，曾曙生还掉进了冰湖里把左手拇指扭伤了。侦察组当天只好又返回海拔5600米的营地。

　　5月1日，侦察组另选路线，决定从中绒布冰川东侧绕到章子峰西坡脚下后，再穿过雪原去罗拉山口。途中，队员们对沿途的冰雪情况做了详细纪录。在路上，侦察组还发现两处过去英国队的营址。14时30分，侦察组到了海拔5950米距罗拉山口不远的地方。组长许竞决定在此宿营，准备当天多休息一些时间，这样明天在山口的工作时间可长一点。

　　当天下午开始起风，17时40分钟开始降雪，19时珠峰全被云雾笼罩。

印度、英国、美国——珠峰上的群雄逐鹿

　　5月2日，虽然前一天晚间的雪不大，但天气仍然不理想，早晨珠峰7400米以上什么也看不见。侦察组用了一小时，走完了1400米距离，终于到达了罗拉山口。站在山口南望，尼泊尔一侧气势磅礴的孔布冰川尽收眼底，东边是珠峰西山脊末端的巨大冰雪坡，下方有雪崩堆积物，西南方是著名的"少女峰"卜莫里峰馒头状的冰雪山顶。一到山口，侦察组将各种摄影器材飞快地准备起来，要赶在天气变坏之前尽可能多地拍下资料。这时不知是谁叫了一声："快看下面！"

　　山口南侧坡度很大，一眼就能看见，紧贴山坡的孔布冰川急转弯的地方，有一个登山大本营！根据资料介绍，珠峰南侧大本营的海拔高度是5350米，侦察组所在的位置是海拔6006米，相对高差600多米。由于高山地区空气透明度大，在这个距离上也能对那个营地看得很清楚。很明显这是印度队的营地，1960年印度队从南坡登山失败，中国队的王富洲、贡布、屈银华

3人从北坡登顶成功，当时有香港的外电评论：中国队以三比零打败了印度队。没想到，现在印度队又来了。

侦察组马上对印度队的这个大本营做了仔细观察，只见他们的帐篷很多，但因地形而设，看上去比较零乱，大的蒙古包形的帐篷有5顶，3顶白色、1顶黄色、1顶蓝色，估计1顶大帐篷住20人，总数大约可容100人，加上其他众多的小帐篷，可见印度队规模不小。在海拔5600米左右的冰瀑区里还有一顶黄色帐篷，估计是过渡营地。其下方有两条平行的大裂缝，上面已经架有梯子，裂缝上方的冰壁上则有软梯通向海拔6000米的营地。

侦察组正在观察时，正好印度队有3名穿蓝色服装的大个子队员，正在向上方的营地行进。他们途中休息时，转过身来正好看见了中国这边的观察组，于是立刻哇哇大叫起来，他们一叫，侦察组也故意对着他们大叫。印度队大本营的人，也从帐篷中出来对着侦察组大喊，两国队员用照相机的望远镜头对拍起来，无形中都成了对方登山的观众。

尽管印度队在施加干扰，侦察组不为所动，仍旧对他们进行了仔细的观察。印度队海拔6000米营地上有4根竖立的长杆，可能是过裂缝的工具也可能是临时气象站的器材。这个营地上下方都插有2—3米高的路标，都系着红色的三角旗，路标高而清楚，这是很重要的技术细节，否则在复杂的冰瀑区中行军容易迷失方向。印度队3个队员从过渡营地到海拔6000米营地的行军，大约400米的高差，用了两个小时。侦察组之所以要做这么仔细的观察，因为按照"双跨越"的计划，中国登山队将来也要利用印度队这个大本营的营址。

许竞在山口仔细地观察了脚下通向印度大本营的地形，然后征求队员们对这段陡坡的看法。大家讨论的结果是：地形太复杂，要通过相当困难，但精干的登山队伍借助登山技术装备，可以通过罗拉山口到达下面的大本营，这是一条连接珠峰南北两侧最近的路线。结合从海拔5600米一直到罗拉山口的观察，珠峰西山脊从海拔6000米到顶峰也可以找到攀登路线，最困难的地形应是海拔8300米到海拔8600米的一段岩石峭壁，但也可以从它的北侧找出通向顶峰的路线来。

当天工作结束时，天又变了，返回途中云雾笼罩了一切，风刮起一人多高的吹雪。侦察组全体人员冒着恶劣天气，回到了海拔5900米营地，每个人都消耗了极大的体力。

5月4日，侦察组回到绒布寺大本营，结束了对西山脊和罗拉山口的侦察活动。

休息了不到一周时间，从5月10日开始，侦察组又开始了对珠峰东北山脊的侦察。东北山脊就是珠峰北坡传统路线的那条山脊。根据"双跨越"计划，这次对这条山脊的侦察任务比较简单，只要求侦察组到勒卜山口对东北山脊的路线进行侦察，并顺路了解北坳的冰雪地形有无变化。

5月10日，侦察组从海拔5900米营地向海拔6400米行军。嘎久、王凤祥、王鸿宝和曾曙生四个人走在最前面。

一路上，所有人都看到这一段的冰雪形态变化很大，这是冰川消融造成的。1960年攀登珠峰时，从海拔5900米的营地出发，需要穿上冰爪穿过粒雪盆才能到海拔6400米设在冰川侧碛上的前进营地。而五年来这条冰川消融得很快，侦察组只穿着普通的球鞋就上到了海拔6500米。冰川消融已经令海拔5900米的冰川中碛与海拔6400米的冰川侧碛连在了一起，徒步行军不再需要穿过冰雪，变得容易多了。在经过海拔5450米地段时，队员们发现，1960年曾经耸立在那里的两座冰塔不见了，现在海拔5900米的冰碛石又上延到海拔6500米。根据这些情况，侦察组预感北坳的"冰胡同"已被冰雪充填成为冰雪坡，在海拔6800米上下出现两道宽3—5米的横裂缝，接近顶部的冰坡更陡了。所以，虽然北坳以下的道路好走了，但北坳的攀登难度，却比1960年时更大了。

侦察组对东北山脊的地形和冰雪变化地形进行了拍照和摄影，于第二天中午赶到勒卜山口，侦察不经北坳攀上东北山脊的路线。因天气不佳，只能在云雾涌动的间隙拍摄南侧下方的康雄冰川，马卡鲁峰也被云雾笼罩看不清楚。从这里看上去，东北山脊末端是一个巨大的三角形冰雪坡，顶角上的山脊一直连到顶峰，冰雪坡中很容易找到上攀路线。组长许竞认为，还是选择北坳的直上路线比较安全，路程最近，也可避免破坏雪层发生雪崩。

在这两天侦察的路上，队员们都在路线附近发现过生了锈的氧气瓶和木制帐篷杆，大家都知道这是早年英国登山队留下的，谁也不以为意。然而，当侦察组来到海拔6400米的前进营地老营址的时候，突然出人意料地在老营地边的冰碛石上，发现了10个铁盒装的柯达135胶片！1960年登山队来攀登珠峰的时候，从没有用过这种胶片，胶片的盒子上标有柯达克罗姆专业彩色反转片字样，当时中国也没有这种胶片。

胶片的出现，让队员们感到费解，但更让人吃惊的事还在后头。当侦察组拍完北坳地形的照片，从海拔6600米沿冰川向下走时，在1960年发现英国人尸体的地方，突然发现了一个睡袋！这个睡袋卷得很紧，外面还残留着包装的透明塑料纸。打开一看，这是一套新的组合式简易睡袋。上身是羽绒服，下面是半截筒式睡袋。上面标有US字样，队员们第一次见到这种睡袋，以他们的经验来看，这睡袋样式挺新但太薄，抵挡不了珠峰的严寒，只能在紧急露营时使用。大家一边看一边开玩笑地说着电影《奇袭》中的一句台词："美国大老板又给我们送新装备来了。"

后来又发现，当初中国登山队埋葬的英国登山队员的遗体，也莫名其妙地消失了。

5月12日下山时，在海拔5700米冰碛台上，又发现了八盒柯达16mm彩色电影胶片和一根两米长的白色尼龙绳。这里的地面被人为地平整过，显然搭过一顶登山帐篷。估计当时的登山者不会超过4人，而且体力很差，否则不会一路上不断地扔东西。通过这些意外发现，侦察组初步认定，1960年以后有外国登山队偷偷越过中尼边境到我国境内来登山。是哪个国家？这个谜一直保持了15年，直到我国的山峰对外开放后才揭开。

1980年底，曾曙生陪美国高山探险公司的登山队登贡嘎山时，他问公司总经理李奥利邦知道这件事吗？李奥利邦对曾曙生眨眨眼说："美国队，1963年，未成功。"

根据后来公布的资料记载，实际情况是，1962年5月，由美国人塞维担任领队，三名美国人和一名瑞士人组成的一支登山队，在未得到中国政府许可的情况下，偷偷越过中尼边境进入绒布寺附近，在海拔5120米的绒布寺上方建立基地营，并经海拔6400米越过北坳下方的冰瀑区，登上海拔7007米的北坳，企图沿着东北山脊的传统路线登顶。但他们只到达海拔7550米的大风口下方，就被暴风雪赶下来了，偷攀未成。

回到东绒布冰川的冰塔林时，侦察组的胶片全用完了。在海拔6400米捡到的这些胶片，如果已用过，冲洗出来将是非常重要的资料。可是现在眼前冰塔林的美景太诱惑人了，大家都有些不愿放弃。反复商量之后，大家决定用捡到的胶片拍一卷试试，如果是用过的胶片，冲洗出来就会是重影，那就算白忙一场了。于是，大家在冰塔林中拍了些纪念照。

对珠峰东、西山脊侦察的任务完成以后，侦察组派曾曙生带着所有胶片回北京。当时只有公安部可以冲洗这种彩色反转片胶圈。取胶片时，公安部的技术人员告诉曾曙生："九卷是空白的，只有一卷是拍过的，像是日本登山队员。"

曾曙生心里明白，那一卷就是侦察组自己拍的纪念照，穿上登山服戴上墨镜后，中国人和日本人的确难以分得清楚。

1965年7月5日，中国登山队领导根据侦察组的报告，向国家体委副主任李梦华详细汇报珠峰西山脊的侦察情况。李梦华根据登山队汇报的情况，对四条路线交叉上下攀登珠峰的设想，从国际政治、登山技术、人员培训和淘汰、物资准备等各个方面做出了详细的分析，提出改变四条路线交叉上下的宏伟计划，先进行珠峰南北两侧两条路线的上下，或者北侧两条路线上下的方案，要求登山队先对不同的方案做出详细的论证，再做最后决定。

1965年春季，就在侦察组对珠峰展开线路侦察的同时，西藏登山营为执行1967年"四上四下双跨越"的登山任务，在林芝登山训练基地集中了400人的庞大队伍进行训练。侦察组的成员完成侦察任务后，也加入了林芝基地的训练队伍。

鲜为人知——宏伟计划的前奏

中国登山运动的历史，还有一段鲜为人知的故事。当年，这段故事并没有出现在新闻媒体的报道中，所以绝大多数中国人，并不知道在那个特殊的年代里，中国登山队还有过这样一次行动。这次行动无论是计划之宏伟还是组织规模之大，参与人数之多，在中国登山队的历史上，都堪称空前绝后。但是非常遗憾，这次行动因为时代的原因被迫中止了。

1965年8月，为实现"双跨越"计划，中国攀登珠穆朗玛峰登山队正式成立。登山队领导经过反复研究，决定1965年秋季，大队到珠峰北坳进行冰雪训练，同时对珠峰东北山脊再次进行侦察。这次侦察，登山队领导要求侦察组上到海拔7500米的高度，对东北山脊海拔8200—8300米最困难的"狼牙"地形做近距离观察，找出可行路线。

9月底，侦察组和大队来到珠穆朗玛峰脚下，侦察组就住在绒布寺内。

10月3日早晨8点15分，侦察组的9个人携带装备，乘坐苏制嘎斯51卡车离开了绒布寺，向中绒布冰川舌部的排水沟开去。由于冰川消融，从绒布寺往上，车程增加了约8公里，可节省两个小时的行军时间。

出发前，每个人的背包都要称重，以便途中决定如何分配体力。谁都没想到，最为任劳任怨的藏族队员尼玛扎西的背包竟然重达52公斤！大家都说太重了，他还不愿减少，用不太熟练的汉语说："我身体好，可以多背点。"

组长许竞干脆下命令给他要减轻重量，结果他的背包最后减到了37公斤，还是名列全队第一。

途中，卡车经过绒布德寺，这座寺院建在河谷东侧一堆巨大的乱石堆上。绒布寺是喇嘛寺，而绒布德寺是尼姑寺，两者相距约一公里。在绒布寺除了负责人央金之外，还有一个32岁的年轻尼姑，身体很壮，经常帮登山队的伙房背水，和队员有说有笑。她告诉队员们，绒布德寺还有两个尼姑，她们从不见人，静静地在那里苦修。在这样人迹罕至的高海拔处，有人年复一年地苦苦修行，这让登山队员们都觉得非常神秘。

汽车的终点是海拔5350米的东绒布冰川口，侦察组从这里开始步行。他们每个人的背包都在35公斤左右，尽管是在这样的高海拔地区，这样大的负荷对登山队员来说，在较平缓的路上也都完全可以承受。可是，一旦转向东边向上爬坡了，人人都开始气喘如牛，两腿酸软无力，要跟上前面的人很不容易。所有人咬牙坚持着负重前进，于下午14时到达了海拔5400米的一号营地。放下背包时，所有人都长长地出了一口大气。虽然从下车开始步行到一号营地，只上升了50米的海拔高度，但大家都感觉很疲劳。

10月5日，侦察组到达海拔5900米的过渡营地宿营。当晚全组9个人没有一个睡好觉的，人人都出现了不同程度的头痛等高山反应现象。6日，组长许竞决定在这里休整两天，让大家适应环境，缓解高山反应。他告诉大家："秋季气压低，队员高山反应大，慢慢就适应了。"

当天下午，队员们准备晚饭吃涮羊肉和烙饼，没有擀面杖就用水果罐头代替。成天亮在铝锅盖上只擀了一个饼就连着喊累，往后一仰就躺倒在睡袋上睡着了。这顿饭大家连做带吃，用了整整三个多小时。

经过几天的适应与继续攀登，侦察组攀上北坳冰壁，到达了海拔7050米的北坳营地。10月10日，侦察组9个人中留下4人在海拔7050米营地，许竞、邬宗岳、王鸿宝、曾曙生、尼玛扎西5人，分成两个结组向东北山脊海拔7300米的预定营地继续出发。这段山脊像刀刃一样非常狭窄，满布冻硬了的冰雪，积雪深及膝盖，每走一步都很费劲，攀登起来十分困难。虽然沿途消耗了一些食品和燃料，但因为还要在海拔7300米建立最后一个营地，所以侦察组每个人平均负重还有十多公斤。他们依赖着结组绳喘息着向前移动，不时就需要停下来休息一会。

大约在海拔7250米的地方休息时，曾曙生无意中发现冰雪中有一只鸽子般大小的鸟冻死在那里，大家都围过来看个仔细。这是一只灰白色羽毛、棕色喙、红色脚爪的飞禽。在珠峰地区，队员们都曾见过盘旋在海拔8000米高度的秃鹫和在海拔7000米营地随人而来的黄嘴乌鸦，而在如此高度见到这样美丽的小鸟还是首次。风雪之中谁也来不及给它拍照，曾曙生将它藏在鸭绒衣中准备带到宿营地再仔细测量、补拍，可当天晚上到达海拔7300米建立营地后，曾曙生却发现不知什么时候已将小鸟遗失了，大家对此都感到很遗憾。

10月11日，侦察组决定轻装行军，准备对东北山脊上的峭壁作最后的侦察。但早上起来烧水做饭时，尼玛扎西突然感到剧烈头痛，出现严重的高山反应。尼玛扎西原本是所有人中体力最好的，是公认的优秀队员。也许因为他一路负重太多造成极度疲劳，加之秋季气压低，造成他的高山反应来得特别重，不想起床，不想说话，不想吃饭只想呕吐。侦察组为了减轻行军负重而未带氧气，要防止尼玛扎西情况恶化，唯一的办法是尽快将他送下山，以缓解缺氧状况。组长许竞虽经验丰富，但这时也处在两难境地，一方面要有人继续完成任务，另一方面则要救护队友。在这个海拔高度上，护送伤病员下撤是非常困难的。最后许竞决定，派邬宗岳和王鸿宝去继续执行侦察任务，他和曾曙生两人留下照看尼玛扎西，争取能缓解他的高山反应，待邬宗岳、王鸿宝返回后，合四人之力，一起护送尼玛扎西下山。

邬宗岳和王鸿宝走后，许竞和曾曙生将尼玛扎西放入睡袋，不时地摸他的脉搏，不停地和他说话，不让他昏睡过去。到中午时分，两人把尼玛扎西扶起来，让他半坐在睡袋里喝水，尼玛扎西双手接过军用水壶，没想到他一点儿也没喝进嘴里，水全流到脖子里了！这时尼玛扎西坐也坐不住，要其他两人夹住他才行。许竞一看不好，马上说："小曾，不能等他们了，赶紧下撤！"

两人立即飞快地收拾好背包，帮尼玛扎西穿戴好再绑上冰爪，扶他出了帐篷。万幸的是，这时尼玛扎西还能站住！

许竞给邬宗岳和王鸿宝留下字条，封好帐篷门，与曾曙生一前一后，挟着尼玛扎西慢慢向山下挪动。到山脊末端三角形雪坡上方时，他俩先安排好尼玛扎西坐在地上休息，再赶紧用冰镐全力插入冰雪中做好保护，然后用结组绳将尼玛扎西慢慢放下去，直到绳子全部放完，再把尼玛扎西的背包也放下去。接着，曾曙生先下去与尼玛扎西会合，许竞才取下冰镐向下走，曾曙生用下方保护的方法保护许竞下来。就这样他们互相保护着，下撤到了海拔7050米营地，再和留在这里的队员一起，护送尼玛扎西下撤到海拔5900米的过渡营地。

到了过渡营地，降低了海拔高度，尼玛扎西才缓过气来，微笑又回到他的脸上。所有人都非常开心，围在一起说尼玛扎西又活了！

当天晚上，邬宗岳和王鸿宝也回到了海拔5900米的过渡营地。他们上到了海拔7450米的高度，对更高处的岩壁地形进行了侦察拍照，顺利完成了任务。

至此，秋季对珠峰东北山脊的侦察行动最后结束，侦察组与在北坳进行冰雪训练的登山队大队一起返回了林芝基地。

中国登山事业陷入历史最低谷

1966年初，登山队做出了《攀登珠峰初步方案的文件》。随后，400人规模的庞大队伍编为4个分队，于4月间进入珠峰地区进行实地训练。实地训练进行了3次行军，一直到6月底才结束。在此次实地练兵的活动中，有32人登上了海拔8100米的高度，310人次跨越北坳登达海拔7000米以上的高度，其中相当多的人是新队员。另外，王富洲率领20余人的运输队，冒着恶劣天气，把31瓶氧气存放在了海拔8100米的营地。

这次实地训练，不仅锻炼和培养了大批登山运动员，而且为以后攀登珠穆朗玛峰创造了条件。1975年中国登山队再次攀登珠峰时，主力队员中不少人都是参与过这次训练的。

当时的登山队的任务是分成4个分队，把装备和物资运到海拔8100米营地。4月23日，副队长张俊岩正率领第二分队从海拔7600米营地向海拔8100米营地运送登山物资，为1967年春正式攀登珠峰做准备。当日早晨，当到达海拔7790米营地后准备下撤时，气象组预报，要有大风天气来临。大本营根据这一预报，希望第二分队可以在某个地方停留一天，待大风天气过后再下撤。但由于通信联络不畅，第二分队没能接到通知，不了解天气情况而顶风下撤。在海拔7500米的大风口处，队伍遇到了暴风雪袭击，致使16名队员冻伤致残，4名队员的背包被大风吹下山谷，还有一名新队员马高树，在夜间下撤时发生滑坠而牺牲。这是我国登山史上一次性冻伤、致残人数最多的一次。

而王富洲率领的另一分队，则成功地避开了大风天气，顺利地完成了运输物资到海拔8100米高度的任务。

当时随同登山队一起攀登的，还有一支中科院组织的科考队和上海科学教育电影制片厂的珠峰科教片摄影组人员，他们也都登上了海拔6600米的高度。

上海科影的摄影组，需要携带大量摄影器材设备，每个人的平均负重也在20公斤以上。摄影师殷虹，还因登上海拔6600米高度，获得了国家二级登山运动员的资格。殷虹后来回忆说，他当时亲眼看到了许多登山队员冻伤致残的情况。他还记得许竞曾对他说："老殷，你把这些冻伤队员的情况拍下来，可以让后来者了解暴风雪的危害，做好预防。"

殷虹也的确把这些队员的冻伤情况都拍摄下来了。但非常遗憾的是，在后来的岁月中，这部分难得的影片资料遗失了。

6月间，副队长陈荣昌带领部分教练员、运动员和工作人员，先期来到兰州市的甘肃省干校，为登山队的大队即将在这里的冬训做准备工作。

1966年8月至1967年2月，中国攀登珠穆朗玛峰登山队的200多名运动员（其中有国家体委登山队8人、新疆登山营9人，其余均为西藏登山营的队员）在兰州市甘肃省干校集中，进行了为期7个月的冬训。

1966年底，根据当时国际形势的变化，双跨越方案调整为：放弃跨越计划，从北侧登顶不少于10人，超过印度队1965年登顶9人的纪录。

1967年1月，《攀登珠穆朗玛峰具体行动计划》完成。箭在弦上，待机而发。这项攀登计划从1964年底开始，至此时已经进行了两年多。1月28日，气象组的前期人员已经抵达西藏定日县。然而，从1966年5月开始席卷全国的政治运动，也在这时进入了新的高潮，计划的创始人、国家体委主任贺龙被打倒。1967年3月，这次登山计划随之被迫撤销，两年多的努力付诸东流，令无数人扼腕叹息。

珠穆朗玛峰攀登计划撤销后，登山队大批人员也开始流散，为此次登山计划招收的100多名新队员，交西藏军区接收，集体入伍；属于国家体委登山队的许竞、王富洲、王振华、陈荣昌、张祥、邬宗岳、王鸿宝、李泉等8人，全部返回北京参加政治运动；属于新疆登山营的闫栋梁等9人返回新疆参加政治运动；属于西藏登山营的罗则、多吉、罗桑德庆、拉巴、却加、大米玛、小米玛、罗布次仁、巴桑加布、云登等10人，返回西藏参加政治运动；当初从国家登山队调去西藏登山营的刘连满、张俊岩、成天亮、曹延明、胡明虎、侯生福、马保仓、高谋兴、罗朗、邓嘉善、潘多、赵文伯等12人，随国家体委登山队到北京参加国家体委系统的政治运动。同时间，珠峰地区的气象组最后撤出。

1967年5月，赴北京参加政治运动的西藏登山营12人全部回到了西藏，与在西藏的登山营员工，一起参加西藏体委系统的政治运动。

1969年6月9日，中国登山事业的领导人贺龙元帅不幸去世。

1969年10月至1972年初，西藏登山营的全体人员和自治区体委系统的其他职工，集中到林芝县的八一新村，参加了长达两年半"毛泽东思想学习班"，一边参加各种政治运动，一边参加生产劳动。在此期间，不断有人调离登山队。根据西藏登山队老队员成天亮的回忆，到1972年初，西藏登山营营部领导及员工一共还有39人。

中国的登山运动，进入了历史的最低谷。但是，即便是在那个特殊的年代，珠穆朗玛峰的北坡，也并没有完全沉寂。1966年，国家测绘总局测绘一大队的测绘人员进入珠峰测区，建立了定日到珠峰山麓的大地控制网。1968年，同一批测绘人员为获取珠峰地区大气折光试验数据，再次两进两出珠峰地区，有效地改善了该地区的大地控制结构，测绘过程中，他们还攀上了海拔7050米的北坳。

与此同时，中科院对珠峰地区的气象、地质等方面的科考行动也在进行，组织了一批专业科学工作者三次进入珠峰地区进行补充考察，其中部分人员在当地活动时长达半年之久。1968年1月17日晚，中央人民广播电台半小时的"新闻联播"中，有关珠峰科考的新闻占去一半时间；第二天早上重播，继之以长篇报道《无限风光在险峰》。同一天，全国各大报都根据新华社通稿予以转发，《人民日报》以头版头条的方式加以报道，加编者按"人类科技史上空前伟大的壮举"，有关的长篇通讯在第三版占了整版，第六版还刊登了考察图片专版。

珠穆朗玛峰，并没有从人们的视野中完全消失。

周总理指示：再次攀登珠峰

进入1970年代之后，如暴风骤雨般的政治运动，逐步减缓下来。登山运动，也随着各项体育运动的逐渐恢复，又再一次出现在大众面前。1970年上海科学教育电影制片厂摄制的，全面介绍珠穆朗玛峰地区自然地理情况的科教片《无限风光在险峰》在全国公映，引起了广泛的关注。影片中，多次出现了登山队队员攀登冰雪坡的镜头。这部影片中的登山实景画面，基本上都是上海科影的摄影师，1966年与中国登山队一起在珠穆朗玛峰地区拍摄的。

1972年，中国科学院责成施雅风召集专家，总结撰写《珠穆朗玛峰地区科学考察报告》丛书，1974年起由科学出版社陆续出版，时任中科院院长的郭沫若，为该书题写书名。

1972年4月，西藏自治区体委首先恢复了登山运动队，原西藏登山营改为西藏登山队。

1972年10月，国家体委登山项目设置筹备组成立，以后又升格为国家体委登山处，由史占春担任处长。史占春从1969年开始，就随体委干部到山西屯留国家体委干校学习、劳动。在此期间，他一直在思考和筹划如何重组国家登山队。当他重新担任体委登山处处长之后，就一直努力从科学考察的角度去宣传登山运动，使得许多科研单位对登山结合科考的模式越来越感兴趣，社会上的反响也越来越大。这样，恢复登山队就更加顺理成章。

1973年，史占春与许多老登山队员沟通后，主动向上级提出了结合科学考察，于1975年再次攀登珠穆朗玛峰的设想。他希望通过再次攀登珠峰的契机，把登山队重新组织起来，恢复了中国现代登山运动。

1973年7月，国家体委登山处在北京举办了由西藏登山队和武汉地质学院教师和学生参加的集训班，并在北京市的香山举办了攀岩表演。

1973年10月，根据周总理的指示，国家体委决定重建国家登山队。这年冬季，西藏登山队全体人员、武汉地质学院选留的部分师生和原国家登山队的部分教练员，在北京集训，准备1975年再登珠穆朗玛峰。

1973年冬，根据周总理的指示，主持国务院工作的国务院副总理邓小平，批准了国家体委的计划：组织中国登山队再度攀登珠穆朗玛峰，并与中国科学院合作，同时进行珠峰地区综合科学考察。考察队分为地质、气象与环境和高山生理三个专题，与此同时，国家测绘总局进行珠峰高程测定。

计划确定，全国各个方面立即开始了紧张的准备工作。

中华人民共和国成立不久，中央人民政府就提出要"精确测量珠峰高度，绘制珠峰地区地形图"的目标，并将其列入新中国最有科学价值和国际意义的填补空白的项目之一，交由国家有关部委论证实施。毛泽东主席、周恩来总理等国家最高领导人，在1950年代初对测绘珠峰都有过重要指示。在周恩来总理和陈毅副总理的直接关注下，对珠峰地区的测绘工作，一直在稳步推进。即便是在1960年代中后期政治运动造成社会动荡之际，这项测绘工作也没有停止，国家大地控制网在1960年代末就推进到了珠峰的北坳上。

这次结合登山对珠峰进行测绘的工作，由国家测绘总局下属的测绘一大队和成都军区某测绘大队共同负责，调集了将近百人的测绘队伍，先于登山队进入珠峰地区展开工作。

1974年4月初，史占春组织中央新闻电影制片厂的摄影记者和登山队一起，以科考队的名义入藏拍摄，为期两个月。几十名成员来自地质学院、矿业学院、自然博物馆、动物园、石油系统、部队等多个单位。所有人都是以"科考"的名义参加队伍，当时大家开玩笑说："动物园来抓活的，自然博物馆来抓死的。"

科考队先到西宁，然后坐汽车到格尔木。攀登珠峰所需的装备物资，也在紧张地进行筹备和生产。

应中国登山队的要求，上海延吉羽绒服装厂、解放军总后勤部某制鞋厂的有关领导、技术人员和工人师傅们，改革了国产羽绒服和国产高山靴。制造出了新型的有空气层的羽绒登山服和羽绒睡袋，保暖性超过了国外同类产品。登山队的队员们在珠峰绒布寺大本营试用这种新型羽绒睡袋，反馈回来的信息是："热得睡不着觉！"

当然，即便是那时最先进的装备，其科技含量在今天看来也是非常落后的。比如那时的登山靴和冰爪是分开的。登山队员夜间在高山营地宿营时，都必须先把冰爪卸下来，再把靴子脱下来。然而，高原险峰上的严寒，常常把冰凿和靴子冻在一起，睡觉前脱不下来，队员们经常只能穿着高山靴连带冰爪一起钻进睡袋，锋利的冰爪往往会把睡袋划破，破坏睡袋的保暖性能；为了防止被冻伤，登山队员们只能里三层外三层地穿着厚厚的衣服：上身有鸭绒背心、毛衣、羽绒服、冲锋衣……下身是棉毛裤、羊毛裤、鸭绒裤、冲锋裤……每个人看上去都是臃肿不堪，对动作的敏捷性造成了很大的限制。

30公斤重量，这是登山队员们每个人身上基本的负重量，包括衣服和冰镐、背包等必需品。当时使用的氧气瓶还是从法国进口的，光空瓶就有8公斤重，携氧能力很差。

从这些装备的性能上就可看出，当年的登山队员们，为攀登高峰要付出多么大的努力，需要有多么坚韧的意志。在当年所有这些装备中，最具有时代特色的，则是中国登山队自创的一种特殊器材：铝合金登山梯。

1960年攀登珠峰时，中国登山队在登上北坳时，使用了尼龙绳制作的软梯。但在攀登最艰难的第二台阶时，这种软梯就没有了用武之地。正是出于攻克第二台阶这一关键险关的考虑，1974年再次攀登珠峰时，铝合金属梯的设想被提了出来。提出这个设想并着手去完成的人，是当时任中国登山协会后勤部长的罗志升。

罗志升是中国最早那批登山队员之一，从事登山工作之前，曾经是解放军空军某航校的学员。1960年攀登珠峰时，他就担任过登山队的后勤领导工作。再次攀登珠峰的任务下达后，在研究如何改进登山装备、以便能顺利攻克第二台阶这一难点时，对航空材料有所了解的罗志升，马上想到了制造飞机的铝合金。

1974年的冬天，罗志升代表中国登山协会，找到当时主管中国航空工业的三机部，三机部推荐他去西安飞机制造厂——当时对外称国营红安制造公司——寻求帮助。

罗志升把情况和该厂的机械工程师吴根喜一讲，吴根喜很快就做出了图纸。按要求梯子每节的重量不能超过2.5公斤，每节1.2米，可拆卸成5节，中空构造，不用螺丝安装，只靠各节互相咬合铆紧。连接后最长可达6米，连接4米长时能承重100公斤。制作时用了专门做飞机机翼的轻铝合金挤压型的材料，为了减轻梯子的整体重量，吴根喜在梯子两侧和横梁的加工上，又设计了很多减重孔。

赶制出来的十几副这样的梯子，按时送到了珠峰脚下，它们先在通过冰裂缝和小冰壁时发挥了重要作用，又在攻克第二台阶时，成了名震国际登山界的"中国梯"！

今天，北京左安门内大街，中国登山协会的宿舍楼里，还能见到一个铝梯，安静地横在楼道里。和它一模一样的另一个梯子，即著名的"中国梯"，今天还架设在珠穆朗玛峰北坡海拔8680米的第二台阶上。

物资、装备的许多问题解决了，而国家登山队的重新组建，就不那么简单了。

千挑万选，重组新队，精锐尽出

1950年代进入国家登山队的队员们，大多已经年近四十岁了，但他们却是受过严格登山训练的第一批人。所以新组建的登山队中，各级领导和教练员的名单上，还有着许多这些中国登山界为人熟知的名字：史占春、许竞、王富洲、张俊岩、罗志升、陈荣昌、彭淑力、邬宗岳、邓嘉善、嘎久群培、尼玛扎西、王振华、王鸿宝……在他们中间，有些人甚至是1956年中国登山队第一次攀登太白山的参加者。

1965年，国家登山队为攀登珠峰，招收过100名新队员，其中多数是藏族运动员。这批队员于1967年集体入伍，为西藏军区接收。现在他们中的许

第五章 \ 第二次登顶珠峰
\ 1965年4月—1975年5月 \

多人，又重新回到了登山队。如索南罗布、大平措、罗则、仁青平措、贡嘎巴桑……

队员侯生福是1960年参加登山队的老队员，现在他再次加入了登山队。他回忆说："当时挑选人员时，教练告诉我，只要登上珠峰，就能见到两位领导人（编者注：指毛主席和周总理），我就激动得不行，就去了国家登山队。"

从西藏地区选拔新队员的工作，从1974年初就开始了。

1949年出生的夏伯渝，当时是青海省足球队的青年队员，只因为登山队免费提供的一次体检，他参加了选拔，没想到就被选上了，培训3个月后就随登山队进藏了。他回忆说："那时我对登山没有太多的概念，没想到真的被选上了。那时的心态也很简单：自己到了国家队，就要为国争光！"

与夏伯渝同岁的张庆东来自黑龙江，也曾经是一名足球运动员。他回忆说："1974年10月，当时我在黑龙江工作，我接到了上级单位的一个特殊任务——体检，经过三次体检才知道，我要成为中国登山队的一员，任务是攀登珠峰。"1954年出生的周先加，1966年在青海海南藏族自治州民族师范高等专科学校学习，1972年到州体委工作；1974年与其他9名队员（青海省选入登山集训队的10名队员，五男五女）入选中国登山队，赴北京参加集训。他回忆说："1974年10月，青海总共有10名队员赴北京参加集训，其中来自海南藏族自治州的有四女一男，西宁地区的是四男一女。当时我只有20岁，喜欢篮球，体质不错。我来到了北京，带着满怀的希望和对生活的期望加入了那个集体。"

在西藏地区选拔登山队队员的工作，比其他各省都要更早展开。

1952年出生于日喀则的桑珠，17岁入伍，在那曲比如县（平均海拔4000米）当兵。他回忆自己是如何入选登山队时说："我在一个炮兵连里，1974年中国登山队来部队招募之前，当时懵懂得很，不知道登山是怎么回事。"1974年年初，中国登山队在西藏招募队员时，抱着"完成组织布置的任务"报名的桑珠，因身体条件优越顺利通过多轮体检和体能测试："坐着解放牌（大卡车），大概那曲部队加地方，一共30来人，懵懵懂懂地就上拉萨了。"

桑珠回忆，当时在拉萨集中了几百名候选队员，都住在拉萨郊区的铁皮房子里，由教练员带领着体能训练，主要是背着沙袋登山，加强肺活量和负重能力的锻炼。他们当时不知道，后面还有两轮更加严格的筛选淘汰。

3月间，一大半候选队员都被淘汰了。剩下的100多名队员，被带到海拔5200米的绒布寺珠峰大本营，进行高山适应性训练，逐步提高队员所适应的海拔高度，在每一个高山营地，都要住上一两夜。在此期间，教练员们一直在仔细观察每一个人的状态，不只是生理状态，"工作不积极、队友不团结"的也要被淘汰。几个月后，进入最终名单的新队员，都抵达了海拔7028米的营地。

为了节省开支，适应性训练时，年轻队员们使用的都是十几年前登山队老队员们用过的服装和装备器材。桑珠说："我的登山靴很旧了，鸭绒衣服还补过好几个地方，睡袋更是到处漏毛，一觉睡醒，身上头上白茫茫一片。"

这次适应性训练，桑珠第一次亲眼看到了巍峨的珠穆朗玛峰："从5200米出发，你以为它就在眼前，结果走了一整天，也没走出去多远，反而珠穆朗玛峰越来越远了。"

但重组的中国登山队，还面临着一个新的难题：缺少女队员。

自1961年中国女子登山队攀登公格尔九别峰遭受重大损失之后，1950年代末那批经过严格训练、创造女子登山世界纪录的女队员，大多因伤残退役转业。1962年西藏登山营成立时，在册的女子登山教练员只有潘多、丛珍两人；1966年初，丛珍转业去成都地质学院水文系实验室工作；到1974年重组登山队时，女队员只有名义上担任西藏登山队教练员的潘多一个人了。

这时的潘多，虽然还是登山队中保持全国女子登山纪录的唯一一人，但已经36岁，正怀着第三个孩子，体重达到了80公斤，自然不在集训名单之内。但潘多对自己钟爱的登山运动，始终不能忘怀。当她得知重组登山队攀登珠峰的消息后，马上向即将参加集训的丈夫邓嘉善提出："这回登珠峰为什么没有女子？让我去做做后勤运输也可以。"

潘多甚至恳求即将担任登山队副政委的丈夫给自己开开后门，让她也能去登山队。

集训队在讨论如何招收女队员时，邓嘉善在会上趁机替潘多请缨。登山队领导考虑到，将来新招收的女队员，也的确需要有经验的女队教练指导，于是批准潘多的请求，并任命她为登山队的副队长。当时还没人想到，这个决定对这次攀登的胜利至关重要！

寻找条件优秀的女运动员成为工作的一个重点，几个月的时间内，登山队在整个西藏进行了大面积的挑选。18岁的桂桑正在西藏军区总医院担任护士，当时她所护理的一位病人，正是西藏登山队的教练员邓嘉善。

国家登山队教练员王振华前来探望邓嘉善，正巧桂桑端着药品进了病房，王振华一直盯着桂桑，最后竟冷不丁地问了一句："你想不想登山？"

桂桑回忆说："我当时只是笑笑没有理会，因为我那时本来也不善于和陌生人打交道，也不知道登山是怎么回事，有什么意义，但还是明白一点——登山就是爬山，我根本没有往深处想，反正我将来当医生也很好。没想到，几天后我就接到通知，让我到国家登山队报到。那个年代，我们都是根据组织需要做事，组织怎么安排就怎么做，没有人会讨价还价。报到前，我先做了个体检，然后就成为国家登山队的集训队员了。后来才知道，和我一起集训的队员，都是通过严格程序层层选拔的，只有我是例外。"

桂桑当时还不知道，王振华的眼光真的很"毒"，登山队的教练们都认为，她是众多入选的女队员中，身体条件最好的一个。桂桑在1980年代成为世界最著名的女子登山家之一，是中国唯一两次登顶珠峰的女登山运动员。

1974年3月18日，首批运动员在北京集中。重组的登山队，初期在北京老山摩托车基地训练，后转到北京郊区怀柔训练，再后来又集中到香山进行强化训练。

8月间，从各地选拔的队员陆续在北京集结完毕。所有队员一到北京，登山队就先组织他们简单地参观一下首都，然后就投入训练。悬链地点在北京郊区怀柔水库附近（原国家体委水上运动俱乐部），训练内容主要是力量型的负重登山。桑珠回忆说："一大早就背着85斤沙子爬山……有人把午饭送到山脚下，吃完下午继续爬。每人每天的吃饭标准是四块钱。"

队员们从夏天练到了冬天，从冬天又练到了第二年3月。入冬后，他们还在怀柔水库的冰面做俯卧撑，赤脚走路，锻炼耐寒能力。

周先加回忆说："在那里我们开始了为期4个月的训练，训练的内容主要包括负重训练，每天上午和下午都有3个小时的训练时间，一天6小时的训练的确很苦。第一天，每个人背负20斤的沙袋行走，随后每天增加5斤的重量，一直加到80斤，达到80斤后，每天依次减少5斤，再减到20斤。……就这样反复地负重训练，好多从全国各地挑来的队员被淘汰。与我们一同去的10名青海老乡有4名队员被淘汰。他们走的那一天我们很伤心，都去送他们，他们鼓励我们坚持下去，希望有一天能登上珠穆朗玛峰。"

桂桑回忆说："其实，我到内地参加集训还是有一个小小私心的，因为训练在北京。那个年代，北京是很多人向往的地方，因为那里有毛主席，有北京天安门。我原以为到了那里就可以见到毛主席，没想到只看到了天安门，并没有见到我一直想见的毛主席。……我到内地时可以说是一张白纸，根本不知道登山还有那么多的知识和技术，但我自身的体力和耐力很好；和男队员相比，我除了没有他们的力气大，耐力却比他们好。为了增加体能，我们都是背着石头训练，女队员50斤，背着在香山上跑，因为担心达不到效果，我们都是偷着增加重量，还怕被教练看到。在操场跑步的时候，教练让跑30圈，我们都是偷着跑35圈，甚至40圈，谁也不甘心落后。

"那时候香山上连路都没有，尽是树和灌木，只是到了秋天，那里的树叶都变红变黄了，整个香山都变成了彩色的，我们只顾训练，也没觉得有什么特别。……

"那时候是举全国之力在帮我们，很多东西都是特供的，像那些螃蟹大虾，可大了，市场上根本没有卖的，我们以前见都没见过。食堂里给我们藏族队员专门提供有酥油茶和糌粑，我们平时吃的很多东西，像大白兔奶糖和巧克力，很多人更是见都没有见过，听说都是上海的食品厂专门为我们生产的。虽说我们那时候没有补助，工资还是原单位发，但我们知道我们应该好好训练，不辜负全国人民的希望。"

在国家登山队集训的日子里是艰苦的，那时候所有的运动员很少有私心杂念，只有锻炼好本领为祖国争光的信念。在这支训练队伍中，有一个特殊的身影：中国女子登山世界纪录的保持者、已36岁的老运动员潘多。

潘多由于年纪大，又有当年登山时留下的伤残，在训练的开始阶段，完全跟不上年轻队员的步伐，年轻队员负重30公斤行军，她负重10公斤都会掉队。但是她始终以顽强的意志坚持完成训练，为了克服自己的骨膜炎，有时甚至要打着"封闭"加练。她还有意识地专门和体力最好的女队员桂桑一起，两人经常偷偷加练。当时女队员负重30公斤，男队员负重40公斤行军，她俩就偷着往背包里塞石头加重量。教练禁止队员加量，查得很严格，等到给背包称重时，她俩就赶紧到没人的地方，往外扔石头……

当时潘多因在哺乳期体重达到了80公斤，她最迫切的任务是必须把体重减下来。潘多说："我想这是我登珠峰最后的机会了，所以下定决心要把体能这一关先过掉。……经过几个月的艰苦训练，体重降下去了。"

桂桑回忆当时她与潘多一起训练："阿佳（藏语姐姐的意思）身上有一种特别的力量，当时我和她一起负重行军，她偷偷地往自己的口袋里加石头。从她身上，我学到了一种坚韧不拔的精神。"

一个多月之后，潘多已经完全和年轻队员一样，负重30公斤，仅用半个小时就从香山山脚下登上香山顶峰；在工人体育场内，她也与年轻女队员们一样，仅用20分钟就能跑完4000米的距离，几乎接近女子三级田径运动员的标准……

但这时登山队的训练，主要还是耐力训练，由于时间和条件的限制，很少能进行1950年代那么系统的攀登和冰雪训练。1960年中国登山队第一次攀登珠峰时，主力队员至少都有过两年左右的专业登山训练，一些资格更老的队员已经有过五年左右的登山训练，不少人还在苏联接受过严格的冰雪条件下的攀登训练。但是，这些条件在1974年时的登山队都没有，主要原因是组队时间短，年轻的新队员训练期只有一年左右。所以，队中的主力，大多是1960年代中期那些年过30岁、参加过1965年珠峰"双跨越"准备阶段的队员。1950年代进入登山队，年过40岁的老队员们，还必须上到高海拔担负组织和指挥工作。

登山队、测绘队、科考队集结绒布寺

1974年底，中国男女混合珠穆朗玛峰登山队正式组成：队长史占春，党委书记兼政委王富洲。副队长张俊岩、陈荣昌、米玛扎西、潘多；副政委邬宗岳、邓嘉善、嘎久群培；后勤部长罗志升，西藏军区日喀则军分区司令员江涛任前方指挥所指挥长。

登山队的集训完成后，国务院副总理邓小平、李先念等专门接见了登山队负责人。邓小平还专门做出了相关的指示："不管南坡北坡，要白天登上去，一定要有女队员，把电影、照片拍下来，还要做好科学考察工作。"

随后，国务院和中央军委联合下达指示，攀登珠峰的行动正式开始。

1975年初，邓小平等国家领导人在首都体育馆，再次接见了即将出发的两百多名登山队员和近一百名科学考察队员。

清代康熙五十四年，即公元1715年，康熙皇帝派遣3名掌握世界先进测绘技术的中国人——理藩院主事胜住、喇嘛楚尔沁藏布和兰木占巴3人，主持对西藏地区进行勘测，绘制《皇舆全览图》的西藏分图。他们用时两年，跋山涉水历尽艰险，直接深入到珠穆朗玛峰下，采用经纬图法和梯形投影法，对珠穆朗玛峰的位置和高度进行过初步的测量，并在绘制成的《皇舆全览图》上明确地标上了珠穆朗玛峰的位置和名称。尽管受到当时知识和技术手段的限制，对于珠峰高程没有得出明确的结果，这是人类第一次对世界之巅进行实测，也是珠穆朗玛峰第一次出现在人类绘制的地图上并且有了"珠穆朗玛"的名字。

1852年，英国印度测绘局局长安德列·渥根据下属工程师班克尔的报告，计算出珠穆朗玛峰的高度为海拔8882米。这一数据虽然长期为世界各国所使用，但这个高程是根据印度洋海平面为海拔起点来计算的。而中国的大地测绘，海拔起点则需要根据我国的黄海的海平面来计算。中华人民共和国成立以来，我国测绘部门根据周总理的指示和部署，一直在将大地测绘网逐步推进到珠穆朗玛峰地区，为取得我国自己的、更为精准的珠穆朗玛峰测绘数据而努力。这次中国登山队与各有关单位联合攀登珠峰，正是取得这一最新测绘成果的绝佳机会。

为此，国务院所属的中国国家测绘局第一测绘大队和成都军区第二测绘大队，于1975年1月间，先于登山队进入珠峰地区，开始测绘的准备工作。这些没受过专业登山训练的部队测绘人员，为了设立各个测绘点，居然也登上海拔7050米的北坳，甚至推进到了海拔7500米的大风口。

1975年1月20日至2月13日，中国珠穆朗玛峰登山队353人（登山队员179人，其中女队员38人，测绘队74人，科考队30人，工作人员70人）分3批离京，2月中旬以后陆续抵达西藏拉萨。

2月23日，先遣队伍出发前往珠峰大本营。

3月1日至13日，登山队陆续离开拉萨，抵达珠穆朗玛峰脚下，在绒布寺建起了登山大本营。随后，科考、气象、通信、新闻、医务、交通运输、炊

事及其他后勤人员陆续抵达，

西藏自治区还派了80名解放军官兵和55名民工随队进山，负责安全警卫和低山物资运输。队伍总人数达到434人，有汉、藏、回、蒙古、朝鲜、满、土、鄂温克等八个民族——这是珠峰攀登历史上最庞大的一支队伍。

大气动力学家高登义担任气象组组长，他1968年第一次参加珠峰考察时，还是全组中最年轻的一个，现在则是全组年龄最大、资格最老的一位。夏伯渝记得，当登山队到达拉萨时，在布达拉宫广场有上万人的欢迎队伍。进入珠峰周边时，沿途兵站接待，部队拿出最好的食物供给登山队。

到达珠峰大本营后，向全体队员下发了新的服装和各种装备器材。穿过登山队旧服装的桑珠回忆说："我还记得是上海的羽绒厂特别为我们赶制的，我领到的是湖蓝色衣服，大红色裤子，可时髦了！"

修路：从海拔6500米到8100米

3月12日，登山队党委召开会议，研究此次攀登珠峰的整体线路部署和第一步打通北坳道路的具体部署。比较了当前登山队所具备的物质条件和队员身体状况与1960年时的种种异同，登山队党委在整体线路部署上，对营地的数量做出增减调整，某些营地海拔高度也做出改变，多数营地的海拔高度都提升了近100米。其中最重要的是，将原海拔8500米的最后突击营地，调整到第一台阶之上、第二台阶之下的海拔8680米处。

在讨论打通北坳道路时，队内担任教练的五六名老队员在拉萨时就向党委提出，将打通北坳道路的任务交给他们。现在，他们再次提出这个请求："我们年龄大了，登上顶峰有困难，登顶要靠新手。但是海拔7000米到8000米的路线我们熟悉，把我们的力量用到最高限度的地方吧。消耗我们的体力，保存新手的体力，让他们突击顶峰！"

登山队党委考虑了老队员的意见，组成了"老中青三结合"的20人的侦察修路队和10人的预备队，担负打通北坳道路的任务。各组的组长都由年轻队员担任，每组加入一名老教练员，担负技术指导。

这几名老队员大都已年过40岁，都参加过1960年攀登珠穆朗玛峰的行动，其中有的甚至是参加过中国登山队1956年最早攀登太白山主峰时的队员，已经在当前的登山队担任副队长、副政委等职务，如张俊岩、彭淑力、王振华等人。来自青海的周先加，是侦察修路队的第一结组中唯一的一名新队员。

3月15日，侦察修路队召开全体队员大会，动员、部署具体行动。

参加过侦察修路队的桑珠回忆说，侦察修路队负责拉绳扎营，被称为登山的先锋队和侦察兵。他们的任务，按计划一开始是从海拔6500米开始修路，修到海拔8100米完成，不用抵达峰顶："修路队路线选择错了，选不好了，对整个队伍的影响很大，而且自己也有生命危险。每个营地都必须根据山的地形环境来选地点，周围滚石多不多，有没有危险，修路队是很关键的。"

3月18日，侦察修路队出发，向海拔6400米营地前进。登山队主力也随后开始第一次为期7天的适应性行军，共有133人参加，其中有34名女队员。

到达海拔5500米的高度时，新队员周先加感到了强烈的高山反应，头像裂开了似的疼，眼睛都不想睁开，只想睡觉，根本不想动。但是他知道，在这里千万不能睡着，一旦闭上了双眼就永远也睁不开了。

凭着顽强的意志，周先加攀登到了海拔6000米处。扎好帐篷后，他立刻躺下休息，希望自己的体力能有所恢复。这时，同行的一位甘肃籍的陈教练，把他叫到身边给了他一口小锅，让他到十几米外的一个地方取一些冰块回来，烧一些开水，以便让大家恢复体力。当他蹒跚着走到目的地时，双手几乎连冰镐都举不动了，好不容易砸了一锅的冰块，回来的时候，短短十几米的路程，中途就需要休息两次。可是他没想到，当他把冰块递给陈教练时，陈教练只看了一下就说："不行，重新去取。"然后一下子把锅里的冰全倒在了地上！

周先加回忆说："当时我特别生气，想这个陈教练是不是欺负我是新队员？可是，我还是按他的指示到更远的地方取冰去了。"他这次挖了冰回来，突然感觉身体好了很多，高山反应一下子就过去了，在回来的路上根本就没有头晕的感觉，脚下也有了力量。等他回去把冰块递给教练时，教练笑着说："行了，行了。"

这时周先加才明白过来，原来陈教练是有意让他像刚跑完长跑的运动员一样多活动几下，不要立刻休息。这一次，周先加深深地感受到了在极其恶劣的环境里，不但要有坚强的毅力，老队员们的经验更是可贵。

3月20日中午，侦察修路队到达北坳下海拔6000米处建立临时营地，立即开展对北坳冰壁的侦察。通过观察，侦察人员发现，1960年时冰壁上那条"冰胡同"，现在已经没有了，整座冰壁比1960年时的攀登难度更大。

3月21日，从上午开始，修路队开始在北坳冰壁上凿出一级级台阶，但是很快就发现冰壁往上的部分太陡，不利于大队伍通过。于是他们毅然放弃已经开凿出来的道路，向南转移了100多米，选择了一条新的路线。由第二、三结组轮流开凿道路，第一结组在后面接应。老教练彭淑力率领的预备队，背负着金属梯、绳索、路标等各种装备物资，跟在三个结组后面，随时供应前面三个结组的需要。

第二、三结组换上来之后，由教练员王鸿宝、罗朗（藏族）轮流上前开路，全队很快修好了攀上第一道冰坡的道路。

下午1时，修路队遇到一面七八米高的冰陡坡，存在着冰崩的危险。教练员和结组组长们观察研究后，决定为了安全，宁愿多耗费些体力，再次向右绕行，将道路改为之字形。改道之后几小时，道路已经延伸到了海拔6800米的高度。

到了海拔6800米之后，队员在冰坡上暂作休息。第三结组的队员周先加突然感到自己身上的结组绳被猛地拉了一下，回头一看，与自己同一结组的藏族队员巴桑次仁不见了！原来，队伍休息的地方，是在一条被积雪掩盖的暗冰裂缝上。巴桑次仁不慎掉入了冰裂缝，他不得不用背和双脚紧紧抵住冰裂缝的两侧，紧紧拉住结组绳。这时，与他共用同一条结组绳联结的周先加自己也不能动，就向四周大喊了两声，前面的一个结组闻听立即赶过来，先把周先加固定了一下，然后挖开冰层看见巴桑次仁在冰洞的半空中悬挂着，大家赶紧把他拉了上来。

巴桑次仁的遇险，暴露了这条暗藏的冰裂缝，修路队马上在这条裂缝上架了金属梯，插好了路标，将道路延伸到了海拔6900米。这时日已偏西，修路队和预备队在此建立了临时营地宿营。

第二天一早，修路队就开始修筑距离北坳顶部还有一百多米高度的最后一段道路。他们先是在一座五十多米高的冰陡坡上凿出一级级台阶，到接近北坳顶部的地方时，又遇到一条三米多宽的冰裂缝。老教练王振华领着大家沿着裂缝走了二十多米，找到了一处四五米厚的雪桥，在上面架了金属梯。

11时40分，侦察修路队和预备队全部登上北坳顶部。从海拔6500米营地到北坳顶部的道路全部打通。

38名测绘官兵和11名地方测绘工作者，赶在登山队出发之前，从海拔5200米的绒布寺大本营出发。到3月21日，将大地控制网推向珠峰北麓的东绒布、中绒布和西绒布3条大冰川；此后的两个月中，测绘人员逐步进入到各个区域，为最后的实测做好准备。

测绘人员在整个攀登珠峰行动期间，付出了不亚于登山队员们的艰辛努力。

被誉为雪山"钢标"的技术员冯旭东，在海拔5200米营地就患了感冒。当听说三号点发生雪崩，需要去复查觇标时，他艰难攀行了一公里多路，一直爬到海拔6300米的高山上，咬牙把移位3厘米的觇标修正过来，保证了后来测绘点在交会珠峰勘标时的高精度。为了表彰他的奋斗精神，中央新闻电影制片厂的记者特意来给他照相，当时叫他"自然些，笑一笑"，可他怎么也笑不起来，因为嘴唇裂了口，脸膛破了皮，肌肉已经完全麻木。

测绘队员郁期青，把大地测量的重力点设到了海拔7050米，下来后就由于重感冒引发肺水肿，前后住院两百多天。

12个小时走500米路程

3月22日和23日，新入队的旺姆、达桑、卓嘎、周怀美、邢玲玲5人，成为第一批登上北坳的女队员。

3月24日，登山队结束了从大本营出发到登上北坳顶部的第一次适应性行军，并完成了从大本营到海拔5800米营地和海拔6400米营地的物资运输，更将电话线从大本营架到6400米营地，两地实现了有线通话。

4月初，气象组已经做出今年春天宜于登顶的时段预测：4月下旬和5月中旬。国家登山队据此把登山主力分为两个分队，一分队在4月下旬攀登，二分队在5月中旬攀登。

4月6日，珠峰测量分队副队长、成都军区某测绘大队副大队长陈顺斌，带领王玉琨、吴泉源、郁期青、普布、徐东升、大扎西6名官兵，冒着冰裂和雪崩的危险，登上了北坳，完成海拔7050米处的重力测量和航测设点任务。

同一天，登山队组织一、二梯队，开始第二次适应性行军。

4月9—12日四天时间，一批队员每天一次往返将物资从海拔5800米运到海拔6400米，另一批队员四天之内五上北坳，将物资从海拔6400米运到海拔7050米（北坳）。

4月8日，潘多、桂桑、昌措、扎桑、巴桑、次旦卓玛、白珍等9名女队员，随同男队员一起登上北坳。当天夜里，北坳上狂风大作，风速达到了二十多米每秒。所有队员不得不保持警醒，准备随时应对意外情况。

黎明时分，女队员次旦卓玛的帐篷首先被大风吹倒，接着，桂桑、扎桑、昌措等女队员的帐篷也相继被大风吹倒。女队员们都冲出了帐篷，和来支援的男队员们一起，重新把帐篷搭好。

一连三天，狂风不停。队员们的帐篷每天都要被狂风吹倒几次。帐篷倒了再搭，搭好了再被吹倒，倒了就再搭……所有队员们在北坳上与狂风搏斗了四个昼夜。

4月12日，登山队从北坳下撤，结束了第二次行军。

4月13日，6名测绘队员登上北坳进行重力测绘。

4月17日，第一梯队47人，登上海拔5800米进行适应性训练；18日，第二梯队26人，其中有女队员6人，从大本营出发；第三梯队25人，其中有女队员5人在大本营待命，准备对第二梯队进行支援。副队长潘多被安排在第二梯队，主要任务是为第一批冲顶的队员提供后勤保障。

4月20日，登山队副队长兼运输队队长张俊岩、登山队副队长潘多率领的运输队，将物资运到了海拔8100米营地。

运输队根据规定，男队员每人背三个氧气瓶，女队员背一个氧气瓶。到了海拔7450米处的大风口时，队员周先加突然发现，身旁的一名女队员倒在了地上，他连忙过去打开女队员的氧气瓶给她吸氧，发现原来她的氧气瓶已经空了，他只能给她吸他携带的氧气，但是他必须安装调节阀的螺帽，由于螺帽太小，而自己戴着厚厚的手套根本摸不着，不得不脱掉手套拧螺帽，也就一分钟的时间而已，他的手就被冻伤了。

从海拔7500米到海拔8200米，短短500米的路程，他们凌晨4点出发下午4点才到，有的时候每三分钟才走一步。到了海拔8200米的高度时，由于严重冻伤，周先加的脸上和手上起了许多大水泡，无法继续前行，只得无奈地听从指挥撤了下去；他个人的登山纪录，也止步于海拔8200米。

登山队党委原本考虑到潘多年纪较大，又是女性，所以给她布置的任务比较轻，安排她协助张俊岩指挥运输队，并由她和教练员王鸿宝负责搜集海拔

7000米以上的冰雪样品。有些熟悉的老队员也认为潘多年纪大了，私下里说："老潘这次能到达7600米就不错了，也打破了自己7595米的高度纪录了。"

现在，潘多将自己的登山纪录提升到了海拔8100米，这是中国女子登山纪录的一个新高度（同时到达这一海拔高度的，还有藏族女队员加力）。许多男队员都由衷地夸赞她："姜还是老的辣，老潘不减当年勇！"

到达海拔8200米高度时，来自青海牧区的年轻藏族女队员加力出现了严重的高山反应，产生幻觉，对周围的人和事物都失去了意识和反应，情况很危险。运输队长张俊岩就对走过来的潘多喊道："潘多，过来！你们几个把她护送下去！"潘多一听有护送任务，就知道自己这次不能继续再向上攀登了："我当时心里别提多难受了，可必须服从命令。"但是身为副队长，护送年轻女队员责无旁贷，潘多没有任何犹豫就接受了任务。

这时加力已经完全丧失了意识，潘多碰她的冰镐，帮她绑冰爪，给她拴结组绳，她都没有任何反应，只是听任摆布。潘多把她从雪地上拉起来，告诉她要下撤了，加力还是一声不出，不管地面高低就往前走。潘多赶紧过去保护，和另一个藏族队员一起拉着她往下走。途中潘多为了照顾加力，一不小心自己还出现了滑坠，滑下去了十几米才被结组绳拉住。没走多远，一起担负护送任务的那位藏族队员也出现了体力衰竭，潘多不得不一人照顾他们两人，一路不断帮他们选择道路，提醒他们注意各种障碍物。刚下了海拔8000米，潘多自己由于说话过多，也出现了缺氧症状，两眼发黑视力模糊，只能坐在地上，一点点往下蹭。潘多在如此困难的情况下，一直坚持着照顾加力和那位藏族队员，克服了难以想象的艰辛，终于安全下撤到了海拔7600米。随着海拔的降低，潘多的视力又恢复了，她终于把两位伤病员安全带回了营地，交给了医务人员。

同一天，成都军区某测绘大队的普布、徐东升两名藏族战士，随登山队员一起，突破了海拔7450米高度的珠峰第二险关——大风口，到达海拔7790米处。这里是三面临风的"刀背地"，狂风刮得人都站不稳，重力仪的水准气泡晃动不止。普布觉得戴着鸭绒手套不便操作，便毅然脱掉右手手套，咬紧牙关趴在冰面上，冒着-40℃的严寒测得了重力数据，创造了世界重力测量史的奇迹。而普布的四根指头却冻伤坏死，只好做了截指手术。

通过三次适应性行军，修路队已经修通了海拔5200米大本营到海拔8100米营地的所有道路，安置了辅助设备与营地。

大本营旗杆倾倒：不祥之兆？

4月18日，正当登山队进行第三次适应性行军时，登山队队部突然收到以新任国家体委主任名义发来的一份电报："据中央气象台预报，今年雨季提前来临，5月7日后没有登顶好天，登山队务必于5月7日前完成登顶任务。"

命令传来，整个珠峰大本营沸腾了，队员们都跃跃欲试，准备参加突击顶峰。许多担负辅助工作的人员，也纷纷要求参加登顶的队伍。他们中的不少人，并不真正了解登山的细节和风险，只是凭着一股高涨的热情，自恃年轻、体力好，希望也能创造登顶的奇迹。当登山队领导出于安全考虑，拒绝了他们的要求时，还有人在下面发牢骚讲怪话，说登山队领导搞"垄断"："我们没吃过登山灶，要是让我们登上去了，他们多没面子！"但是，热情还不能替代科学。登山队政委王富洲和副队长许竞来到气象组，宣读体委电令，听取气象组的意见。而气象组的工作人员，基本都不同意这份电报中的气象预报结论。根据珠峰气象组的预报，当年的雨季应在6月上旬开始，而不是提前一个月来临。

登山队领导随后召开了会议。会议上，虽然也有少数人对电报中的气象预报有所质疑，但大多数人都认为，上级命令必须执行。登山队领导做出了决定："利用4月底至5月初珠峰地区可能出现的好天气周期进行第四次行军,突击顶峰。"

根据这一决定,登山队提前结束正在进行的第三次适应性行军,将原来两个登顶分队的主力队员合在一起,组成一个新的突击队,由登山队副政委邬宗岳任突击队长,要求一定要在5月7日前登上顶峰。

4月22日,珠峰出现了宜于攀登顶峰的小风好天气,并一直维持到4月25日。这与登山队气象组于3月预报的"4月下旬有一次登顶好天气过程"基本一致。但这一天,在海拔7600米处的第二梯队,已经开始下撤返回大本营。登山队准备根据国家体委电报所说的时间,重组突击队。

4月24日,登山队党委决定,由登山队副政委邬宗岳担任登顶突击队队长兼党支部书记,登山队党委成员、老队员成天亮担任突击队指导员,大平措担任突击队副队长兼第一突击队分队队长,登山队副队长张俊岩担任第二突击队分队队长。在大本营宣誓后,突击队员们从登山队领导手中接过五星红旗和测绘顶峰的金属三角架觇标,在喧天的锣鼓声和鞭炮声中离开了大本营。

但登山队气象预报组人员目送登顶突击队出发时,心情却特别忐忑不安。

根据气象组的天气预报,好天气应该是5月中下旬,5月7号前的这段时间天气情况并不好。但国家体委作为上级下达的指令,登山队又必须执行。刚刚把登顶突击队队友们送走,大本营却出现了一件令人极不愉快的事情。在欢送突击队出发的锣鼓和鞭炮声中,营地里的一群牦牛受到惊吓,四散奔跑。混乱中,牦牛撞上了旗杆的钢缆,造成旗杆倾倒。登山气象组的帐篷就在旗杆旁边,组员们虽然尽快找人把旗杆恢复原状,但心里却蒙上了一层阴影:《三国演义》中所说的预兆是否出现?

但突击队已经出发,宛如箭已离弦,无法收回。此时的气象组只有专心致志地分析天气图资料,去寻找可能出现好天气的良机,随时报告突击队,争取紧紧抓住一切机会。

4月26日,结束第三次行军的运输队员们回到了大本营。同一天,第二批突击队员从大本营出发。但是,从这一天开始,珠峰地区接连出现不宜于

第五章 \ 第二次登顶珠峰
\ 1965年4月—1975年5月 \

登顶的大风坏天。

4月27日，第一批突击队冒着大风登上海拔7050米的北坳营地。

4月28日，第一批突击队在向海拔7450米的大风口前进时，遭遇十级狂风，进退不得，开始不断出现冻伤减员；更严重的是，第二突击队在到达海拔6400米营地时，同样也遇到狂风袭击。尽管两个突击队的队员们尽了最大努力，几次冒险前进试图突破，都因风力太大而失败。最后，登山队党委不得不用步话机下达新的命令："五月初将有好天气，第一突击队立即停止前进，同第二突击队一起暂时撤回6400米营地待命。"

随第二突击队前进的突击队长邬宗岳，用步话机向大本营请求："我们可以上，我们要求上！"但是，大本营的登山队党委的回答只有两个字的坚决命令："下撤！"邬宗岳耐心说服了心情焦急的队员们，带领他们服从命令下撤。

第一梯队下撤到海拔7050米的北坳营地，第二梯队下撤到海拔5800米的过渡营地。两支突击队在营地一直等待了三天。直到5月2日，珠峰地区风势稍减，两支突击队立即出发。为了把大风耽误的时间夺回来，第二梯队一天兼程两个营地，当天就到达了海拔7050米的北坳营地。

突击队指导员成天亮和运输队长张俊岩带领的第二梯队，到达海拔7050米的北坳营地后，按计划每个结组当晚可吸用一瓶氧气，但是却发现有几个氧气调节器漏气。成天亮和教练员邹兴录两人一起动手修理。在修到最后一个氧气瓶时，却发生意外的爆燃现象，一股火焰喷了出来，所幸没有发生爆炸。成天亮的左手掌和两个手指被严重烧伤，尼龙手套粘在了烧伤的手上，中指部分甚至露出了骨头。但成天亮做过治疗包扎后并没有下撤，而是坚持和第二梯队一起继续上攀。

5月3日和4日两天，第一梯队20人（有3名女队员）和第二梯队13人（有2名女队员），先后突破了海拔7450米的大风口。第二梯队突破大风口时，遭遇了九级强风难以前进，从9点到12点，用了3个小时才前进100米。领队的登山队副政委兼突击队长邬宗岳，率先在强风中匍匐前进，带领第二梯队艰难地"爬过"了大风口，到达海拔7600米营地。

海拔8200米的入党仪式

到达营地后，邬宗岳冒着-30℃的严寒，揭开衣服，在严寒中裸露着手脚，在雪地上躺了约二十分钟，向大本营发射心电讯号，创造了一项新的世界纪录。

接着，邬宗岳又率领第二梯队一举越过了海拔7600米营地，于当天下午到达海拔8200米营地，与第一梯队会合。

桂桑说，1975年3月，她在珠峰大本营递交了入党申请书。在当时，保证至少有一名女运动员登顶是登山队的重要任务，身体素质、适应能力都在最佳状态的桂桑是全队保护的对象。1975年5月4日下午，桂桑作为珠峰攀登队第一梯队队员，和20多名队员攀登至海拔8200米的营地时，登山队党委通过步话机郑重宣布，批准桂桑火线入党。

桂桑还清晰地记得入党宣誓仪式的每一个细节。那天下午5时许，在海拔8200米营地，风和日丽，阳光灿烂。在一片狭窄的黄色岩石坡上，队友罗则和尼玛扎西展开了鲜艳的党旗，突击队长邬宗岳拿出了写在纸上的入党誓词，带领桂桑朗读。

桂桑回忆说："我在珠峰大本营递交了入党申请书，没想到这么快就批准我入党，当时就只有激动和高兴了。"桂桑当时摘下厚厚的保暖手套，面对党旗，激动地举起紧握的右拳。"我志愿加入中国共产党……"在邬宗岳的带领下，年轻的桂桑大声朗读完入党誓词，身旁的人纷纷以藏语高呼"扎西德勒"，祝贺她成为一名光荣的共产党员。

这是中国共产党历史上，海拔最高的入党宣誓仪式。

"党员就是先锋模范，入党是件很光荣的事情，大家都想学雷锋、学焦裕禄。"桂桑回忆自己入党时的心情，"入党后登顶的动力就更足了，拼了命也要上去！"

在这次行军中，中央新闻电影制片厂的摄影记者刘永恩，随队登上了海拔8200米的营地，他拍下了桂桑入党仪式的全过程。同时，刘永恩也成为当时全世界登上海拔高度最高的摄影师。刘永恩完成自己的摄影任务后下撤，后续摄影工作由邬宗岳负责。

突击队虽然顺利登达了海拔8200米营地，但两个梯队由于兼程行军，体力消耗极大，陆续出现了各种伤病减员。

5月5日，天气依然不好，第一梯队由突击队副队长大平措率领，第二梯队由突击队长邬宗岳率领，两个梯队继续冒着八九级的大风继续上攀。

大平措还负有一项特殊的任务，他要负责把金属梯——即后来著名的"中国梯"——背到第二台阶附近。为此他不但和其他队员一样背着沉重的背包，还要在背包外绑五节梯子，每节梯子差不多一米长，竖着绑不便于行动，只能横着绑，这让大平措消耗了不少体力。

大平措回忆自己背负"中国梯"的感觉："重量倒没有增加多少，但梯子横在背后，遇到大风时行走起来艰难得很。"

在这次行军中，金属梯被大平措背到了海拔8600米营地。

突击队长邬宗岳已经42岁，他在1960年攀登珠峰的行动中曾登达海拔8600米，1964年曾登顶希夏邦马峰。他不仅是登山队的老队员，更是登山队中少有的学习过专业电影拍摄技术的人。他比大家多背了一部电影摄影机、一架照相机和一支信号枪，再加上其他装备，负重足有30公斤。队伍在七八级的大风中向海拔8200米高山营地挺进。邬宗岳艰难地在岩石上爬行，呼吸急促，仍然不停地端着电影摄影机，反复拍摄。

第二梯队有三个结组，梯队副队长仁青平措带的前两个结组，全是年轻的藏族队员，行进速度比较快。而邬宗岳所在的结组中有女队员桂桑，走得比较慢。到了中午时分，两个结组之间的距离，已经拉大到了视线之外。

到了海拔8500米时，邬宗岳的高山反应加重，嗓子发哑，说不出话来，同时他感到自己体力透支，难以跟上队伍的行进速度。但他作为突击队长带有步话机，要负责与大本营联系。于是他命令同一结组的年轻队员夏伯渝，加快攀登速度，把步话机交给前面的第二梯队副队长仁青平措。

年轻的夏伯渝是第一次参加登山，没有经验。几次行军，他都是跟着前面别人的脚印走，没有自己单独走过。这一段路途没有设立标志，岩石比较多，因风大积雪也少，前面的结组没留下多少脚印，夏伯渝只能凭着感觉走。他本应沿着山脊往上走，由于低着头一直往前走，却不知自己已经顺着山腰横切过去了。一直走到悬崖边上，他才发现自己走错路，抬头可看见顶峰，但面前却是一面绝壁，脚下已是万丈深渊！

夏伯渝发现自己身处险境，一时非常紧张。他趴在岩壁上过了好一会儿才冷静才来，找到了岩壁上的一条裂缝，小心翼翼地一点点沿着裂缝攀上了岩壁，才重新找到山脊上的道路，而且终于看到了仁青平措所带领的两个结组！夏伯渝终于完成了任务，把步话机交给了仁青平措，并随着他们的结组一起，于当天傍晚之后到达了海拔8600米的营地。

夏伯渝走后，邬宗岳选择解开结组绳，命令其他队员先行，自己在后面慢慢跟进。在呼啸的风雪中，他的身影渐渐隐没于一片白色之中。

大平措带领的第一梯队攀上第一台阶，到达海拔8680米建立营地后，原准备派人再去侦察通往第二台阶的道路，但几次前进都被风雪阻挡住了。

突击队长邬宗岳失踪

当晚，大本营通过步话机收到突击队副队长大平措的报告，两个梯队共有16人到达海拔8680米营地，其中有三名女队员。大本营的队员们都围在步话机周围收听着前方的消息，都为突击队到达新的高度而高兴。

然而，步话机里紧接着又传来一个令人非常担忧的消息：登山队副政委、突击队长邬宗岳，脱离结组没有跟上队伍，尚未到达营地。

当年两个梯队到达海拔8680米营地后，所有人都在忙着搭帐篷、烧水做饭等事务，为第二天冲击顶峰做准备。直到傍晚，才发现突击队长邬宗岳没有上来，副队长大平措询问与邬宗岳同一梯队和结组的几个队员，才知道途中邬宗岳为拍摄影片解开了结组绳，没有跟大队人员一起行进。

邬宗岳为什么要解开结组绳呢？后来队员们分析他当时的行为："他有摄影任务在身。他们三个人一组绳子，他想拍一个前面两个人和远处的珠峰交叠在一起的镜头。如果绑在一起，他找不到那个角度。山脊像刀刃一样，但他就是想拍到一个好的角度。而且那时候的摄影机很重，胶片很珍贵，只能带一卷，不能随时开着。他要找到好角度，才能打开。"

大平措马上将邬宗岳失踪的情况报告大本营，大本营立即命令在海拔8680米营地的队员想尽办法组织营救。但这时天色已晚，天气突变，山上又起了大风，几米之外什么都看不见，再大的喊声也会被强风吹散。大平措一连派出了好几名队员向海拔8200米方向搜救，都没能在黑暗中找到任何线索。一直到了后半夜，前去搜救的队员们不得不在大风中返回海拔8600米营地；队员们携带的手电筒，电池在高寒环境下电力枯竭，发不出多少光亮。为了能给邬宗岳指示方向，队员们甚至在大风中点燃了一件羽绒背心做的火把（在那个气温下，脱掉羽绒服就有冻伤的极大危险）。在强烈的寒风中点火时，需要抓一把火柴一次划着，否则就根本划不着火，一盒火柴只够划两三次，最后用光了好几盒火柴才点着火。但是，这些办法都未能找到邬宗岳。

与此同时，突击队与大本营之间的联络也开始出现问题。当时突击队和大本营之间使用的是国内新研制的便携式无线电步话机。为了减轻登山队员们的负重，这种步话机将通话功能和心电图传送功能集成在一起（沿途在不同海拔高度都传送了队员的心电图），两种功能由一个按键的上下移动实现转换。但这种设计在高海拔缺氧条件下有一个缺陷：由于高海拔造成人的思考、反应能力下降，所以使用的队员经常会按错键，造成步话机处于心电图传送状态，不但无法联络还使得电池空耗。这时，海拔8680米营地的步话机因出现了电池耗尽的问题，而与大本营中断了联系。

直到5月6日天明，搜救队员们一直下到了海拔8200米，仍然没有找到邬宗岳的踪影。几个小时后，大本营收到搜救的队员用步话机发来的报告："我们在海拔8500米的地方，发现邬宗岳同志的背包、冰镐、电影摄影机和氧气瓶，可是，没有找到他本人。"接着，搜救队员又连续发来报告："我们还发现邬宗岳同志背包旁边的悬崖上，有物体向下滑坠的痕迹……""现场的观察和以往的经验说明，邬宗岳同志在那里牺牲了……"

邬宗岳本人失踪了，但是他的背包、冰镐包、摄影机和氧气瓶，却不知什么缘故完好无损，整齐地留在了悬崖边，这似乎是一个谜。

事后，登山队的有关人员，详细询问了途中先后与邬宗岳同一结组的桂桑、夏伯渝等队员，了解邬宗岳沿途表现出的生理、心理状况。综合进行判断后，认为当时邬宗岳很可能因严重高山反应出现了幻觉，误以为已经到了营地，所以留下了背包等物品，在这一带走错方向产生滑坠而牺牲。

邬宗岳是1950年代的登山健将，参加过1960年攀登珠穆朗玛峰，登上过海拔8600米的高度。他后来在中央新影接受过摄影培训，是登山队内少有的摄影师。1964年，邬宗岳是登上希夏邦马峰十名队员之一。作为登山队的代表，他参加了1965年的国庆观礼。1975年攀登珠峰时，他已经42岁，担任登山队的副政委，是这次攀登中唯一的一位牺牲者。

在寻找邬宗岳未果的情况下，突击队还准备组织部分队员尝试突击顶峰。但6日、7日连续两天，珠峰上都是狂风大作。

5月6日，珠峰上的狂风，风力高达十级。在海拔8680米营地的队员，一直等到上午11点，仍然无法走出帐篷。大本营决定，将突击顶峰的时间改为

5月7日。

7日早晨，狂风依然有增无减，女队员桂桑刚出帐篷，就因严重高山反应和缺氧而昏倒，其他队员也因狂风无法前进，几次试图走出营地都被狂风挡回。一直等到7日下午，突击队在海拔8600米处已经坚持了近50个小时，氧气、食品、燃料全都消耗殆尽，最后突击队不得不全体下撤到海拔8200米营地，原定7日之前登顶的计划失败。

26岁，双腿截肢，因为把睡袋让给队友

5月7日下午，大本营气象组作出新的气象预报：自5月8日起，珠峰顶峰附近，风力减小到7级以下，宜于登顶。

这一消息，给海拔8200米营地的队员们打了一针兴奋剂，大家通过步话机向大本营请战，其中教练员王鸿宝的态度尤为坚决。大本营领导在突击队的坚决请求下，任命王鸿宝为新的突击队长，根据山上队员的身体状况，重新组织队伍冲击顶峰。

当天上午11时，突击队经过重新组织后，王鸿宝、成天亮、仁青平措、索南罗布、罗则、昌措（女）、洛桑坚赞、拉旺、桑珠9名突击队员，开始再次向海拔8680米营地前进。所有突击队员对登顶的意志都极为坚决，但由于队员们已经在高海拔地区的严寒中坚持了两周左右时间，体力和对高寒缺氧的耐受力都已接近极限，所以这次突击从一开始就伤病不断。仅上攀了100米左右，女队员昌措就因高山反应导致的咽喉发炎，被迫停止前进，由队员拉旺护送返回海拔8200米营地；到达海拔8400米处时，原二梯队副队长仁青平措严重冻伤，手肿得连手套都戴不上，只得由罗则护送他下撤。尚未到达海拔8680米营地，9名突击队员就减员4人。

9日，突击队五人从海拔8680米营地出发，队员洛桑坚赞又出现严重高

山反应，血压骤升，无法行动，只得被迫留在营地休息，突击队只剩下王鸿宝、成天亮、索南罗布和桑珠四人。从大本营出发时，登上过第二台阶的王富洲和贡布，曾绘制了一份第二台阶附近的地形和路线图。但这份路线图随同突击队长邬宗岳一起失踪了。现在突击队员们只能靠自己的经验和判断来寻找前进的路线。原本从营地出来，可看见第二台阶的陡峭岩壁，但走着走着，因地形的变化，反而又看不见第二台阶。他们最后发现走向偏低，已经走到诺顿峡谷的方向。在这里，他们发现了1960年史占春和王凤桐侦察第二台阶路线时留下的岩石锥和绳索，这也证明当年史占春和王凤桐所侦察的路线，实际上是在诺顿峡谷方向，而不是王富洲等四人正面突破第二台阶的路线。

正当他们准备折返回去重新寻找路线时，老队员成天亮突然因高山反应昏倒，只得派索南罗布护送他返回营地。坚决要求冲击顶峰的突击队长王鸿宝，这时仍不肯放弃，用步话机向大本营报告说："我们准备把成天亮同志安全送回8680米营地后，继续向上找路，今天找不着，明天再找。"

然而，天不遂人愿，就在下一步的行动中，王鸿宝自己也因高山反应而昏倒，只能由桑珠护送他返回营地。伤病累累的突击队员们，在好天气中被迫下撤，顽强的突击最终还是失败了。

许多年轻队员是第一次参加高海拔的登山活动，缺乏必要的经验。他们很多人不知道，人体在高海拔缺氧环境中，感觉的灵敏性会大幅度下降，往往受了伤之后自己还感觉不到，从而在后面的行为中不自觉地加重了伤势，这种情况在冻伤的队员中尤为突出。在最后的下撤途中，一个年轻的藏族队员没有经验，在休息时解开了背包带，等再站起来的时候，不慎将背包滑落到山涧中去了。夜间宿营时，这个丢失背包的队员没有了睡袋。年轻队员夏伯渝感觉自己不怕冷（其实是感觉灵敏性下降），就把自己的睡袋让给了这位队友。但夏伯渝万万没有想到，他自己就在这一夜被严重冻伤，最后导致双腿截肢。

夏伯渝回忆说:"我和三个藏族人结成一组下撤,其中有一个人,体力也不行了,站起来都很困难,就在休息的时候把背包解开了。这是不应该解开的。他解开以后,一站起来背包就掉了下去,背包里面有睡袋。我们到了7600的时候要睡觉,他没有睡袋,也走不动,几个人一起又拉又拽。晚上睡觉的时候,在帐篷的角落里面哆嗦。我在登山队有一个外号叫火神爷,不怕冷,我就把我的睡袋给他了。没有睡袋,也不能脱鞋,也没有脱衣服,我就在帐篷里面躺了一晚上。当然冻伤也有一种感觉,疼什么的,我没有这种感觉,早上起来也没有什么不舒服。当时没有时间让你去想,把睡袋给了别人我会冻死怎么办。如果我有时间想,可能就会犹豫了。

"我自己从7600走到了6500,到6500还遇到一档子事。我的身体有点发抖,这时候离营地已经很近。营地在6500米那儿,有几百米,一般人走都从旁边绕过去,我一看在那儿就直接过去了。那儿有一个冰裂缝,不到一米宽,很小的裂缝。我就想大步一下子过去。到那儿以后一大步,结果腿一点劲没有,后面腿没使上力量,前面也没迈过去,一下子空了,我就掉了下去。冰很窄,往下一进去的时候,我本能往前一趴,冰爪一下子扣在雪地上,我的包一下子卡在那儿,吓我一跳,要是这个冰裂缝宽一点就麻烦了。我就想在山上不能有一点疏忽、马虎。

"人的求生欲望总是很强,到那个时候怎么也得拼命。到了营地以后,我还跟人家讲山上有什么情况,晚上睡觉,脱鞋脱不下来。脚动不了,脱靴子得把脚伸直,脚动不了。大夫说恢复一晚上明天看怎么样。结果第二天还是动不了,脱下来颜色和正常皮肤是一样的,没有温度,动不了。我觉得可能是冻伤了……"

夏伯渝的双脚当晚冻伤坏死,下山后不得不做了截肢手术。当时他二十六岁,进入登山队前是一名足球运动员,"本来打算登完回来继续踢球的"。

虽然冲顶失败,但队员们还是尽最大的努力,完成了必须的科考任务。

当突击队员们返回大本营时，科考队的成员们前去迎接他们。此时，王鸿宝由于极度的疲劳和饥饿已经昏迷了，但当他听到科考队员们到来的讲话声，就立刻挣扎起来，用手指向他的登山背包，说了声"标本"，然后又昏迷过去了。

当科考队员们看见他所取得的各种标本上都清楚地标记有采样日期、地点和海拔高度时，面对着昏迷不醒的王鸿宝，难以想象他是在多么困难的条件下，采集和保存了这些宝贵的标本，无不为他坚韧不拔的精神所感动。

田部井淳子登顶，中国人与一项世界纪录失之交臂

5月8日至10日、5月12日至17日，珠峰地区出现了两次难得的适于登顶的好天气过程。但是，此时的突击队，却不得不在好天气中下撤，遗憾地失去关键性的登顶机会。

自5月10日起，登山队大本营的广播电台停止了广播。第四次行军突击顶峰失败，副政委邬宗岳已经失踪5天了，生还的希望几乎为零，突击队的两个梯队61名队员，减员32人……登山队大本营笼罩在一片沉闷而忧伤的气氛之中。

第四次行军突击顶峰的失败，最主要的原因，是促使登山队领导层做出决策的国家体委电报中，天气预报的信息是错误的。突击队开始行动的时间，未能与好天气的时间契合，前后两次被恶劣天气阻止。第一次恶劣天气后，为赶时间，两个梯队兼程前进，在一天的时间之内越过两个营地；第二次恶劣天气中，队员们又被迫长时间滞留在高海拔地区的严寒环境中。这样，突击队消耗了大量体力，继而不断产生了伤病减员。突击队长邬宗岳的意外失踪，路线图丢失，队员们在搜救过程中更加重了体力的消耗。待好天气来临时，最后的突击队员们，体力和高原缺氧的耐受力都已达极限，加之

找不到道路，无力完成冲顶。

年轻队员们虽有顽强的拼搏意志，但缺乏训练和经验，不善于分配体力和避免伤病，也是造成大量伤病减员的原因之一。

从3月18日开始，登山队在不到两个月的时间内，连续组织了一次侦察修路和四次行军，密度已经超过1960年那次攀登珠峰时的密度，这也令大本营储备的物资消耗极大，必须等待后方的运输补充。这一切都拖住了登山队再次对顶峰发起冲击的步伐。

但就在此时，在珠峰南坡的登山队，抓住了5月2日至17日的好天气过程。女队员田部井淳子正是在5月16日，即好天气过程的倒数第二天，在夏尔巴向导的帮助下，从南坡登上了珠峰顶，成为世界上第一位登顶珠峰的女性。

如果中国登山队的组织工作，没有出现上述各种失误，中国的女子登山队员们，则完全有可能在田部井淳子登顶之前登上珠峰。但是，事实没有"如果"，中国登山队与这一世界纪录失之交臂。

眼前的局面，使得休整中的登山队人人忧虑重重：今年春季是否还有利于登顶的好天气出现？登山队气象组一时无法给出答案；大本营储备的物资接近"弹尽粮绝"，需要等待后方的运输补充，今年春季是否还能登上顶峰？登山队的领导们也无法做出结论。

这些不利的消息，很快传到了北京。当时主持军委工作的叶剑英元帅，立即命令拉萨派出两架军用直升机，从北京运去最好的新鲜蔬菜和食品，直飞西藏日喀则军用机场，再用卡车送到登山队大本营。当第一批蔬菜水果送到大本营时，正值大本营新鲜食品消耗殆尽之时。一筐萝卜，从卸车到抬进伙房帐篷这一小段距离内，就被长时间缺少新鲜蔬菜的登山队员们抢着啃光了！

随着运输物资的车队，西藏自治区区委书记郭锡兰、西藏自治区政府副主席兼中国登山协会主席乔加钦等领导人，也率领包括西藏军区文工团在内的慰问团，赶到绒布寺大本营，慰问登山队员们。没有高原生活经验的西藏军区文工团的演员们，克服各种困难，在海拔5100米的大本营，为登山队员做了精彩的歌舞演出。来自北京中央和上级领导的亲切关怀，给登山队所有人带来了极大的鼓励，沉闷的珠峰大本营顿时又恢复了生气。

气象预报组抓紧时间，认真分析气象资料，寻找今春登顶的好天气时段；登山队员认真准备登山装备，调整身体状态，准备抓住再次出现的登顶好时机。

"爬也要爬上珠峰，死也要死在山上。"

5月12日，气象组预告：5月25日至29日有一次登顶好天气过程，很可能是今年春天的最后一次攀登顶峰的机会。大本营立即投入紧张而满怀希望的准备工作中。

珠峰周围早已架设好10台经纬仪，都在等着突击队登顶时树立起来的觇标。

由于队伍减员比较大，登山队动员了所有能动员的力量，投入突击顶峰的准备工作。登山队的炊事员、司机、科考队员、电台人员、气象人员、医务人员和后勤人员，凡是能上山的都组织起来，竭尽全力，排除各种艰险，向山上各个营地运送突击顶峰必要的物资和装备。

许多从没有参加过专业登山的年轻战士，临时参加了运输队。他们斗志昂扬、不畏艰险，克服严寒与高山反应，一次又一次地将物资运送上去。上了北坳就问7600米在哪里，上了海拔7600米又问8200米在哪里。

登山队的几位副队长、副政委和老教练员们，也都分别带队到各个海拔高度的营地，去指挥各级运输工作。副政委邓嘉善，率领运输队并将各种物资运到了海拔7790米处，又携带步话机在此海拔高度孤身一人搭帐篷坚守，指挥、接应和调度上行下撤的运输队员们，一直坚持了五天五夜。

选拔新的突击队员，组织最后的冲顶决战，是准备工作的重中之重。

年轻队员桑珠，原本是修路队的队员。政委王富洲问他："你是个党员，再冲顶珠峰有没有决心？有没有信心？身体怎么样？"桑珠说自己几乎就是本能地站了出来，没有丝毫的犹豫。

1960年就加入登山队的老队员侯生福，和邬宗岳一样，也是队中少有的具备电影拍摄技术的队员。在前面的行军中，侯生福因病被强令下撤送往医院治疗，现在他听说队友邬宗岳牺牲，就咬破手指写了血书请求参加突击队："爬也要爬上珠峰，死也要死在山上。"

他的坚定决心感动了登山队领导，也考虑到突击队拍摄电影的需要，侯生福最终入选了突击队，成为突击队中坚持到最后的唯一一名汉族队员。

最后选拔出来的突击队，由18名队员组成，分为3个突击组，由索南罗布任突击队党支部书记、突击队队长，同时兼第一突击组长；罗则任突击队党支部副书记兼第二突击组组长；登山队副政委噶久群培任突击队副队长兼第三突击组组长。

突击队中有三名女队员：潘多、桂桑、昌措。在前面的几次行军中，桂桑和昌措最高登达过海拔8680米高度，潘多最高登达过海拔8200米高度。

年已36岁的潘多，是登山队的副队长，原本担负运输队的任务，在前几次行军和运输中，运输队因她年纪较大又是女队员，在分配任务时比较照顾她，所以她的体力消耗比较小。同时，潘多在前面的行军中，也表现出了良好的身体状态和丰富的攀登经验，这一切都被运输队长张俊岩看在眼里。现在，由于女队员减员比较多，年纪虽大但身体状况较好的潘多，顺利入选了新的突击队。

潘多回忆说，她回到大本营后没几天，忽然发现队里给她安排的伙食增加了营养。她当时就感觉自己的任务可能要发生变化。

果然，几天后队里领导和自治区领导先后找潘多谈话，大意是现在就剩下她、昌措、桂桑三名女队员，希望她作为老队员，带领年轻的女队员们一起去冲顶。潘多一听，心里就乐开了花，虽然知道女队员冲顶的主力还是桂桑、昌措等年轻队员，但自己终归也有了难得的登顶机会！

突击队出发前，王富洲和贡布两位曾登上过峰顶的老队员，不但重新绘制了第二台阶一带的路线图，更用胶泥凭记忆塑出第二台阶的模型，对着模型给队员们反复讲解第二台阶的地形，要求队员一定要记住每一个细节，因为那每一个细节，都有可能会直接决定冲顶的成败和队员们的生死。

突击队行动之前，登山队副队长陈荣昌率领部分修路运输队员先行出发，前去替换已经在北坳以上各个营地的运输队员，部署突击队登顶后的接应。其中陈荣昌本人的任务，是到海拔7790米临时营地，接替已经在那里坚持指挥了很长时间的副政委邓嘉善。

在海拔7500米，潘多与丈夫偶遇

5月17日，突击队员们在大本营广场上，面对着五星红旗宣誓。然后，18名突击队员分为3组，突击队长索南罗布带领第一组4人、登山队副队长噶久群培带领第三组6人于当日早晨出发，突击队副队长罗则率领包括3名女队员在内的第二组8人于18日早晨出发，中国登山队登顶珠峰的决战开始了！

突击队出发的同时，山上各个营地的运输队员们也在调整下撤。就在突击队出发后的第二天，珠峰上又起了风雪。傍晚时分，山上突然传来了不好的消息：运输队员强巴与阿旺晋美两人，18日冒着风雪从海拔7600米营地下撤，于当日晚间失去联络，未能返回海拔7050米的北坳营地！

大本营得到消息后，立即命令海拔7600米和海拔7050米两个营地，组织人员进行双向搜救，但风雪太大，两组救援人员经过一整天的寻找，没有找到两人的踪迹……

原来，强巴与阿旺晋美两人下撤途中，因风雪太大迷失了方向，走错了路，又没有步话机，到18日天黑时，都没能找到返回北坳营地的道路。天黑时两人还在海拔7500米附近徘徊。新队员阿旺晋美出现了高山反应走不动了，两人只能在附近找了一个岩石缝过夜。阿旺晋美有些着急，让身体较好的强巴先走，再找人来接他。但是强巴坚决不同意，认为自己要对新队员的安全负责，他鼓励阿旺晋美："这点暴风雪算不了什么困难，大家都在关心着我们。我们虽然只有两个人，也是一个战斗集体！"

第二天风雪依旧，两人只靠身上的几包维生素当食品，又坚持了一天。第三天风雪减弱，两人重新寻找道路继续下撤。这时他们已经在缺氧无食的情况下坚持了56个小时，两人都已筋疲力尽。在下一个陡坡时，走在前面的阿旺晋美一步不慎发生了滑坠，强巴在后面赶紧把冰镐用力插入冰雪中死死压住，两人都无法移动一步，情况万分危急！

就在这时，从上面下撤的另一个结组经过附近正在休息，藏族女队员次旦卓玛远远看见了险情。她立即解开自己的结组绳跃身而起，不顾坡陡雪滑，扑上前去紧紧拉住强巴身上的结组绳，使得强巴和阿旺晋美最终脱离了险境！这时已经是5月20日了。

三组突击队员冒着风雪行进了三天，登上北坳冰壁，突破了大风口，于5月20日、21日陆续到达了海拔7600米营地。由于冒着风雪前进，从上了北坳之后，突击队中就陆续出现了减员。

行进途中，潘多从海拔7050米开始，就经常从步话机中听到丈夫邓嘉善在海拔7790米临时营地用嘶哑的声音与大本营联络、指挥各个营地的运输工作。到这时，邓嘉善已经在海拔7790米营地坚持了5天，嗓子完全沙哑，全靠喉咙的气息顶着发出声音来进行联络。20日，大本营命令登山队副队长陈荣昌接替海拔7790米临时营地的指挥，邓嘉善于21日奉命下撤。邓嘉善在下撤途经海拔7500米附近时，恰好与潘多所在的第三突击组相遇！

虽然所有五人都穿着厚厚的登山服，但潘多对自己的丈夫太熟悉了，从身形上就一眼认出了是邓嘉善。潘多在远处就冲他热情地挥手，呼喊着他的名字。邓嘉善也想回答，但连日在气候条件恶劣的环境下指挥工作，已经让他的嗓子彻底嘶哑，发不出声音来。

夫妻二人没说一句话，邓嘉善举起手中的冰镐指向顶峰，妻子立刻明白了他的意思，点了点头，随即泪流满面："他示意我一定要取得最后的胜利，"

潘多后来回忆说："我当时看他将手中的冰镐朝峰顶上指了指，就明白了，他是示意我一定要登顶。我顺着他指的方向，看到他在前方山路上细心铺好的一面面小红旗路标，眼泪一下就流出来了。但为了保存体力，我只能冲他点点头，擦肩而过。"

接替邓嘉善在海拔7790米临时营地指挥的，是登山队副队长陈荣昌，他也是20世纪50年代进入登山队的老队员。为了在此等候返回营地的突击队员们，陈荣昌也在此坚持了五天五夜。由于许多队员在这个营地上下往返多次，营地储存的食物已经消耗殆尽，陈荣昌不得不在附近找寻食物，最后仅找到几块鸡骨头。即便如此，陈荣昌还用它们熬成鸡骨头汤，为下撤的队员补充体力，自己却连续五天五夜没怎么进食，还患上了感冒，被严重冻伤。他后来回忆这五天五夜的经历时，还笑着说："我下山时很狼狈啊，走路都跟跟跄跄的，能活着回来真是不容易。"

突击队到达海拔7600米营地后，天气突变。从5月20日开始，珠峰上刮起了十级大风，一连四天，突击队被困在营地的帐篷内无法前进。登山队大本营根据突击队减员的情况，决定将三个突击组缩编为两个，第一组由索南罗布、贡嘎巴桑、大平措、次仁多吉和杨久辉组成，其他队员编为第二组。

5月21日，就在突击队员们被困在帐篷里与风雪搏斗的时候，大本营党委通过步话机告诉潘多，她已被正式批准为中国共产党党员。这一喜讯，使潘多深受鼓舞，兴奋异常。她表示，一定要经得起考验，努力克服困难，登上顶峰，完成党和人民交给的任务。5月24日，风力减小。下午1点，第一组的五名队员索南罗布、贡嘎巴桑、大平措、次仁多吉和杨久辉出发上攀，于当日下午6时到达了海拔8200米营地。第二组因有体力较弱的女队员，当日在海拔7600米营地多停留了一天。

5月25日早晨,第一组开始向最后一个营地——海拔8680米突进。但出发时,杨久辉出现严重高山反应,被迫留在营地,其他4人于下午4时到达海拔8680米营地;同一天,第二组的潘多和罗则,也率先到达海拔8200米营地,其他队员当晚也陆续到达。

第一组到达海拔8680米营地时,距离天黑还有两个多小时。索南罗布决定,留下大平措、次仁多吉两人搭建营地帐篷,他和贡嘎巴桑两人不休息,带着尼龙绳和岩石锥,抓紧时间去侦察和修通突击营地至第二台阶之间的道路。这条道路需要在"黄色走廊"地带横切行走,陡峭而危险,而且很容易迷路。中国登山队的队员们,已经不止一次在这一带迷失了到达第二台阶的道路,所以现在索南罗布和贡嘎巴桑的责任就更显重大。

两人相互保护着前进,艰难地在沿途打好岩石锥,拉上保护绳索,一直前进到了第二台阶下面的乱石堆。这段路的下面,就是看不见底的万丈深渊,随处都有滑坠的危险。

几十年之后,索南罗布回忆起当时的情景,依然心有余悸:"探路时,石头就从身边掉入万丈深渊,根本不敢看。"

索南罗布和贡嘎巴桑两人,靠着勇敢顽强的精神,经过极其艰险的攀登之后,终于在天黑前修通了前往第二台阶的道路。

在之前的登顶突击中,金属梯被大平措背到了海拔8680米的位置。这一次,索南罗布带领包括大平措在内的其他3名突击队员,顺利地在该位置找到金属梯和中国测量队交给他们用来测量珠穆朗玛峰高度的红色三脚架和觇标。

在朦胧的夜色中,他们还看到了岩壁上1960年攀登珠峰时屈银华打下的一个冰锥,最终确认了这里就是第二台阶。在最后观察清楚第二台阶的地形和攀登路线之后,他们才摸黑返回了营地,这时已是当晚21时了。

而第二组的情况则不容乐观。女队员昌措,在向海拔8200米营地前进的途中，就出现了严重的高山反应，咽喉发炎说不出话，她虽然坚持到达了营地，但高山反应加重，她几次昏迷，已经不能再继续攀登了。昌措哭着用最后一点力气对潘多表示："阿佳（藏语姐姐的意思）你一定替我们登上去！"

潘多回忆当时的情景说："珠峰最高的地方我也没有把握，我很希望她们俩都上去。我和昌措拥抱，她哭，我也哭。我心想，要尽最大的努力，绝不轻易放弃。"

25日夜间，登山队党委根据两个突击组的情况做出决定：第一突击组于26日完成对第二台阶的侦察和修路任务后，先行突击顶峰；第二突击组于26日完成从海拔8300米营地到海拔8680米突击营地的行军，于27日突击顶峰。

5月26日，这一天是极为关键的一天。当天早晨，当第二组在为向海拔8680米营地前进做准备时，又一次意外发生了：队员们在用高压锅烧开水的时候，一位队员恰好从外面进来，随之吹进帐篷的狂风掀翻了烧水壶，沸水泼洒在桂桑脚上！

桂桑在这次突击顶峰行动中，是女队员中身体状态最好的，全队一直把她当作女队登顶的重点队员加以照顾，而这次意外，使得桂桑不得不退出登顶的行列。

桂桑回忆说："那时我是队里的主力队员，年轻、体力好是我的优势，大家对我充满了期望，我自己也充满了信心，但那次的意外让我留下了终生的遗憾。……在突击营地休息时，由于太累，我躺下就睡着了，不知道睡了多久，我被队友们的惊呼声吵醒了。睁眼一看，大家都在用惊恐而又关切的目光看着我，还问我情况如何。我莫名其妙地看着大家，最后才弄明白，是队友把刚用高压锅烧开的水倒在我的脚上了，但不知道是什么原因，我一直没觉得疼。我脱下袜子查看时，竟把脚上的皮一起脱了下来。当时我以为我还可以继续登顶，后来队里决定让我下撤，我才意识到问题的严重性，那时我才哭了，我知道我为之付出的一年多的艰辛训练全部白费了。……"

至此，突击队18名队员，因伤病被迫停止攀登和为护送伤病员下撤，已经陆续减员9人，其中有两名女队员。38岁的潘多，成为女队员登顶的唯一希望。

架起名垂珠峰登山史的"中国梯"

5月26日，珠峰海拔8000米以上又刮起了大风，第一突击组只能在帐篷中待机。中午时分，风力略有减小，索南罗布、贡嘎巴桑、大平措、次仁多吉4名队员立即顶风出发，大平措背着那4节金属梯，其他人携带着岩石锥和尼龙绳等修路工具，目标就是架设攀上第二台阶的金属梯。4名队员到达第二台阶的底部后，开路的索南罗布和次仁多吉，攀上第二台阶前两个小峭壁后，首先发现了1960年登顶时屈银华打下的那两枚钢锥，确认了当年那四位英雄攀上第二台阶的路线。但这时出现了一个关键的转折，索南罗布并没有选择当年屈银华的之字形路线，而是转而向那条路线的左侧，很快找到更适合架设金属梯的位置。于是，那架名垂珠峰登山史的中国梯，就架在了这个位置上。

选好了位置，索南罗布等四人克服极度缺氧、疲劳和寒冷等困难，先攀上岩壁，打下四个岩石锥，把四节金属梯连接起来竖立在岩壁上，再用尼龙绳把金属梯的四角固定在岩石锥上。四节金属梯连接起来高达4米，但第二台阶最上面那一段有五米多高，梯子顶端距离第二台阶顶部还有一米多的距离，仍需要徒手攀登。当他们上到梯子顶部时，意外地发现，在一块岩石上还挂着一段尼龙绳——这是当年王富洲、贡布、屈银华和刘连满突击珠峰峰顶后下撤时，刘连满留在这里的背包绳！经过了15年的高山岁月，原本红色的尼龙绳已变色老化，很不结实。索南罗布他们在这个位置上打了岩石锥，用铁锁连接梯子上端加以固定，再用新的尼龙绳将梯子彻底固定。在海拔

8700米的缺氧环境下，直到晚间他们才最后完成了梯子的架设，第二台阶的攀登道路最终修通了！

索南罗布等4人选择新的线路，架设好了金属梯的消息，通过步话机传回大本营后，大本营的所有领导人无不欢欣鼓舞："索南罗布这次立了大功！"

在同一时间，海拔8300米营地附近，因地形的关系，风力达到了十级，第二组被困在帐篷中不能出发。登山队党委为此召开了紧急会议。反复讨论后，改变了原定分两组前后登顶的计划，于下午3时发出最后的命令："天黑之前，第一突击组一定要完成第二台阶的侦察、修路任务；第二突击组必须强行军，从8200米营地上升到8680米营地，9名男女队员于27日同时登顶。"

接到命令后，第二突击组又等待了半个多小时，风力却没有丝毫减弱。潘多心急如焚，她对突击队党支部副书记兼第二突击组组长罗则说："我们不能再等了，今天天黑以前要赶到突击营地会师，走吧！"

说完，她就第一个带头走出帐篷，冒着大风前进了——这是潘多第一次以自己登山队副队长的身份表达意见。在她的带动下，第二突击组的罗则、侯生福、桑珠和阿布钦4人也紧紧跟上。

在狂风中拼搏了几个小时，第二突击组终于在当晚9时到达了海拔8680米的突击营地，与第一突击组的4名队员会合。这时，9名队员只剩下了两瓶氧气。

突击顶峰前夜的党支部扩大会议

当晚11时，突击队党支部书记索南罗布主持召开了党支部扩大会议，9名队员中的8名共产党员和1名共青团员（阿布钦）都参加了会议。在他们当中，罗则年纪最大，37岁，其次是36岁的潘多，年纪最小的阿布钦20岁。

潘多进入登山队最早，是1958年加入；罗则、侯生福两人是1960年进入登山队；索南罗布、贡嘎巴桑、大平措、次仁多吉4人是1965年进入登山队；桑珠和阿布钦两人是1974年进入登山队的新队员。

会议召开时，由唯一的汉族队员侯生福负责用步话机向大本营转达会议情况。很快，侯生福收到了大本营传来的指示："根据气象预报，明天天气较好，今晚要做好一切准备，争取明天突击顶峰。突击顶峰中，党支部要发挥战斗堡垒作用，共产党员要起先锋模范作用，全体同志要发挥一不怕苦、二不怕死的革命精神，为党和人民争光！"

要进行最后的决战了，所有突击队员的心情都非常激动，他们都围到了步话机旁。这时，大约有半数队员，已经因疲劳和缺氧造成嗓音嘶哑，但每个人都用最简单的话语，向步话机的另一边表达了自己坚定的决心。

要有女队员登顶，是这次攀登珠峰行动的主要目标之一。现在，计划中的几个主力女队员都因伤病下撤了，只剩下原本作为后备人选而且年纪很大的潘多，登山队领导们心头的压力可想而知。为了这最后一搏，史占春和王富洲在步话机里对潘多说："潘多同志，现在女同志只剩下你一个人了，你是4亿妇女的代表，全国人民都在看着你！一定不要辜负党和人民的希望，勇攀世界高峰，为国争光，为中国妇女争光！"

话虽不多，字字千钧。潘多深知责任重大，向登山队领导保证：决不辜负党和人民的希望，勇攀世界高峰，为国争光，为中国妇女争光！潘多含泪发誓说："只要我还有一口气，就是爬也要爬上珠穆朗玛峰顶峰！"

与大本营通话结束后，索南罗布向大家宣布了明天的突击方案，攀登第二台阶的行军次序，安排了在顶峰竖立觇标、摄影、搜集岩石标本和冰雪样品、完成遥测心电图等各项任务的具体分工，部署了安全下撤的路线和计划。

讨论中，队员都很关心侯生福的身体。在前面的行军中，年纪较大的侯生福曾患过重病，带病在山上坚持了9天。下山后，他在日喀则住了二十多天的医院，住院期间听说战友邬宗岳牺牲，就写了血书坚决要求参加突击队。他出院返回大本营，刚下汽车就赶上了突击顶峰誓师大会，就立即随突击队出发上山了。他是突击队中唯一的汉族队员，要担负用步话机与大本营联络，还要负责登顶后的摄影工作，任务繁重。因此大家都很担心他的身体。索南罗布代表大家对侯生福说："老侯，你也一定要上去！你的身体怎么样？"

侯生福坚定地回答说："自己参加登山十几年了，没有为党为人民做出应有的贡献，这次拼命也要上去！病有什么要紧，哪怕牺牲了，也是光荣的，这是党的需要。我的身体能顶住，我们一定要把珠峰踩在脚下！"

侯生福将整体方案和大家讨论后的决定，一一转达给了大本营："我们向党委报告，我们已经开完了支部大会，决定明天9个人全部登顶。我们，8名共产党员，1名青年同志，向党保证：一定要完成党和人民交给的任务，只要还有一口气，爬，也要爬到顶峰！"

大本营接到突击队的报告后，王富洲代表登山队党委，通过步话机向突击队说："党和毛主席时刻关怀着我们，我们一定要登上世界最高峰，为党为人民立新功。并请转告潘多同志，希望她战胜一切困难，胜利登顶！"

支部扩大会议结束后，突击队员们为第二天的登顶进行了紧张的准备工作，反复检查了各个细节，一直忙到深夜两点。拂晓时分，登山队大本营通过步话机，转达了北京国务院、中央军委和国家体委的电讯指示和要求："请转告登顶队员，下午天气可能要变坏，一定要抓紧上午时间突击顶峰。并要很好地关怀和照顾女同志潘多。"

5月27日早晨8时，三颗红色信号弹从登山队大本营腾空而起，9名突击队员踏上征程，开始了向世界之巅的最后冲刺！

珠峰上最大的难关——第二台阶！

连续行进一个半小时之后，突击队一行九人，于9点30分到达第二台阶的脚下。全队休息10分钟，每人以二至五升的流量吸氧两分钟，然后开始攀登珠峰上最大的难关——第二台阶！

索南罗布第一个开始攀爬第二台阶，大平措背着测绘觇标紧随其后，其他队员依次鱼贯而上。因为在离第二台阶顶部还有一米的地方，金属梯的长度不够，之前架设金属梯时，索南罗布他们已经在当年刘连满留下背包绳的地方，拴好了新的尼龙绳，现在队员们个个身体后仰，手拉绳索，用脚在岩壁上寻找支撑点，一步步往上挪。

这时，侯生福背的帐篷包被岩石卡住了，在他后面的潘多伸出手帮他拉了一下，不料用力过猛，潘多身体后仰，眼看就要掉下悬崖！潘多后来回忆："背包和帐篷杆卡在了岩石缝里拉不出来。我抓着背包带子想把它从石缝里拉出来，就在拉的时候，身体失去了重心。那时我知道自己背后就是万丈深渊，哪敢多想，看到条岩缝就把脚往那里面发足劲插了进去，人在危急关头往往力气比平时大得多，这一蹬，把我登山靴上绑着的冰爪狠狠固定在了石缝里，也就凭着这一只脚的功劳我才没往下掉！"潘多后来说起当时的情景仍有些后怕，"我早在十多年前脚趾就截过肢，以前登山时脚使不上大劲，就靠手上的冰镐挖，但那一次却全靠了这一脚。"

与死神擦肩而过的潘多，扒着岩石缝调整呼吸定了定神，继续毫不犹豫地跟着男队友继续往峰顶爬："差几步路就到顶了，还没完成任务就牺牲那怎么行呢？"

这是潘多冲顶路上唯一的想法和最大动力。走在潘多前面的桑珠后来回忆说："尽管有金属梯，但攀登第二台阶仍然非常费劲，当时我只有二十出头，都感到力不从心，没想到三十多岁的潘多老师很快就上来了，她身上的坚强品质让我印象深刻。"

就在突击队员攀爬第二台阶的同时，分布在珠峰左右两肩之上的10个观测点，坚守了九个昼夜的测绘兵早已架好仪器，调节归准，密切注视着突击队员们的行动，盼望着那激动人心的时刻早点儿到来。

成都军区第一测绘大队测绘参谋王玉珉所在的西三号点上，恰好正对着第二台阶的正面，两名队员轮流盯着高倍望远镜，用步话机向大本营和其他测绘点作"实况转播"："登山队员开始上山……已经到了第二台阶，前面是一陡崖……队员正在爬金属梯……拐往北坡，继续向上……离顶峰越来越近了……"

这时，一块灰黑色的旗状云从西面飘过来，罩住了顶峰，突击队员们的身影在高倍望远镜里消失了……

1960年攀登第二台阶时，王富洲、贡布、屈银华、刘连满四人，前后共用了五个多小时的时间，其中三个多小时都消耗在最高的那8米峭壁上。而1975年架设了金属梯之后，9名队员攀上第二台阶仅用了十几分钟！此后，这架金属梯在第二台阶上矗立了33年，这就是世界登山界赫赫有名的"中国梯"！

中国梯的架设，是1975年攀登珠峰最重大的成果之一。有了中国梯，第二台阶不再是不可逾越的天险。后来从北坡攀登珠峰的中外登山者，都是利用这架中国梯登上第二台阶。中国梯的名称，也是外国登山者命名的。33年后，中国登山队专门派人上去，另外架设了更长的中国梯，在第二台阶的两个小峭壁上，也分别架设了两架小梯子。原有的中国梯被拆除下来，两节保存在拉萨的西藏登山学校，三节保存在拉萨的中国登山博物馆。

12时30分左右，突击队员们冒着八九级的高空大风，已经到达距离珠峰峰顶只有五六十米的地方。正前方是一面坡度很大的冰坡。突击队在此向北横切了三四十米，通过一片陡峭的岩石坡，转向西面继续前进。

走在最前面开路的索南罗布，这时突然感到身上的结组绳一紧，他回头一看，原来是身后的贡嘎巴桑因缺氧和极度疲劳昏倒了。索南罗布赶紧给他戴上氧气面罩吸了几口氧，贡嘎巴桑醒来了，他什么也没说，咬牙站起来继续前进。半个多小时后，到了距离峰顶还有几十米的地方，前面是一片呈波浪形的冰坡，体力衰竭的贡嘎巴桑再一次昏倒了。

索南罗布再次给贡嘎巴桑吸氧，流着眼泪鼓励他说："胜利就在眼前了，咱们9个同志一定能够一起登上顶峰，一起凯旋而归！"贡嘎巴桑再次醒来，他还是什么话都没有说，流着眼泪继续一步步地朝前走去……最后这几十米的距离，突击队用了一个小时的时间。

1975年5月27日14时30分

在通过接近峰顶的那段"8800米横切"的狭路后，突击队行进的位置角度，恰与某测绘点形成了最佳视点，当时，中央新闻电影制片厂摄影记者的摄影机，从该测绘点的高倍望远镜中拍下了一小段短短的珍贵画面，后来在纪录片中又呈现给了观众。当时的画面，就是在靠近珠峰峰顶下面一点的白雪上有很难看清的几个小黑点儿，由于距离太远，根本看不出这几个小黑点儿在移动，只是解说说道，这是队员们对峰顶发起了冲击的镜头。

14点30分，大本营的步话机里传来了突击队的呼叫！突击队负责通话联络的侯生福向大本营报告："我们9个同志，已经胜利地登上世界最高峰——珠穆朗玛峰！请大本营向毛主席、党中央和全国人民报告喜讯！"

登山队总队长史占春，一直守在步话机旁。由于高山缺氧，上面的队员说话困难，都是上气不接下气，所以通话双方都特别注意，让上面的队员说话尽量简短。这时史占春对着话筒紧张地喊道："上去了几个人？是不是9个人都上去了？是不是都上去了？9个人都上去了，你就说是！是！是！"

接着，步话机里传来侯生福嘶哑的声音："是！是！是！"

围在步话机周围的所有人，顿时一片欢呼！中央新闻电影制片厂的摄影师，在这一关键时刻，将这段极具震撼力的画面摄入了镜头。

潘多后来回忆说："当初，大家刚刚知道一个叫潘多的登顶以后，都在打听这个是'老潘多'还是'新潘多'啊？后来大家听说是'老潘多'，就知道一定是我了。"

一群年轻男女队员，听到突击队登顶胜利的消息后，激动得不知该如何表达自己的心情，他们围住潘多的丈夫、登山队副政委邓嘉善，把他抬起来抛向空中，一个劲儿地欢呼着："你的老潘多上去啦！"

1975年5月27日14时30分，中国登山队副队长潘多、突击队长索南罗布、突击队副队长罗则、队员贡嘎巴桑、大平措、侯生福、次仁多吉、桑珠、阿布钦九人，胜利地从北坡登顶世界最高峰——珠穆朗玛峰！

9名队员创造了一次登顶世界最高峰人数最多的世界纪录！潘多创造了女子首次从北坡登顶世界最高峰的世界纪录！

"这一生最高兴的事就是1975年登上珠峰。"——这是索南罗布的心声，"在峰顶的时候，我们向着北京的方向大喊'毛主席万岁！'，'共产党万岁！'，这些都是发自内心的。"

潘多是登顶的唯一女队员，也是世界上第一位从北坡登顶的女性，她回忆说："当时心里只有一个念头——我完成了任务，这太好了！"

世界首次珠峰高程的精确测绘

世界之巅，其实只是一块宽约一米多、长约十多米的雪坡。胜利登顶的突击队员们，在这世界之巅上还有许多工作要做，他们甚至没有时间停下来吸一口氧气。

队员们首先将大平措背上来的红色金属觇标牢固地竖立起来。这架觇标，几节连接起来，高达3.5米。此次登山队与科考队联合攀登珠峰，珠峰高程测绘是首屈一指的任务。这架觇标的竖立，标志着中国即将完成世界上首次珠峰高程的精确测绘。此时，遍布珠峰北坡两侧的十个测绘点，都在用高倍望远镜紧盯着这架觇标的竖立。这架觇标，在世界最高峰上一直矗立到1982年。在此期间，登顶珠峰的任何人，只要与觇标合影，就可以证明自己登上了世界之巅。

用于精确测量珠峰高度的金属觇标重5公斤，是大平措背上去的。大家一起把觇标展开、连接，以三足鼎立之势架设好，再用三根尼龙绳向三个方向用冰锥固定在冰上。

9个人在峰顶上停留了大约70分钟，创造了当时人类在珠峰峰顶停留时间最长的纪录。桑珠回忆："忙完觇标，我从背包里拿出了五星红旗。这面旗子从6500米起，我就一直背着。"

先是索南罗布、罗则和桑珠，庄重地在风雪中展开了五星红旗，留下了9名队员集体登顶的宝贵影像资料。为了拍摄清楚庄严的五星红旗，罗则甚至不顾自己个人能否留下登顶的影像，不惜让展开的五星红旗遮住自己的脸。

突击队中唯一的汉族队员侯生福，用手中的摄影机，将队员们在峰顶的活动一一记录下来，他拍摄了队员们展开的五星红旗、竖起铸有"中华人民共和国登山队"字样的红色金属觇标、采集岩石和冰雪样品、潘多躺卧在冰雪上做心电图遥测等许多珍贵镜头，也拍下了世界之巅周围壮观的雪峰云海……在顶峰上最忙的人，可能要数登山队副队长潘多了。

在竖立觇标的同时，潘多使用木头杆子用力插进雪层的办法，测得雪层厚度为0.92米——至于这个办法是否科学，登山界的看法并不一致，但当时在顶峰上，找不出其他更为可行的方法了。然后潘多又和其他队员一起，采集了顶峰上的冰雪样品和岩石样品。这些标本，大多是由潘多背下山来的。

潘多还在顶峰东北角九米处乱石堆中，找到王富洲、贡布、屈银华三人1960年登顶珠峰时留下的纪念物。当年王富洲等三人是夜间登顶的，所以没有找到顶峰的中心点，而是把纪念物留在了中心点偏中国一侧的地方。后来国外运动员从南坡登顶，没有到中国这一侧来看，也就没有发现王富洲他们登顶的证据。突击队将这些历史证据带回了北京，有力地反驳了国际上那些怀疑中国登山队的人。今天，国际上已经承认王富洲等三人是第一支从北坡登顶珠峰的队伍。

在这次登山活动中，世界上第一次成功地在20余公里外用中国自行设计制造的耐低温无线电心电图遥测仪，对登上海拔7600米、8300米、8680米以及顶峰的运动员进行了心电图遥测记录。完成海拔7600米和海拔8300米心电图遥测的，是牺牲了的登山队副政委邬宗岳；而完成海拔8680米和顶峰上心电图遥测的，是潘多。

在顶峰上，要把心电图的信号，通过改装的步话机从顶峰发送到大本营和海拔6500米营地。在这个过程中，信号很容易受到干扰，当时顶峰的温度在零下三十多摄氏度，电池消耗很快，而人体在这个极端的环境中经受的考验更加严峻。

潘多躺在顶峰的冰雪上，尝试了好几次都没成功，步话机里一直告知没有信号或者是乱码。潘多默默地躺在冰雪之上，强忍着因严寒和肌肉紧张导致的颤抖，听着步话机里不断传来"肌肉放松、调整"的指导声。时间一分一秒地过去了，潘多凝神屏气在冰雪上整整躺了七分钟，仿佛一个世纪那样漫长。"根本就放松不了，想尽一切办法也不行，太冷了。我不停地发抖，牙齿冻得咯咯直响，顶峰的气温有零下三十多度，身体完全不听使唤了。顶峰的风很大，越来越大……"潘多回忆当时自己的感受，她最后屏住呼吸，尽最大努力让自己冷静下来，"忽然有几秒钟，我居然坚持住了，没有动。听到队友说'可以了'，我赶紧蹦了起来，太冷太冷了，冻死我了！"

多年后，潘多还用调侃的口吻回忆了当时的情景："我躺了六七分钟，终于成功了。当时我在没用氧气的情况下心率为每分钟八十六次，表明我的心肺功能很好。"

她在珠峰之巅留下的这份女性心电图遥测记录，是世界上最高海拔的一份遥测心电图，也是到目前为止全人类仅有的一份位于珠峰之巅的遥测心电图。

当潘多从珠穆朗玛峰顶峰返回大本营时，在她的登山包里，保存着标记好采集高度和时间的完好的海拔7000米以上冰雪样本。这些冰雪样本，后来成为科学界分析研究珠穆朗玛峰水环境本底值的重要根据。

8848的诞生

15时40分，在峰顶停留了70分钟的突击队员们，开始分为两组依次下撤。珠峰周围早已布置好的10个观测点的经纬仪，一起开机。

16时，登山队员已下撤几十米了，但珠峰峰顶依然被浓云包裹着……

18时30分，峰顶的云层开始下沉，尔后在湛蓝的天空背景下，珠峰峰顶和红色金属觇标终于现出真容！"目标出现，注意——交会！"

测绘的关键时刻来到了！步话机中传来口令，十部经纬仪同时瞄向珠峰顶上三米多高的红色测量觇标。测绘队员们强按心中的喜悦，小心翼翼地旋动仪器，争分夺秒地对觇标观测、记簿……开始最后的冲刺。

连续3天，测绘队员们进行了4个不同时段、16个测回的水准、导线、天文、气象、重力、三角等测量，掌握了大量第一手珍贵的珠峰测量数据。

1975年7月23日，中国政府授权新华社向全球宣布：我国测绘工作者精确测得珠峰高度的准确数据8848.13米，雪面高度（即包括峰顶冰雪层的厚度）为8849.05米。

这一精确数据，是中国测绘工作者在距珠峰峰顶7公里至20公里、海拔5600米至海拔6300米的10个三角点上交会观测，并取得完整的珠峰平面位置和高程的测量数据后，依据青岛黄海验潮站建立的水准原点，经过理论研究、严密计算和反复验证，扣除峰顶积雪深度得出来的结果，它的最大正负误差小于0.36米。

这一精确数据，立即得到联合国教科文组织和世界各国的承认，很快成为世界地图集和教科书上的权威数据。它在人类文明史上增添了一组熠熠闪光的数字。这一精确数据，为中国对珠峰进行地质理论、高山生理、大气物理、水土污染等多学科的考察研究，提供了可靠依据。在此之前，全世界对珠峰的海拔高度，基本都是使用英国人在20世纪20年代所测的8882米数据。到今天，对珠峰的准确高度，各方测量获得的新数据虽然多有变化，但实际上最常用的数据，还是中国的8848.13米。

围绕着这次登山行动，进行了珠峰精确测高、珠峰地区全面地形测绘、珠峰气象考察、高原人体生理等多学科的科考，可以说是中国科学界和体育界联合进行了一次规模巨大的考察。这种科考规模，到今天都堪称是空前绝后。

1975年5月27日，在我国登山史、科考史和测绘史上，都是一个伟大的、令人刻骨铭心的日子。

世界上海拔最高的坟茔

突击队下撤途中，第二组五个人包括潘多在内，下到海拔8200米时，却令人费解地走错了路，偏离了原定路线。

第二组中有潘多、罗则、侯生福等经验丰富的老队员，按说不应该走错路的，可就是走错了，而且五个人都走错了，似乎是冥冥之中另有一只指路的手。在这条岔路上，潘多最先看到"很多羽绒在飞"。潘多感到很奇怪："这个地方怎么会有羽绒呢？"

接着，桑珠又发现，有些珠峰地区特有的黑色小雪鸦（这种雪鸦能飞到海拔8000米以上），在朝一个特定的地方飞去。再走近几步，大家都看到一片破碎的红色羽绒服在风中飘来飘去。一个队员喊了起来："那一定是邬副政委！"他们意外地找到登山队副政委邬宗岳的遗体。

侯生福立即用步话机向大本营呼叫，报告发现邬宗岳遗体的情况。罗则、桑珠、阿布钦三个还有体力的队员，则下到那个山壑处去仔细查看。邬宗岳的遗体，因滑坠产生的磨损和雪鸦的破坏，损毁严重，面部已经看不出来了。

队员们原想把邬宗岳的遗体背下山去，但是背不动。高寒缺氧，所有人的体力都已到达极限，要把遗体背下山，就要先把它从山壑里背上来，这非常危险。很快，步话机里传来大本营的回复："经过党委讨论，决定不把邬队长的遗体背下来。"

这时突击队员们能做的，就是尽可能就地将邬宗岳的遗体埋好。他们已经连挖坑的力气都没有了，只能尽最大努力找了许多小石块，堆起一座坟茔，将邬宗岳的遗体埋葬了。

邬宗岳的遗体被安葬在珠峰北坡海拔8100米的高度上，这应是世界上海拔最高的一座坟茔。至今，每一位攀登珠峰的登山家路过此地时，都会在邬宗岳的坟茔上加一块石头，表达对这位登山家的崇高敬意。

登山行动结束时，登山队在绒布寺大本营为邬宗岳举办了追悼会，并在营地边上建立了邬宗岳的衣冠冢。直到今天，这座衣冠冢都是每一个来到绒布寺大本营的人，必然要去瞻仰和凭吊的地方。

惊回首，离天三尺三

几天后，突击队全体队员胜利返回了登山队大本营。这天，虽然天降大雪，但大本营的营地已经搭好了一座飘扬着四面红旗的彩门，拉起了大红的欢迎横幅，登山队的纵队长史占春和政委王富洲，率领大本营的全体人员在彩门两侧欢迎凯旋的登山队员们。

经过一段时间的休息调整之后，登山队结束了这次气壮山河的攀登行动，撤离了绒布寺大本营，于6月8日返回拉萨。当天，拉萨三万多民众在布达拉宫前的劳动人民文化宫广场隆重集会，庆贺中国登山队再次胜利登上珠穆朗玛峰。沿途街道上彩旗招展，到处悬挂着横幅标语和红旗，会场上锣鼓喧天，热闹非凡，西藏自治区党委书记兼西藏军区政委天宝、西藏军区司令员陈明义等领导人早早就在广场迎候。在庆祝大会上，西藏自治区党委书记天宝首先讲话，然后潘多代表登山队讲话。

藏民们迎接潘多时的情景，令她非常意外和惊诧。

"一路上只看到许多人低头朝我恭恭敬敬地跪拜着，仿佛当我女神下凡一样，大家都以摸到我一下为荣，认为那样是沾到了吉祥之气。"潘多回忆道，"在我的家乡西藏，当地人们把珠穆朗玛峰称为'翠颜仙女峰'，传说它是一座神女峰，珠峰周围的老百姓经常会在山脚下烧香供奉它，认为它神秘而不可征服，也不敢贸然上山，因此他们对爬到了峰顶的我特别敬仰，理所当然地认为从神女峰顶上下来的女人，自然就是'神女'。"

6月中旬，登山队在返回北京途中，先后在成都和西安受到当地党政军领导人及各界群众的热烈欢迎。

6月20日上午，登山队乘火车到达北京火车站时，受到国家体委主任和三千余群众的热烈欢迎。当时，周恩来总理已经病重，他看到登山队胜利凯旋的报道后，专门做了指示："要很好宣传，特别是女同志（指潘多）。"

6月28日晚8时，首都体育馆举办1.8万人的盛大欢迎会，国家领导人邓小平、李先念、陈锡联、华国锋、吴德、苏振华、谭震林、李井泉、乌兰夫、江华等人出席了大会。大会开始前，国家领导人专门接见了登顶珠峰的队员和登山队领导人，并合影留念。大会开始后，9名登顶队员与国家领导人一起，在主席台前排就座。潘多再次代表中国登山队全体队员在大会上讲话。

大会期间，邓小平等领导人，还专门接见了国家测绘局第一测绘大队和成都军区第一测绘大队的成员，对他们完成珠峰测绘的重大成就做出了表彰。具体如下：

8848米（登顶队员）：潘多（女）、索南罗布、罗则、侯生福、桑珠、大平措、次仁多吉、贡嘎马桑、阿布钦；

8600米：桂桑（女）、扎桑（女）、昌措（女）、尼玛扎西、洛桑坚赞、王鸿宝、成天亮、仁青平措、边巴次仁、次旺多吉、旦真多吉、米马战斗、小次仁、马桑次仁、拉旺、夏伯瑜、邸贵元；

8500米：邬宗岳、江才；

8300米：曲尼；

8200米：次仁马仲（女）、加力（女）、旺姆（女）、张俊岩、嘎久、尚子平、嘎玛、嘎亚、多布吉、宋子义、大次仁、罗桑、晋美、杨久辉、罗朗、许科、金俊喜、刘福德、陈建军、彭淑力、刘永恩；

8100米：王振华；

中国登山队的女队员们，创造了非常优秀的成绩。在此之前，中国女子登山纪录，是由西绕、潘多于1961年在公格尔九别峰创造的海拔7595米。在这次攀登珠峰的行动中，除了潘多登上顶峰之外，次旦卓玛、次仁央金、周怀美、邢玲玲、米玛卓玛、达桑、卓嘎到达海拔7600米；巴桑、白珍到达海拔7800米；次仁马仲、加力、旺姆到达了海拔8200米；桂桑、扎桑、昌措到达了海拔8600米。她们都打破了中国女子登山的全国纪录。

中国登山队再次成功登顶珠穆朗玛峰，是那个年代一件轰动全国、震撼世界的壮举。这次宏大的登山行动，是中国登山队自1955年建队到1975年这20年间，规模最大的一次登山行动。登山队员们和科考队员们，在这次行动中体现出了顽强的拼搏斗志和不屈不挠的牺牲精神，感动着当时无数的中国人。这次登顶珠峰，不仅创造了辉煌的登山业绩，也取得了巨大的科研成果，其中的一些成就，直到今天还在影响着科学界和登山界。登顶的成功，既体现了当时中国所具有的强大社会动员力量和严密的社会组织力量，也为多部门多学科的广泛协作留下了极为有益的典范。这一切，在当年都给予全国人民极大的振奋。

1955年，中国人第一次接触现代登山运动，中国登山英雄们从此踏出了历史性的第一步。历经20年的英勇拼搏，他们用自己的生命、智慧和力量，将一座座险峰踩了在脚下，为祖国的一寸寸高原领土留下了无数胜于雄辩的证明和精确的数据。1975年中国登山队再次登顶珠峰，为自己20年艰辛而光荣的历程，画下了一个完美的句号。

今天，当年的登山英雄们，许多人已经走完了他们辉煌的一生，在世的也基本都是耄耋之年了。然而，他们所创造的那些英雄业绩，永远都还像昨天一样展现在世人的面前！

山，
快马加鞭未下鞍。
惊回首，
离天三尺三。

附录：部分登山英雄的简历

说明：由于作者的能力不足，未能找到更多的资料，所以这里列出的登山英雄们的简历，只有很少的一部分，挂一漏万，非常遗憾，特致以深深的歉意！

史占春 今辽宁辽阳人。生于1929年，1946年加入中国共产党。曾任齐齐哈尔铁路总工会宣传部部长、东北铁路总工会文教部副部长。中华人民共和国成立后，历任全国总工会宣传处处长，总工会登山队队长，国家体委处长、副司长，中国登山协会主席。2013年逝世。

许竞 辽宁抚顺人。生于1927年，曾任中国登山队队长，中国登山协会副主席，2011年逝世。

王富洲 河南省周口市西华县人，生于1935年，1958年毕业于北京地质学院，同年参加登山运动。1975年任中国珠峰登山队党委书记兼政委，后任中国登山协会主席、中国科学探险协会常务副主席兼秘书长、中国登山协会顾问等职，2015年逝世。

贡布 1962年任西藏登山营教练员，1963年至1965年5月，贡布被选送到中央民族学院干部训练班学习，毕业后参加了国家登山集训队，任登山队副队长。1964年6月出席了中国共产主义青年团第九次全国代表大会，被选为大会主席团成员，受到毛泽东主席等党和国家领导人的亲切接见。1972年后，曾当选为西藏自治区革委会常委，中共西藏自治区第一届代表大会代表，西藏自治区政协第四、五、六届委员、常委，西藏自治区政协、文化、体育、卫生委员会主任，西藏体育总会主席，全国西藏体委副主任，西藏人大第三、四届代表大会代表，西藏对外友好协会委员，西藏野生动物保护协会副会长，西藏珠峰自然保护协会委员。1996年退休。

屈银华 1935年生于重庆云阳县。1965年调新疆体委新疆登山营工作，1979年调回中国登山队。后在中国国际体育旅游公司工作，2016年逝世。

刘连满 1933年生于河北省宁河县。1951年参加工作，在哈尔滨电机厂当文书。1954年到哈尔滨市消防干训班学习，结业后就任电机厂消防队文书兼防火检查组长。1960年攀登珠穆朗玛峰后，曾任西藏登山队教练。1963年建国14周年时，刘连满受到了毛泽东主席和中央政治局全体成员的接见，并参加了10月1日的国庆观礼活动。荣获了体育运动荣誉奖章和破全国纪录奖章各一枚。1973年，为照顾家庭，调回哈尔滨电机厂工作，担任消警科长。1993年退休，2016年逝世。

袁扬 河北徐水人，毕业于北京地质学院地质普查与找矿系。1958年被选入中国登山队，两次获国家体育运动荣誉奖章，后任中国登山协会副主席。

潘多 1963年至1966年在中央民族学院干训班学习，后在西藏登山营任教练员。1975年攀登珠穆朗玛峰后，在无锡市体育局工作，连续当选为五届、六届、七届、八届、九届全国人大代表。1979年被全国妇联评为"三八"红旗手。1981年调江苏省无锡市体委任副主任，1981年后任江苏省无锡市体委副主任、全国体总副主席。1998年退休。2008年北京奥运会开幕式上，潘多成为八名护旗手之一。2014年逝世。

查姆金 1963年至1966年在中央民族学院干训班学习，毕业后调到拉萨市燃料公司工作，后任党委书记。1990年退休。

丛珍 1959年6月由北京地质学院水文系选入国家登山队参加登山集

训，同年7月7日，成功登上新疆境内的慕士塔格峰，这一纪录打破了当时的世界女子登高纪录，完成任务后，被授予国家级运动健将，荣获体育运动荣誉奖章和破世界纪录奖章各一枚。1962年调西藏登山营任教练兼分队长，1966年初调成都地质学院水文系实验室工作，1996年退休。

齐米 1963年至1966年在中央民族学院干训班学习，毕业后调西藏拉萨市民族宗教事务局任职。

翁庆章 1930年生于浙江萧山。1955年毕业于同济医学院医疗系。历任鞍山钢铁公司职工总医院、全国总工会体育部、中国登山队医师，国家体委体育科学研究所运动医学研究室副研究员，中国登山协会委员。是第六届全国政协委员。1956年至1978年，先后13次参加登山科研活动。曾登至7546米处。撰有《高山缺氧时人体若干生理机能变化的研究及其应用》等论文。

索南罗布 1965年4月被选到国家登山集训队。1967年3月集训队解散，他入伍当了一名侦察兵。1974年再次被选调到国家登山集训队当运动员。1975年春季，在中国登山队再次攀登珠穆朗玛峰活动中，索南洛布被任命为登顶突击队队长兼支部书记。荣立大功一次。1978年获体育运动荣誉奖章一枚。1986年被授予国家级运动健将。1980年，索南洛布被调回原部队任参谋。1982年，索南洛布转业到拉萨市当雄县政府工作。

罗则 1956年9月参加中国人民解放军，在西藏军区日喀则分区独立营任战士，后任班长。1960年10月，罗则调西藏登山营当运动员。1981年至1993年，先后任西藏体委登山事务管理处处长，西藏登山队队长。1981年至1993年，先后任西藏体委登山事务管理处处长，西藏登山队队长。1990年，中、美、苏三国联合攀登珠穆朗玛峰时，担任中方副队长。1992年，中、日联合攀登南迦巴瓦峰时，任总队长助理。1994年任西藏登山队党支部书记，1999年退休。

侯生福 1939年出生，男，汉族，陕西省洛川县人，1958年11月入伍，在陆军11师31团通迅连当战士，1959年3月随军进藏参加平叛作战。1960年8

月由部队调西藏登山营。1964年参加中国登山队攀登希夏邦马峰，立二等功一次，被授予一级登山运动员。1965年参加国家登山集训队任教练员。1975年5月27日，在中国登山队再登珠穆朗玛峰的活动中，登上8848米的顶峰，并完成了高山摄影工作，立大功一次，被授予国家级运动健将，荣获体育运动奖章一枚。1981年初，侯生福调陕西省洛川县体委任教练员，后任县政协委员、副主席，兼任陕西省体育总会常委，1999退休。

大平措 1965年4月，参加登山集训。1967年3月，在西藏军区当战士。1974年，借调国家登山队参加集训。1978年，获体育运动荣誉奖章。1986年，被授予国家级运动健将称号。1978年，转业到西藏交通厅汽车修配厂工作，任保卫科长。1990年，调拉萨啤酒厂工作，负责保卫工作。1996年退休。

次仁多吉 1965年被选拔到国家登山集训队当运动员，参加了冰雪技术和大运动量的冬季训练。1967年5月入伍，在西藏日喀则军分区当战士。1974年4月被借调到国家登山集训队参加训练。1975年5月，大次仁多吉参加了中国登山队再登珠穆朗玛峰的活动，是登顶的9名队员之一，荣立大功一次。1986年，次仁多吉被授予国家级运动健将。

桑珠 1970年参加中国人民解放军。1974年被选入中国登山队。1976年入八一登山队。曾获国家体育运动荣誉奖章。

贡嘎巴桑 1947年生于西藏昌都县，国家级运动健将。1965年5月选入国家登山集训队。1978年荣获体育运动荣誉奖章，1986年被授予国家级运动健将。1980年，贡嘎巴桑回到原部队担任参谋。1982年转业到西藏自治区出版局工作，先后任政治干事、办公室副主任等职务。

阿布钦 1956年生于西藏那曲县，1973年参加中国人民解放军，在西藏那曲军分区当战士。1974年参加登山集训，是1975年登顶珠穆朗玛峰9名队员之一，1978年被授予国家级运动健将，获体育运动荣誉奖章一枚。1980年回原部队任参谋。1982年转业到那曲地区体委工作，1997年12月病故。

张祥 黑龙江省佳木斯人，从1958年起到1986年为止一直担任国家登山队教练职务，其间，1960年中国人第一次成功攀登上珠峰，张祥在这次攀登过程中担任登山给养和登山装备的运输工作。之后他参与了中国登山队的历次重大活动。

多吉甫 1956年10月入伍，在西藏军区日喀则军分区独立营当战士。1958年参加国家登山集训队，获得过体育运动荣誉奖章和破全国纪录奖章各一枚，运动健将。1963年至1965年在中央民族学院干训班学习，1965年至1967年3月参加国家登山集训队，任分队长。1967年3月再次入伍，先后在西藏部队任副连长、连长、副营长等职。1975年任解放军八一登山队副队长。其间，1982年后，任西藏达孜县人武部部长，1983年转业到西藏自治区体委，先后任办公室副主任、登山处副处长、登山队副队长，1994年任西藏登山队队长。1999年底退休。

云登 原是西藏扎西伦布寺的小喇嘛，1960年还俗，在日喀则参加了登山集训。曾获体育运动荣誉奖章和破全国纪录奖章各1枚。1971年调西藏交通厅汽车修配厂工会工作，1990年退休。

仁青平措 1943年出生，西藏山南地区隆子县人，1965年4月参加了国家登山集训队，1967年集训队解散，仁青平措入伍，到陆军十一师三十二团当战士，后任侦察连副排长。1974年初，仁青平措再次参加国家登山集训队，在1975年攀登珠穆朗玛峰时因伤致残。

曾曙生 1938年11月22日出身于湖北省恩施市一个教师家庭，1962年7月毕业于北京矿业学院，1959年10月参加国家登山队。在20世纪60年代，他作为登山运动员和科学工作者，陆续参加了1960年我国首次攀登珠穆朗玛峰，1961年首次攀登公格尔九别峰，1964年首次攀登希夏邦马峰等重大登山活动。在担任教练员和分队长职务期间，先后参加了1975年中国登山队再次攀登珠峰，1976年首次攀登托木尔峰并登上顶峰等重大登山活动。历任国家登山队副队长、中国登山协会副主席、专职副主席的职务。2002年逝世。

主要参考文献

周正：《探险珠峰》

周正：《最后一座八千米的等待》

史占春：《我们登上了世界著名的高峰》

马联芳：《潘多传》

翁庆章：《一次未公开的珠峰探险——1958年中苏联合登山队侦察组考察珠峰始末纪实》

翁庆章：《与希夏邦马峰的两次相逢》

翁庆章：《贡嘎山纪事》

曾曙生：《我与珠峰的约会》

屈银华：《峭壁上的回忆》

杨丛笑：《穿越60年，看见你和那座雪山》

高登义：《地球之巅识天人》

杨丽娟：《北凌绝顶——1960年中国首次登顶珠穆朗玛峰始末》

李静轩：《挑战极限》

郭超人：《红旗插上珠穆朗玛峰》

徐永清：《珠峰简史》

霞飞：《勇攀珠穆朗玛——贺龙与新中国登山运动》

高登义：《登山科考双丰收的1975珠峰科学考察》

《中国女子登山队攀登慕士塔格山登山报告》

《1975年首次珠峰高程测量》